글쓰기와 반시대성,
이옥을 읽는다

글쓰기와 반시대성, 이옥을 읽는다

발행일 초판1쇄 2013년癸巳年 5월丁巳月 20일丙戌日 | **지은이** 채운 | **펴낸곳** 북드라망 | **펴낸이** 김현경
주소 서울시 종로구 사간동 69 영정빌딩 4층 | **전화** 02-739-9918 | **이메일** bookdramang@gmail.com

ISBN 978-89-97969-22-7 03810 | 이 도서의 국립중앙도서관 출판시도서목록(CIP)은 서지정보유통지원시스템 홈페이지(http://seoji.nl.go.kr)와 국가자료공동목록시스템(http://www.nl.go.kr/kolisnet)에서 이용하실 수 있습니다.(CIP제어번호: CIP2013005084) |

책으로 여는 지혜의 인드라망, 북드라망 **www.bookdramang.com**

글쓰기와 반시대성,
이옥을 읽는다

채운 지음

BookDramang
북드라망

책머리에

"세상에 백락伯樂이 있어야 천리마도 있다. 천리마는 언제나 존재하지만 백락은 늘 존재하는 것이 아니다." 당대唐代의 문장가 한유韓愈는 스스로를 천리마라 여긴 듯하다. 문제는, 세상에 천리마인 자신을 알아봐 주는 백락이 없다는 것. 하여, 그는 이렇게 탄식한다. "올바른 법도대로 몰지도 않고, 재능을 다할 수 있도록 먹이지도 않고, 또 말이 울어도 그 뜻을 이해하지도 못하면서 채찍을 들고 나아가 말하길, '세상에 말다운 말이 없다'고 한다. 아! 정말 말이 없는 것일까. 아니면 진정 말을 알아보지 못하는 것일까." 오만해 보이는 발언이지만, 사실 한유는 그럴 만한 재능을 지닌 자였다. 자신의 재능을 감추지 못하고, 세상에 알아주는 이 없음을 개탄하는 한유가 내심 부럽다는 생각도 든다. 그러나 한유 말마따나, 부재하는 것은 천리마가 아니라 백락이다.

천리마가 될 수 없다면 세상의 천리마들을 알아봐 주는 백락이 되자! 지금 생각해 보면 이 또한 오만이지만, 공부하면서 내 다짐이 그랬다. 내 비록 뛰어난 재능은 없지만, 뛰어난 재능을 발견하고 그

걸 알리는 것 정도는 내 몫으로 삼을 수 있겠다 싶었다. 아무도 기억하지 않은 자들을 기억해 내고, 모두가 알지만 실은 잘 모르거나 잘못 알고 있는 자들을 새롭게 기억하고 되살리는 자. 천리마를 천리마로 존재하게 하는 것은 백락이다. 그래, 백락이 되자! 하지만 이옥李鈺을 읽고 쓰는 과정에서 깨달았다. 백락이 되기란 어쩌면, 천리마가 되기보다도 어려운 일임을. 세상의 모든 말들을 편견 없이 볼 수 있어야 하고, 그들이 내뿜는 기호를 민감하게 해독해 낼 수 있어야 하며, 무엇보다 천리마가 달릴 수 있는 이 세계의 지평을 예리하게 투시할 수 있어야 하기 때문이다.

18세기 문체반정文體反正 소용돌이의 한복판에 있었던 자, 그러나 완벽히 주변화되어 잊혀진 자 이옥. 그가 세상을 떠난 해가 대략 1815년 즈음. 그로부터 200년이 흐른 지금 이 자리. 이옥으로 하여금 200년이라는 시공간의 거리를 훌쩍 내달려 지금 여기에 도달하게 하고 싶었다. 누군가가 '잔존殘存의 저항'이라 명명한 그것을, 이옥의 글에서 건져 올리고 싶었다. 하여, 중력의 무게와 휘황찬란한 빛 속에서 휘청거리는 이 시대의 독자들에게, 이옥의 글쓰기가 보여주는, 반딧불처럼 미미하지만 매혹적인 빛을, 먼지처럼 가벼운 춤을 선물하고 싶었다. 하지만…… 백락이 되기에는 여전히 한참 멀었다는 생각. 한동안 괜한 자격지심에 허우적대던 중 이누이트족의 이야기를 만났다.

알래스카의 이누이트족은 날이 풀리면 고래를 잡으러 망망대해로 떠난다. 그런데 선원들이 말하길, 자기들이 고래를 잡는 게 아니라 고래가 자기들에게 잡히러 와 주는 거란다. 그렇다. 내게 이옥은, 고래처럼 왔다. 뭇 삶[衆生]을 지속시키기 위해 심연을 거슬러 이누이트족에게 도달한 고래처럼. 아, 그러고 보니 내가 읽은 책들이며 나를 사로잡은 인물들이 어쩌면 모두 고래였는지도. 내가 그들에게 간 것이 아니라, 때가 되면 그들이 내게로 와 주었던 것이다. 날 살리기 위해!

그렇게 생각하니, 한동안 이옥에 대한 글쓰기를 머뭇거리게 했던 자의식도 옅어졌다. 내가 쓸 수 있었던 건 뭔가를 많이 알기 때문이 아니었다. 한문학자도 아닌 내가, 그럼에도 불구하고 쓰겠다는 용기를 낸 건 단 하나, 자신을 내어 주기 위해 날 찾아온 고래를 그냥 보내는 건 도리가 아니라는 생각 때문이다. 그 알 수 없는 도의道義와 인연에 대한 애틋함을 출발 삼아, 난 그저 내가 쓸 수 있는 만큼을 썼다. 이옥이 그러했듯이.

서문은 책의 맨 앞에 실리지만 사실은 가장 나중에 쓰이는 글이다. 데리다의 말을 인용하면, "저술이 전부 끝난 뒤에 글의 의도를 재창조하는 것이 서문"이다. 자기 꼬리를 문 뱀의 형상처럼, 글을 다 쓰고 난 후 맨 마지막에 도달하게 되는 '서문'이라는 자리. 다시, 질문이 시작되었던 처음의 그 자리. 그러나 여기 도달하고 보니, 글의 의도를 재창조하기는커녕 내 글조차 심하게 낯설다. 이미 '써 버린' 것들에 대한 거리감이 다소 당혹스럽다. 나의 글이 내 바깥에 놓인 타자라는 걸 또 한번 절감하는 순간이다.

내가 붙들고 있던 질문은 무엇이었나. 글쓰기. 이옥의 글쓰기와 나의 글쓰기. 조선 후기의 글쓰기 공간과 이 시대의 글쓰기 공간. 쓰는 과정이란 흡사 숨바꼭질과 같다. 쓰다 보면 처음 질문은 어딘지 모르게 숨어 버리고, 그새 다른 질문들이 나를 부르고, 그러다 어느 순간 머리카락이 보일듯 말듯 답이 보이기도 하고, 찾았다 싶다가도 놓치고, 찾는 과정에서 예기치 못한 사건들이 돌출하고, 엉뚱한 곳에서 답을 찾게 되기도 한다. 내가 글을 쓰는 것이 아니라 '이미 거기 있는' 수많은 글쓰기들이 나의 글쓰기를 유도하고 있음을, 내가 아니라 내게서 솟아난 질문이 나를 이끌어 가는 것임을, 글은 그저 그렇게 애쓰며 더듬거린 흔적일 뿐 남는 것은 새로운 질문임을, 이 '마지막에 도달한 처음'에 이르러 비로소 깨닫게 된다.

모든 책이 그러하듯, 이 책 또한 수많은 인연들이 빚어낸 산물이다. 고미숙 선생님, 길진숙 선생님을 비롯해 나와 함께 공부하는 벗들은 내가 공부를 지속할 수 있는 힘이다. 오랜 시간 함께 공부하고 있는 고전학교 학인들의 진한 우정은, 생각할수록 뭉클하다. 원고를 기다리느라 애가 탔을 편집자 혜미는 불타는 사명감과 넘치는 애정으로 내가 놓친 부분을 하나하나 꼼꼼하게 교정해 주었다. 고맙고 고마울 따름이다. 그리고 현경에게, 우정 어린 감사를!

2013년 4월

지은이 채운 씀

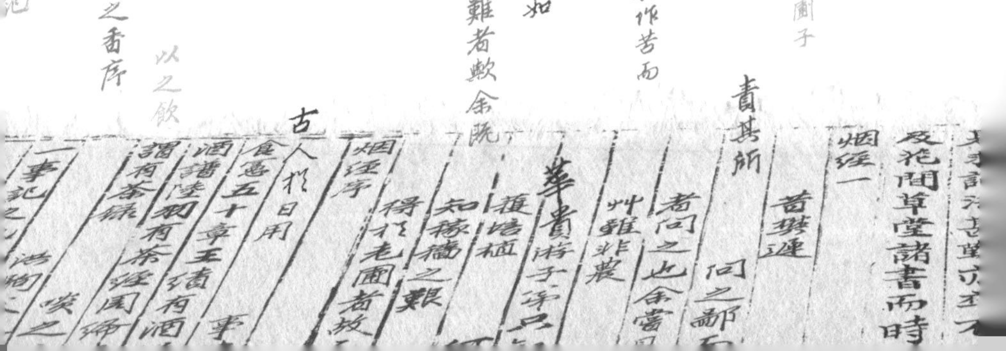

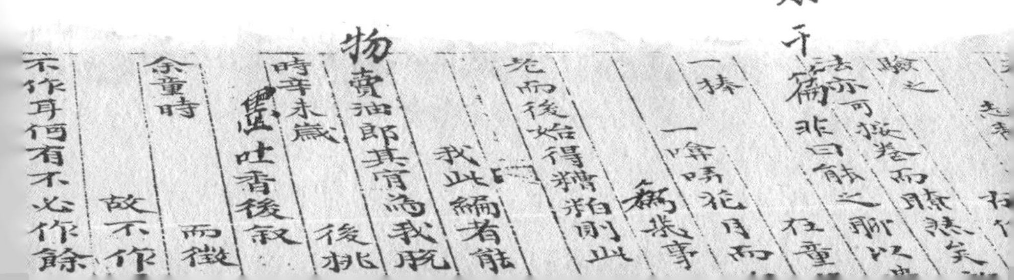

일러두기

1. 이 책에서 인용한 이옥의 글은 2001년 소명출판에서 출간한 『역주 이옥전집』(실시학사 고전문학연구회 역주)과 2009년 휴머니스트에서 펴낸 『완역 이옥전집』(실시학사 고전문학연구회 편역)을 참고로 하여 지은이가 다듬어 썼습니다.
2. 이 책에서 인용한 글들 중 『정조실록』, 『홍재전서』, 『주자어류』를 제외하고 작자를 밝히지 않은 글은 이옥의 글입니다.
3. 이 책을 쓰는 데 도움을 받은 책들의 서지사항은 본문에 지은이와 서명만으로 간략히 표시하고, 권말의 참고도서에 지은이, 서명, 출판사, 출판연도를 밝혀 주었습니다.

프롤로그,

이옥과
우리

우선, 연암 박지원朴趾源이 있었다. 옛것과 새것, 이쪽과 저쪽, 나와 너 '사이'를 유연하게 미끄러지며 사유했던 유목적 지식인. 고문古文과 금문今文을 자유자재로 구사하며 '궁극의 글쓰기'를 보여 준 불세출의 문장가. 최고의 '로드 버라이어티' 『열하일기』熱河日記를 통해, 여행이란 삶과 죽음, 감각과 사유, 타자와 나의 경계를 넘나드는, 어떤 역량(잠재성)의 실험임을 증명한 여행자. 사유와 깊이와 문장의 강도로 볼 때, 18세기는 가히 '연암의 시대'라고 할 수 있을 것이다.

연암의 한 세대 뒤, 다산 정약용丁若鏞이 있었다. 주체할 수 없는 열정으로 '쓰는 게 남는 것'이라는 사실을 여실히 증명한 '다산'多産의 문장가. 변치 않는 신념과 일관성을 견지한 채 삶의 신산辛酸함을 온몸으로 감내한 인동초忍冬草. 유배지에서 일궈 낸 '大 지식매뉴얼' 『여유당전서』與猶堂全書는 그의 박학과 신실함의 산물이었으며, 이 저작이 보여 주는 압도적인 지식의 양과 그것이 구현한 질서 덕분에, 어찌됐든 '결과적으로' 다산은 근대로 가는 입구가 되었다.

그리고 이 두 거성의 균형점이자 18세기의 문화적 소용돌이의 중심으로서, '호학好學 군주' 정조正祖가 있었다. 우리는 그를 '개혁 군주'로 기억하고 싶어 한다. 역사에서 적어도 하나쯤은 '정의'와 '진보'의 이념을 구현한 '이상적 지도자'로 그를 남기고픈 근대적 욕망의 발로인지도 모르겠다. 허나 바람은 바람일 뿐. 그는 이미 효력을 잃은 주자학적 사유체계를 현실정치 속에 구현하려 했던 이상주의자였다. 두 번의 전란을 겪은 후, 지식의 지층에는 균열이 생기기 시작했고, 사상의 질서 곳곳에서는 누수가 발생했다. 이런 상황에서 '성리학적 사회 구현'이라는 그의 이상은 실현불가능한 몽상이었고, 법의 균열을 봉합하려는 그의 몸짓은 허망한 허우적거림이었다.

연암-정조-다산이라는 별들이 만들어 내는 성좌. 이처럼 선명하게 식별되는 별들을 중심으로 18세기 조선의 '지식의 지도'를 그려 볼 수 있으리라. 여기서 좀더 시야를 넓혀 보자. 이 성좌에서 시선을 줌아웃해 보면, 건륭제乾隆帝라는 별을 중심으로 청제국의 지식인들이 만들어 내는 다양한 별자리들을 발견할 수 있다. 청에서는 바야흐로 고증학이라는 새로운 학문 경향에 의해 과거의 전통이 해체적으로 재구성되었고, 황제의 감독하에 대대적인 텍스트 정리 작업이 이루어졌다. 송대宋代 이래 중국의 지식 담론을 지배해 온 성리학적 질서는 명말明末부터 양명학과 포스트-양명학 세대에 의해 의문에 부쳐지기 시작했고, '만주족 지배'라는 새로운 조건 속에서 새로운 질문들을 중심으로 지식의 재배치가 이루어지기 시작한 것이다. 한마디로, 담론의 혁명! 청제국의 여러 성단星團을 함께 고려한다면, 앞서 본 연암-정조-다산을 중심으로 하는 조선의 성좌 구조는 또 다른 뉘앙스와 강도를 갖게 될 것이다.

내친 김에 좀더 멀리 가 보자. 청제국과 이웃한 지점에 유럽이 있다. 주지하다시피 16세기부터 유럽의 여러 지식인들은 조금은 호기심 어린 시선으로, 조금은 경외 어린 시선으로 중국의 사상과 문화를 곁눈질했다. 마테오 리치의 「교우론」이 명말 지식인들 사이에서 널리 읽히는가 하면, 라이프니츠는 『역경』易經의 독해를 자신의 철학에 반영하기도 했다. 그런가 하면, 18세기 중국에서는 가톨릭 선교사들이 활동을 하고 있었고, 거꾸로 중국인이 18세기 파리를 여행하는 일도 더러 있었다. 이 시기 중국과 유럽이 우리가 상상하는 것보다 훨씬 가까웠다는 얘기다. 18세기 유럽에서는 익숙한 별자리들을 어렵지 않게 찾아낼 수 있다. 로크-버클리-흄을 중심으로 구성되는 '경험주의' 별자리가 한편에, 볼테르-디드로-달랑베르를 주축으로 하는 '백과전서파' 별자리가 또 한편에 있다. 이들과 더불어 루소, 칸트, 헤겔 같은 광도光度 높은 별들이, 그런가 하면 사드를 위시한 몇몇 기이한 빛을 뿜는 별들이 이러저러한 형태로 또 한 무리를 형성하고 있다. 이 별자리들을 두루 훑어본 다음(물론, 여기에 일본의 경우를 더해야 할 것이다) 다시 조선으로 시선을 옮겨 '연암-정조-다산'이라는 별자리를 파악한다면, 그들의 사유와 주체화 양식, 교차와 엇갈림은 흡사 입체파의 그림처럼 또 다른 양상으로 구성될 수 있지 않을까. 생각만으로도 자못 흥미로워진다.

다시 처음으로 돌아오자. 자, 18세기 조선이라는 시공간에 연암이, 다산이, 정조가 있었다. 그리고 바로 거기에, 그 사람, 이옥李鈺도 있었다. 이제야 내가 주목하려는 별, 이옥이 등장했다. 이 하찮은 별, 미미한 발광체에 시선을 돌려 주기 위해 난 다소 과장되게 조선에서 중국으로, 거기서 또 유럽으로 시선을 경유했다. 왜인가. 이옥의 미미한 존재감이 빛나는 것은 역설적이게도 거대한 별들이 뿜어내는 찬란함 속에서이기 때문이다.

18세기 유럽은 흔히 '계몽주의 시대'로 명명된다. 1772년 『백과전서』에 실린 권두화卷頭畵는 계몽주의의 핵심을 단적으로 보여 준다. 사방으로 '빛들'을 발산하는 중앙의 여신, 그리고 여신의 오른쪽에서 '여신-진리'를 감싼 베일을 찢고 있는 철학과 이성. 세상의 구석구석을 속속들이 비추는, 한 치의 어둠도 허용하지 않는 '빛들'의 드리움. 이게 바로 18세기 '계몽'lumières의 전략이다. 계몽주의자들은 "콘스탄티누스의 쿠데타(312년) 이래로 유럽에 드리운 종교적 암흑과 신학적 반계몽주의, 가톨릭적이고 사도적이며 로마적인 어둠에 대항하여"(미셸 옹프레, 『계몽주의 시대의 급진철학자들』) 횃불을 치켜든 자들이었다. 이성의 잠은 괴물을 일깨우고, 빛들의 소멸은 어둠을 부른다. 계몽이란 '늘, 어디에서나' 깨어 있는 빛이어야 한다. 진리는 잠들지도, 소멸되지도 않은 빛들에 의해서만 드러난다. 이게 계몽주의의 믿음이었다. 또한 여전히 얼마간은, 우리의 믿음이기도 하다.

그러나 '빛들'은 어둠에 대해 항상 역부족이다. 빛이 가닿을 수 없는 구멍, 틈은 도처에 있는 법. 계몽의 빛들이 세계를 밝힌다고 믿었던 바로 그때, 사드의 어두운 실링 성에서는 무시무시한 탈선이

1772년판 『백과전서』의 권두화(부분) 베일로 몸을 감싼 '진리의 신'이 사방으로 빛들을 발산하고 있다. 오른쪽에서 베일을 찢는 것은 이성과 철학의 신이다. 이성만이 베일에 감싸인 진리를 쟁취할 수 있는 도구라는 믿음, 세계의 모든 어둠을 빛으로 몰아낼 수 있다는 믿음, 그것이 계몽주의의 믿음이었다.

이루어지고 있었다. 뿐만이 아니다. 횃불을 든 투사를 자처한 계몽주의자들 역시 자기 안에 어둠을 간직하고 있었다. 무신론자에 대한 극도의 증오, 노예무역에 대한 의심 없는 옹호, 무지몽매에 대한 매혹……. 사정이 이렇다면, 계몽주의가 프랑스혁명을 견인했다고 말하기 어려워진다. 거꾸로, 계몽주의가 사후에 프랑스혁명을 자기 식으로 전유한 것일 수 있다. 진보, 최고선, 관용, 이성, 합리적 정치체제, 사유재산권, 기술의 진보, 개혁. 이것이 우리가 아는 '계몽주의'의 키워드다. 서양의 18세기는 이런 계몽주의의 키워드로 말끔하게 도배된다. 그러나 또 다른 측면, 빛이 채 닿을 수 없었던 '어둠'의 측면에서 서양의 18세기를 바라본다면 상황은 역전된다. 미셸 옹프레가 한 것처럼, 유럽의 18세기를 전혀 다른 키워드와 인물들로 그릴 수도 있다. 예컨대 유물론, 무신론, 쾌락주의 같은 키워드로, 그리고 장 멜리에, 라메트리, 모페르튀이, 엘베시우스, 돌바크, 사드 같은, (우리 입장에서는) 듣도 보도 못한 인물들로. 그 결과는 우리가 아는 유럽의 18세기와는 전혀 다른 시공간이 될 것이다.

이와 같은 방식으로 조선의 18세기라는 시공간을 상상해 보면 어떨까. 일반적으로 '18세기 조선'이라는 그림엽서를 채우는 것은 탕평책, 조선풍, 실학(경세치용과 이용후생), 자본주의 맹아로서의 상품경제, 민중의 자각 등이다. 이런 키워드로 구성되는 전체상은 이른바 '영·정조 르네상스'라는 그림이다. 하지만 이건 하나의 관점에 불과하다. 사실, 탕평책은 '개혁책'이라고 보기엔 너무 진부하고 흔한 구호였고, 조선풍도 우리가 흔히 생각하는 근대적 '민족주의'와는 다른 코드에서 전개되었으며, 실학으로 말할 것 같으면 유학 자체가 본래 '실학'이 아니었던 적이 없다. 이용후생, 경세치용이 '실학'이라는 어떤 새로운 학문에 의해 급부상한 개혁구호 같은 게 아니었다는 얘기다. 자본주의의 맹아? 글쎄, 그건 자본주의가 '보편'이라는 가정을 전제한, '우리도 너네한테 있는 거 있었다'는 자기 항변에 가깝고, 풍속화나 문화생산층의 확대를 들먹이며 '민중적 자각'을 운운하는 건 다분히 이데올로기적인 수사다. 이런 요소들로 채워진 18세기 조선은 '문화의 르네상스'처럼 재현되고, 하나의 중심점을 가진 투시도법적 공간으로 형상화된다. 하지만 이와는 전혀 다른 그림이 가능하다. 예컨대, 문체반정文體反正, 지식의 탈주, 연행燕行, 쾌락과 탐닉벽癖과 치痴, 무의미한 완물玩物과 수집, 박물학적 지식, 욕망과 감정의 분출, 탈규범적 독서와 글쓰기 등으로 구성되는 그림. 이 그림에는 어떤 소실점도 없다. 이 그림의 공간은 투시도법적 공간이 아니라 인상주의적 공간, 혹은 쇠라G. Seurat의 점묘적 공간에 가깝다. 둘 중 어떤 그림이 더 '올바른' 그림이라고 단언할 수는 없다. 요컨대, 어떤 의지로, 어떤 관점을 갖고 18세기와 접속할 것인지가 문제다.

미셸 푸코의 「악명 높은 사람들의 삶」은 문서고의 자료와 수감기록, 봉인장 등의 모음집에 붙인 서문으로 구성된 글이다. 이런 식의 '악명'에 대한 기록이 없었다면 역사 속에서 흔적 없이 사라졌을 이들. 그러나 '악'을 단죄하는 권력에 의해 어둠과 침묵 속에서 호출된 이들. 푸코는 침묵당함으로써 그 실존을 드러낸 '악명 높은 자들'

에 주목함으로써 권력의 작동방식을 문제화하고, 주변부와 바깥의 웅성거림들을 복원한다. 그 순간 드러나는 것은 또 다른 역사, 즉 한 시대가 말하지 않은 것들과 잊혀진 자들의 역사다.

정조 16년(1792) 10월 19일조 『조선왕조실록』에 이옥이라는 이름이 처음으로 등장한다. 본격적인 '문체반정'의 시작을 알리는 기록이자, 이옥의 수난이 시작되는 순간의 기록이다. 당시 이옥은 서울에 방을 얻어 과거를 준비하던 일개 유생이었다. 이때 정조가 유생들에게 내린 책문은 공자가 「정풍」正風, 「위풍」魏風을 취한 이유와 '관저'關雎 장의 해석 등 『시경』에 관한 내용을 묻는 것이었는데, 여기서 이옥의 응제문이 정조에게 딱 걸리고 말았던 것. 물론, 징후들은 전부터 있었다. 규범에 어긋나는 글쓰기와 독서 행태를 보면서, 안 그래도 편치 않았을 정조의 심기가 영 불편하던 터였다. 남공철南公轍, 심상규沈象奎, 이상황李相璜, 김조순金祖淳 등 내로라하는 가문 출신들의 소품체가 문제되었고, 대문장가 연암과 이덕무李德懋, 박제가朴齊家, 이서구李書九 같은 '연암그룹'의 지식인들 또한 예외일 수 없었다. 하지만 시종일관 문체 때문에 수난을 당한 건 이옥뿐이다. 충군명령과 과거 낙제처리 조치를 당하며 이옥은 문체반정의 '화살받이'로 근 10년을 어영부영 떠돌아야 했다. "이옥이야 한미한 일개 유생이므로 그렇게 심하게 꾸짖을 것까지야 없다"(정조 16년 10월 24일)는 사실을 모르지 않았음에도, 정조는 이옥에게 지나치게 인색하고 잔인했다. 한미한 서얼 집안 출신에 당색이랄 것도 따로 없었던 이옥에게 자신의 분노를 쏟아부은 것일까. 결과적으로 이옥은 정조의 실패한 정책, 아니, 어쩌면 처음부터 실패할 수밖에 없었던 정책의 엉뚱한 희생양이 되고 말았다. 푸코 식으로 말하면, '악명 높은 사람'으로 역사에 기록된 것. 때문에 이옥은 문체반정의 시작인 동시에, 어떤 의미에서는 문체반정의 실패 자체라고도 할 수 있다.

연암과 다산이라는 큰 별에 비하면 이옥은 작고 초라한 별이다. 연암-정조-다산을 중심으로 한 18세기의 찬란한 성좌 언저리 어딘가에서 겨우 희미한 빛을 낼 뿐, 이 작은 별이 18세기의 시공간에 미치는 영향력은 미미하다. 하지만 이 미미한 별을 빼놓고 문체반정이라는 사건에 접근하는 것은 불가능하다. 이옥이야말로 전통적 글쓰기 담론에 심각한 균열이 일어나고 있음을 알리는 하나의 징후요, 낡은 글쓰기의 영토를 가로지르는 하나의 도주선이기 때문이다. 도주선, 극미하지만 빠르게 영토를 횡단하는 그 사건이야말로 지층의 평형상태를 교란시키는 힘이다.

1792년 정조의 강고한 문체성책 소용돌이에 휘밀린 후, 1800년에 완전한 사면이 이루어지고 나서야 이옥은 무사히 귀향할 수 있었다. 불혹의 나이에 남은 것은 오명뿐. 이옥은 과거를 포기한 채 고향에 정착했고, 얼마 후 정조는 세상을 떠났다. 죽자고 과거 패스해 봐야 나 같은 인생이 뭐 얼마나 대단한 관리가 되겠는가, 하는 생각이었을 수도 있고, 나이 마흔 넘어 무슨 영화를 누리자고 마음에도 없는 글을 쓰랴, 차라리 쓰고 싶은 글이나 실컷 쓰자, 하는 오기가 발동했을 수도 있다. 어쨌든 이옥은 마흔 이후 고향땅에 틀어박혀 자신이 쓸 수 있는 것을 썼다. 쓰는 것 외엔 달리 출구가 없었을 것이다.

이옥의 글은 주류 담론에 속하지도 않을뿐더러, 거창한 대항 담론을 형성하는 것도 아니다. 다만, 그의 글쓰기는 거대 담론으로는 포착할 수 없는 미세한 욕망을 포착하며, 그의 언어는 그 과정에서 탄생한 새로운 감수성을 담고 있다. 감수성이란 단순히 어떤 마음의 상태를 지시하는 게 아니라, 코드화되지 않은 것들, 식별불가능한 힘들의 포착과 감지요, 새로운 언어의 용법을 가능하게 하는 힘이다. 이럴 때 글쓰기는 정보가 아니라 시詩가, 현실의 반영이 아니라 현실에 대한 저항이 된다.

모든 시대에는 언어의 규준들이 존재한다. 특정한 방식으로 말하고, 쓰고, 읽게 하는 배치 속에서 언어는 정보화되고, 정보화되지 못한 언어들은 소음으로 처리된다. 사회가 유통시키는 것은 이 정보들, 형식화in-form-ation된 말들이다. 이 말들 속에서 우리는 자신의 사고를 정향定向하고, 스스로를 주체로 생산한다. 그렇다면 글쓰기란 무엇인가. 그것은 이 '정보화'에 저항하는 행위다. 물론 글쓰기는 늘 국가장치와 결합된다. 역사상 모든 글쓰기와 모든 책읽기가 자유롭게 허용된 적이 없었다는 사실은, 또 읽고 쓸 줄 아는 능력을 가진 이들이 권력의 주변에 어슬렁거렸다는 사실은, 글을 쓰고 지식을 생산하는 것이 권력을 구성하는 핵심임을 반증한다. 하지만 글쓰기는 그럴 때조차 저항의 잠재성을 내포한다. 기본적으로 글을 쓴다는 것은 무의식과 접속하는 활동이기 때문이다. 글쓰기는 글을 쓴다는 그 자체 말고는 아무것도 기대하지 않는 무목적적 활동이며, 유용성을 부정하는 '무용'無用의 몸짓이자 자신마저 초월하는 무아無我의 중얼거림이다. 글쓰기의 이런 측면 때문에 그것은 기존의 언어를 흘러넘치게 하고, 특정하게 형식화된 정보를 교란시킨다. 바로 여기에 우리가 이옥을 읽어야 하는 이유가 있다.

반복적으로 말하건대, 18세기 시공간에서 이옥의 존재감은 미미하다. 하지만 아주 미미한 물질일지라도, 그것이 존재하는 한 주변 공간에 굴곡이 생기고, 이 굴곡이 다른 물체의 운동과 변형을 야기하고, 그럼으로써 공간이 다시 다른 형태의 굴곡을 만들어 내는 끝없는 과정이 반복된다. 나는 이옥의 미미한 존재감을 커다랗게 과장함으로써 그를 '위대한 문인 리스트'에 기입하려는 게 아니다. 이 글은 18세기 시공간에서 그의 글쓰기가 어떤 '얽힘 현상'을 만들어 내고 있는지, 미미한 그의 글쓰기가 어떤 식으로 시공간의 굴곡을 형성했는지를 기술함으로써 '글쓰기와 저항'의 문제를 지금 이 자리에서 재고하려는 시도다.

> 한 위대한 철학서에서 페기C. Péguy는, 사건을 고찰하는 두 가지 방식이 있다고 설명한다. 하나는 사건을 따라가면서 그것이 역사 속에서 실현되고 조건 지어지고 쇠락하는 과정을 그러모으는 작업이고, 다른 하나는 사건을 거슬러 올라가 생성 그 자체에 자리 잡고서, 그 안에서 동시에 젊어지기도 늙어지기도 하면서 사건을 이루는 모든 구성요소들이나 기이성들을 겪어 보는 방식이다. 역사 속에서는 아무것도 변하지 않거나, 변하지 않는 것처럼 보일 수 있지만 사건 속에서는 모든 것이 변하며 우리 자신도 변한다.(들뢰즈·가타리, 『철학이란 무엇인가』)

들뢰즈가 말한 것처럼, 사건을 거슬러 올라가 이옥의 글쓰기 생성에 자리 잡는다면, 그의 저항을 통해 결국 우리 자신의 저항 지점을 발견할 수 있지 않을까. 스펙으로서의 글쓰기, 한 줌의 자의식밖에는 없는 나르시스적 글쓰기, '규범' 혹은 '아카데미'라는 가면을 쓴 채 하나의 톤으로 하나의 진리를 강요하는 편집증적 글쓰기가 아니라, 새로운 자유의 공간을 형성하는 글쓰기, 이질적인 것들과의 뒤섞임을 통해 생산되는 글쓰기, 기존의 관점을 해체하면서 모든 것을 다시 생각하고 구성하는 행위로서의 글쓰기. 나는 그런 글쓰기에 대한 탐색으로서 이옥을 읽으려 한다. 그런 의미에서 이옥 읽기는 현재적이다. 아니, 모든 독서는 그런 한에서 현재적이고 혁명적이다.

모두 알다시피, 우리가 관측하는 우주는 현재가 아니라 과거의 상태다. 즉 지금 우리가 보는 별빛은 과거 어느 시점에 그 별을 떠난 빛이다. 수십억 년 전의 별빛이 지금 우리가 그것을 보는 이 순간 빛나고 있는 것이다. 따라서 지금 우리의 기준으로 그 별들을 평가할 순 없다. 중요한 건, 지금 그 별빛이 여기 도착했다는 것, 우리가 그 별을 보고 있다는 사실이다. 바로 여기가 과거와 현재가 공존하는 '기적의 시공간'이기 때문이다. 그런데 과거 자체는 유일하게 결정된 것이 아니라 동시에 공존하는 여러 개의 과거들 중 보고 해석하는 우리에 의해 그중 하나가 선택되는 것이다. 그러므로 '이옥'을 읽는 것은 지금의 우리를 읽는 것이고, 그의 글쓰기 너머로 보는 것 역시 지금 우리의 글쓰기가 될 수밖에 없다.

스피노자가 시종일관 문제 삼은 것은 '복종'이었다. 시비是非와 공과功過, 선악善惡 등은 결국 복종과 불복종의 문제일 따름이라는 것. 들뢰즈는 스피노자를 인용해, 사유가 자유롭지 못하고 복종의 의무에 종속될 때 다른 억압들이 가능해지고, 종국에는 모든 삶이 위협받게 된다고 했다. 글쓰기도 마찬가지다. 글쓰기가 복종의 의무에 종속될 때, 다른 억압이 가능해지고 삶은 위협당한다. 글쓰기의 자유가 무제한 허용되는 것처럼 보이는 이 시대에도, 아니 바로 그렇기 때문에 더욱더, 지금 우리에게 이옥의 글쓰기가 던지는 질문은 생생하게 와 닿는다. 너의 글을 쓸 것인가, 남의 글을 베낄 것인가. 이 질문이 함축하는 바는 이렇다. 자유로운 삶을 살 것인가, 사회가 파 놓은 홈을 따라 살 것인가. 이 질문은 또한 이렇게도 변형될 수 있다. 저항할 것인가, 복종할 것인가.

> 내 귀에 거슬리는 것은 설교이다. 쇠난간을 움켜쥐고 베개를 두드리며, 진실의 절반만 갖고서 판결을 내리는 사람처럼. 밖으로 나와라, 그리고 여기 위에 무엇이 있는지 보라—나는 이렇게 말하고 싶다. …… 만약 당신이 돕고자 한다면 결코 체제를 구축하지 말라. 적어도 당신이 칠십 살이 되기 이전에는. 그리고 유연하고 동정적이고 창조적이고 자신의 온갖 범위와 용기를 다 시험해 본 다음에 하라. 이것이 나의 교훈이다. …… 예술이란 모든 설교를 제거하는 것이다. 사물 그 자체, 아름다운 문장 그 자체, 드넓은 바다, 제비가 감히 모험하기 전에 나오는 수선화.(버지니아 울프, 『그래도 나는 쐐기풀 같은 고통을 뽑지 않을 것이다』)

1부,

누가 나에게
이 길을 가라 하지 않았네

호모 스크립투스의 자화상

첫번째 자화상

나의 동인同人 중에 걱정이 많아 술 좋아하기를 일삼는 사람이 있는데, 술이 맑아도 마시고 흐려도 마시고, 달아도 마시고 시어도 마시고, 진해도 마시고 묽어도 마시고, 많아도 마시고 적어도 마시고, 벗이 있어도 마시고 벗이 없어도 마시고, 안주가 있어도 마시고 안주가 없어도 마신다.

내가 물었다.

"왜 술을 마시는가?"

"내가 마시는 것은 맛을 얻으려 하는 것이 아니요, 취함을 얻으려 하는 것도 아니요, 배부름을 얻으려 하는 것도 아니요, 흥을 얻으려 하는 것도 아니요, 이름을 얻으려 하는 것도 아니다. 걱정을 잊기 위하여 마시는 것이다."

어떻게 걱정을 치료하느냐고 물었다.

"나는 걱정할 만한 몸으로 걱정할 만한 땅에 처했고, 걱정할 만한 때를 만났다. 걱정이란 마음 가운데 있는 것인데 마음이 몸에 있으면 몸을 걱정하고, 마음이 처하는 곳에 있으면 처하는 곳을 걱정하고, 마음이 만난 때에 있으면 만난 때를 걱정하는 것이니, 마음이 있는 곳이 걱정이 있는 곳이다. 그러므로 그 마음을 이동하여 다른 곳으로 가면 걱정이 따라오지 못한다. 지금 내가 술을 마시면서 술병을 잡고 흔들어 보면 마음이 술병에 있게 되고, 잔을 잡아 술이 넘치는 것을 경계하면 마음이 술잔에 있게 되고, 안주를 덜어 목구멍으로 넘기면 마음이 안주에 있게 되고, 손님에게 잔을 돌리면서 나이를 따지면 마음이 손님에게 있게 되어, 손을 펼칠 때부터 입술을 닦는 데에 이르기까지 잠시 걱정이 없다. 신변에 걱정이 없어지고 처한 곳에 걱정이 없어지고 때를 잘못 만난 것에 대한 걱정이 없어지니, 이것이 내가 술을 마시면서 걱정을 잊는 방법이요, 술을 많이 마시는 까닭이다."

나는 그의 말을 옳게 여기고, 그의 심정을 슬프게 생각한다. 아아! 내가 봉성에서 지은 글이 또한 동인이 술을 마시는 것과 같은 것인가. (『봉성문여』鳳城文餘 「소서」小敍)

이옥李鈺, 1760~1815의 자서전을 대체할 수 있는 글 하나를 꼽으라면, 나는 주저 없이 이 글을 내밀겠다. 걱정을 잊기 위해 술을 마시는 동인처럼, 자신도 걱정을 잊기 위해 글을 짓는다는 고백. 그러나 술로 걱정이 잊히겠는가. 그걸 알면서도 달리 어쩔 도리가 없는 그의 심정이 이옥의 가슴에 꽂힌다. 그도 그러니와 '나는 또 뭔가, 이 와중에 글을 쓰는 나는, 글을 쓰는 것 외엔 아무것도 할 수 없는 나는', 이라는 탄식. 이옥의 글쓰기는 오도가도 못하는 이 상황, 글을 쓸 수 없는 이 불가능성에서 시작된다.

『봉성문여』는 이옥이 문체반정의 희생양으로 봉성鳳城: 삼가三嘉, 지금의 경남 합천에 유배를 다녀온 직후인 1800년 5월 하순에 그곳에서 보고 경험한 것들을 기록한 글모음집이다. 이옥의 벗 김려金鑢는 '문여'文餘를 두고 "문文의 정체正體는 아니지만 문의 나머지"라 정의했다. 말하자면, 문여란 문의 아웃사이더 혹은 '마이너 문'이랄 수 있겠다. 문체가 정격이 아니라는 이유로 유배를 간 것도 기가 막힐 노릇인데, 그 와중에 이옥은 기이한 사건과 인물의 이야기, 복식과 방언, 풍습 등을 맛깔스럽게 기록한다. 눈물 없이는 들을 수 없는 애통하고 원통한 사연에서부터 지역의 다양한 풍속에 이르기까지, 이옥은 이 '문의 나머지'文餘에 봉성이라는 시공간을 담는다. 써 놓고 보니 자신도 좀 어이없었을 것이다. 그러니 공연히 술 마시는 사람을 끌어들였을 터. 그는 마시고, 이옥은 쓴다. 그것 외엔 달리 도리가 없었던 것.

두번째 자화상

이와 같이 나는 생각해 본다如是我想. 대한大寒, 소한小寒 날씨가 추울 때에 나는 한 곳에 머물면서, 엉성하고 차가운 방에서 옷을 벗고 혼자 누웠다. 이때는 삼경인데, 눈보라가 크게 몰아쳤다. 이때 아궁이의 불이 갑자기 온기가 없어지고, 이때 이불이 점점 모두 가볍고 얇아진다. 나는 이때 추위를 두려워하여 온몸이 떨려 일어나 앉을 수도 없었고, 잠잘 수도 없었다. 그래서 기다란 몸은 문득 짧게 되고 목을 움츠려 이불 속으로 들어갔다. 나는 이때 생각해 보았다. 서울 성안에 가난한 선비가 이 같은 밤을 당하여 사흘 동안 쌀이 없고, 열흘 동안 땔감이 없으며, 말똥과 쌀겨가 있을 뿐이다. 일체 세상의 사람을 따뜻하게 해줄 물건은 이미 저절로 오지 않고, 털 빠진 개가죽과 구멍 뚫린 부들자리만 있다. 휘장도 없고 이불도 없고, 요도 없고 모포도 없고, 병풍도 없고 등잔도 없고, 깨진 화로에는 불씨도 없다. 그러나 이 방 안을 마주하여 이렇게 심한 추위를 견디며 이렇게 긴 밤을 지내지 않을 수 없다. 이에 오른쪽 어깨를 드러내고, 곧바로 죽을 마음으로, 머리를 땅으로 향하게 하고, 무릎은 가슴에 붙이고, 귀를 젖가슴에 파묻고, 등뼈를 활처럼 둥글게 하고, 손은 새끼줄로 동여맨 듯이 하였다. 처음엔 젖먹이 양 같고, 또 잠자는 소 같고, 또다시 조는 고양이 같고, 또다시 묶인 사슴 같아 그 형세가 살았다고 할 수도 없었고 죽었다고 할 수도 없는 채, 다만 한 가닥 온기가 목구멍 사이에서 나왔다 들어갔다 하였다. 가깝게는 오직 태양이 속히 나오기를 바라고, 멀게는 오직 화창한 봄이 빨리 돌아오기를 바랄 뿐이었다. 이밖에 다시 한 점 다른 생각이 없었다.(『잡제』雜題, 「원통경」圓通經)

여기까지 읽고 눈물이 그렁해졌다면, "이것은 제팔빙상지옥第八氷床地獄이라 할 만한데, 그래도 사람이 활동하는 세상을 없앨 수는 없는 것이다. 그런데 내가 거처하는 곳을 저곳에 비교해 보면, 바로 이곳은 따뜻한 방, 따뜻한 이불, 따뜻한 구들이다. 내가 이런 생각을 하니, 문득 훈훈한 바람이 뱃속에서 일어나 방 안을 두루 가득 채워서, 당장 내 방 안이 마치 활활 타는 큰 화로 같았다"라는 끝대목에 이르러서는 그만, 눈물이 방울이 되어 툭, 떨어지리라.

'여시아상'如是我想으로 시작하는, 제목부터가 다분히 '불경佛經스러운' 「원통경」은 가난한 글쟁이의 설움을 가슴 아프게 묘사한 글이다. 이에 맞먹는 궁상을 꼽으라면, 한겨울에 집이 너무 추워서 『한서』로 이불을 만들어 덮고 『논어』로 병풍을 삼아 둘렀다는 이덕무 정도가 있을까. 아닌 게 아니라 이덕무와 이옥은 유사한 점이 많다. 서파庶派로서의 설움을 겪은 것도 비슷하고, 현미경 같은 시선으로 사물의 미묘한 뉘앙스를 포착해 내는 솜씨도 닮은 데가 있다. 하지만 이덕무가 담박하고 얌전하고 소심한 선비라면, 이옥은 한 번씩 농염하고 질펀한 훅을 날려 좌중을 놀래키는, 좀 '놀아 본' 선비 같은 느낌을 준다. 규장각에서 정조와 하는 세미나 준비로 정신이 없었을 이덕무에 비하면 사실 이옥의 삶은 허랑허랑했으니, 같은 소품문일지라도 글의 어펙션이 다른 건 당연지사다. 여하튼, 이덕무의 '한서 이불 논어 병풍'이 가난에 대한 리얼한 묘사라면, 이옥의 이 글은 이옥 자신의 내면 풍경에 가깝다(실제로 이옥은 이덕무만큼 가난하지 않았다).

이옥은 상상한다. 추운 겨울날, 냉기 가득한 방에서 잔뜩 몸을 웅크린 채 아침을 기다리는 자의 심정을. 그 두려움과 절망과 아침을 기다리는 간절함과 절박함을. 그렇게 이옥은 자신의 스산한 내면 풍경을 그려 보이고는, 이내 마음을 고쳐 생각한다. 그 지옥 같은 세계에서도 누군가는 사랑하고, 웃고, 먹고, 글을 쓰겠지? 그러자 원통寃痛함이 슬며시 사라지고 원통圓通한 마음이 일어난다.

이 슬프고도 다소 기괴한 경經을 읽으며, 나는 이와 같이 생각해 본다. 잃을 게 없는 자는 세 가지가 없다. 첫째, 두려움이 없고, 둘째, 희망이 없으며, 셋째, 절망이 없다. 루쉰魯迅이 그러지 않았는가. 절망은 허망하다고, 희망이 그러하듯이. 이옥은 쓰되, 절망하지는 않는다. 쓰되, 그걸로 무언가를 얻기를 기대하지도 않는다. 그냥 쓴다. 반성하지 않고, 두려워하지 않고, 뒤돌아보지 않고, 오로지 쓴다. 그게 그가 할 수 있는 유일한, 최고의 저항이었으므로!

세번째 자화상

즐겁구나 벌레여! 이[此] 사이에서 태어나 이 사이에서 자라고, 이 사이에서 기거하며 이 사이에서 먹고 입고 하면서, 장차 또 이 사이에서 늙어 가겠구나. 이는 윗마디로써 하늘을 삼고, 아랫마디로써 땅을 삼으며, 수숫대의 하얀 속살을 먹이로 삼고, 푸른 껍데기를 집으로 삼아서, 해와 달, 바람과 비, 추위와 더위의 변화가 없으며, 산하, 성곽, 도로의 험난함과 평탄함에 근심이 없으며, 밭 갈고 베 짜고 요리하는 것을 마련할 게 없고, 예악과 문물의 찬란함도 없구나.

저것이 인물, 용과 호랑이, 붕새와 곤의 위대함을 알지 못하므로, 그 자신에게 자족하여 눈이 먼 줄을 모른다. 궁실과 누대의 사치스러움을 알지 못하므로, 그 거처에 자족하여 좁다고 여기지 않는다. 의복의 무늬, 수놓은 비단, 기이한 짐승의 털, 채색 깃털의 아름다움을 알지 못하므로 그 나체에 자족하여 부끄럽다고 여기지 않는다. 술과 고기 그리고 귀한 음식의 맛을 알지 못하므로, 그 깨무는 것에 자족하여 굶주린다고 여기지 않는다. 귀로 들음이 없고 눈으로 봄이 없으며, 이미 그 수숫대의 하얀 속살을 배불리 먹다가, 때때로 답답하고 무료하면 그 몸뚱이를 세 번 굴려 윗마디에 이르러 멈추니, 대개 또한 하나의 소요유다. 어찌 넓고 넓은 여유로운 공간이라 말할 수 있지 않겠는가. 즐겁구나, 벌레여!(『백운필』白雲筆, 「담충」談蟲)

우연히 수숫대를 꺾어 마디를 쪼개 보니, 그 가운데 구멍에 벌레 한 마리가 거하고 있었던 모양이다. 고작 기장 두 알 크기 정도인 벌레를 들여다보다가, 이옥은 문득 『장자』의 소요유逍遙遊를 떠올린다. 단, 『장자』가 보여 주는 극대의 세계가 여기서는 극미의 세계로 변환된다.

장자는 곤鯤과 붕鵬이라는 거대한 존재들을 상상함으로써 현실을 초월한다. 그의 소요유는, 곤처럼 현재의 지평에서 벗어나 붕처럼 높이 비상해야만 가능하다. 삼천 리나 되는 날개로 구만 리 창공을 6개월간 쉬지 않고 날아야만 도달할 수 있는 세계. 장자는 그 지점에서 현실을 다시 사유한다. 인간의 세계란 얼마나 작고도 작은가. 인간들이 움켜쥔 신념과 가치란 얼마나 초라한 것인가. 인간이란 얼마나 비루한 존재인가. 이에 비해 이옥은 한없이 작아짐으로써 인간세계를 초월하고자 한다. 벌레의 세계, 거기엔 일체의 문명이 부재한다. 번뇌도, 노동의 고단함도, 문화도 없는 세계. 인간의 탐욕과 가치의 위계가 부재하는 세계. 벌레의 실존이 고스란히 긍정되는 세계. 이옥은 붕을 꿈꾸지 않는다. 그러나 벌레의 세계는 붕의 세계와 맞닿아 있다. 벌레와 붕 모두 현실의 지층에 포획되지 않는다는 점에서, 보이지 않는 것들을 사유하고 지배적 가치를 회의懷疑한다는 점에서. 극대와 극미는 이렇게 통한다.

이옥의 성장과정이라든지 사승관계, 교우관계 등에 대한 기록은 거의 없다. 지금까지 밝혀진 바에 따르면, 효령대군의 11대손으로 전주 이씨에 당색은 소북小北. 벗으로는 김려와 강이천姜彝天이 있다는 것 정도. 몇 대 위부터 가계가 서족庶族과의 혼인관계로 이루어진 데다 조부 대까지 무과 출신이었으니, 버둥거려 봤댔자 별수 없는 일개 선비였다. 이후 후손이라도 번창했으면 또 모르겠지만 손자대 이후로는 기록마저 사라지고 말았으니, '뜰 수 없는' 조건은 참 완벽하게 갖춘 셈이다.

이렇게 한미하기 짝이 없는 가문 출신이고 보니 과거에 대한 열망을 쉽게 버리기는 어려웠을 터. 그도 한때는 과거에 올인했던 적이 있다. 25세에 지은 「제문신문」祭文神文에는 이옥의 입시 준비과정이 상세하게 드러나 있다. 일단은, 20년 넘게 공부하면서 『서경』은 "겨우" 400회, 『시경』은 100회, 그 외 책들은 50회 정도, 가장 사랑하는 「이소」는 거의 1,000회밖에(!) 읽지 못했으니 부끄럽다는 참회(?)가 이어진다. 그 뒤로는, 그래도 16년간 과거시험을 준비하면서 시 1,000편, 변려문 200편, 책문 50편 외에 부賦, 논論, 명銘, 경의經義 등을 열심히 지었으니, 이 정도 스펙이면 "한 번쯤 과거에 합격함이 부끄럽지 않다고 생각"한다, 그런데 무려 일곱 번이나 낙방을 하고, 내 나이 스물여섯에 아직도 고시생이라니, 문신文神 당신 너무하는 거 아니냐, 뭐 대략 이런 식으로 전개된다. 여러 정황으로 미루어 보건대, 집안이 경제적으로 심하게 궁핍하지는 않았던 모양이다. 그렇더라도, 한미한 가문 출신의 선비가 과거에 패스해서 벼슬길에 오르지 못한다면 대체 무얼 하고 살 것인가. 포의선비로 늙는 것도 뭘 좀 해보고 난 다음에야 폼이 나는 법이지, 일곱 차례나 과거에 떨어진 사람이 '할 수 없이' 재야에 은둔한다고 하면 그 누가 알아준단 말인가. 의연하게 과거를 거부했던 연암하고는 달리, 이옥으로서는 절박했을 것이다. 그러니 문신이라도 붙들고 애원해 볼밖에. 하지만 이미 이때부터 그의 문체를 두고 뒷공론이 좀 있었던 모양이다. "나무라는 이들은 오히려 '시는 화려해야 하는데 그대는 소박하고, 변려문은 섬세해야 하는데 그대는 창고蒼古하고, 책문은 적절해야 하는데 그대는 지나치게 풍부하고, 부 이하는 시원찮은 나무와 같아 비평

할 것도 없다'라고 말한다. 이런 까닭에 잠시 반상泮庠; 성균관에 머물러 있으면서 거의 장원이 될 뻔하였으나 결국 여러 차례 미치지 못하였고, 일곱 차례나 과장에 들어갔지만 필경 한 차례의 해解도 얻지 못하였고, 한 번 금전金殿에 대책對策을 하였으나 또한 내침을 당하였다"(「제문신문」)는 기록이 보인다.

서른한 살이 되던 1790년, 드디어 증광시增廣試에 2등으로 합격하여 생원이 되고, 이후 고향인 남양南陽; 현재 경기도 화성과 서울을 오가며 대과를 준비하다가 1792년부터 1795년까지 성균관에 머무르게 된다. 입시생의 처지란 예나 지금이나 매한가지여서, 그 지루함과 답답함이란 새삼 말할 필요도 없을 터. 과거를 준비하던 '지옥에서의 한철' 동안 그의 벗이 되어 준 건 청대의 소품집과 여항에 떠도는 소설들이었다. 어쩌면, 이옥은 과거를 준비하던 이 시절에 마음으로 이미 '그 사건'을 준비하고 있었는지도 모르겠다.

> 세상에 그대가 없다고 하여 손실될 바가 없고, 그대에게 세상이 없어서 또한 욕될 바가 없다. 그러니 그대는 그대의 뜻을 행하고, 그대가 좋아하는 것을 따를 것이다. 그대가 돌아가지 않으면 누가 돌아갈 것인가. 매암매암梅庵梅庵; 매미 울음소리를 이옥의 호로 표현했다. "매암이여, 매암이여!"로 해석하기도 한다 마땅히 돌아갈 것이로다.(『잡제』, 「매미의 권고」蟬告)

과거 준비는 글쓰기의 표준적인 코드를 획득하는 과정이다. 생원은 되었지만, 다음 코스를 준비하는 과정은 곤혹 그 자체였을 터. 틀에 박힌 모범답안을 외우고 써야 한다는 게 이옥으로서는 영 내키지 않았으리라 짐작해 볼 수 있다. 신해년(1791)에 남양 매화산 아래 있는 집을 생각하며 쓴 「매미의 권고」에서는 과거에 대한 회의를 살짝 내비친다. 세상이 나에게 벼슬을 허여할 것인가, 허여한다 한들 내가 그것을 감당할 수나 있을 것인가, 좋아하는 것을 버리고 내키지 않는 글을 쓰며 살아갈 수 있을 것인가……. 매암매암 울어 대는 매미소리를 들으며 이옥은 갈등하고 있었다. 그리고 이듬해, '그 사건'이 벌어진다.

이옥은 한 편의 자찬自撰도 남기지 않았다. 글 곳곳에 자신의 성격이 조용하고 유약하다는 언급만 남겼을 뿐이다. 이옥의 벗 김려가 묘사한 바로는, "사람됨이 꿋꿋하고 의기義氣가 넘쳐서 옛날 협객의 풍모가 있었다"(「제문무자문초권후」題文無子文鈔卷後)고 한다. 섬세한 관찰과 감수성의 소유자, "붓 끝에 혀가 달렸다"라고 할 만한 글 재주꾼, 자신의 발밑을 망망대해로 변환시킴으로써 '소요유'를 꿈꾸는 자. 이쯤 되면 이옥이라는 인물이 제법 그려진다. 관운은 꽉 막히고, 세심한 성격에 그저 글쓰는 재주 하나. 그러면서도 소신을 굽히지 않는 뚝심 하나는 제대로 갖춘 외골수 아티스트. 흡사 문학한다는 친구들이 종종 그러하듯, 그는 평소에 사람들 눈에 잘 띄지 않지만 술자리에 가면 반드시 만날 수 있는 그런 유다. 물론 어울려 떠드는 성격은 아니다. 그저 말없이 구석에 앉아 연신 담배를 피워 댈 뿐이다. 그러나 그날 술자리의 분위기라든가 다른 사람들의 행동거지와 특징은 기가 막히게 기억하고 있다가 글 곳곳에 풀어 놓는다. 세상이 썩 맘에 들지는 않지만, 그렇다고 앞장서서 개혁을 외치는 그런 유의 인간도 아니다. 뒤에서 소리 없이, 자신이 쓸 수 있는 걸 쓸 뿐이다. 원하는 게 별로 없으니 타인의 시선이나 평판에 휘둘릴 리 없고, 구차하게 사느니보단 아무것도 없이 자유롭게 살기를 원한다. 오로지 읽고 쓰는 일, 그게 전부인 자, 이옥.

카프카에 따르면, 인간에게는 세 가지의 자유의지가 있다. 우선, 그는 이 삶을 원했을 때 자유롭다. 그리고 이 길을 선택하고 걸을 수 있을 때 자유롭다. 마지막으로, 이렇게 삶의 구석구석을 건드리며 미로와도 같은 길을 걸어 자기에게 이르려는 의지가 있어 자유롭다. 그만둘 수 없어 쓰고, 살기 위해 쓴다. 그게 이옥의 소요유요, 이옥의 자유다. 대체 무엇인가, 그에게 글쓰기란. 무엇 때문에 그는 모든 걸 버릴지언정 자신의 글쓰기만은 버릴 수 없었던 것일까. 이제, '그때 그 사건'의 한복판으로 들어가 그의 프로필을 좀더 입체적으로 구성해 보자.

용서받지 못한 자
—이옥의 문체반정 수난사

• **정조 14년(1790)** 이옥의 나이 31세. 원자의 정호定號를 기려 실행한 증광시에 2등으로 합격하여 생원이 되다.

• **정조 16년 10월 19일** 공자가 「정풍」과 「위풍」을 취한 이유 등을 묻는 책문에서 이옥이 올린 응제문이 소설체라는 이유로 정조에게 지적을 당하고, 벌로 하루에 사륙문四六文 50수를 짓다.

"엊그제 유생 이옥의 응제 글귀들은 순전히 소설체를 사용하고 있었으니 선비들의 습성에 놀랐다. 지금 현재 동지성균관사로 하여금 일과로 사륙문 50수를 채우게 하여 낡은 문체를 완전히 고친 뒤에야 과거를 응시하게 하도록 하였다."(『정조실록』)

• **정조 16년 10월 24일** 정조, 남공철과 이옥을 언급하며 불경스러운 문체를 엄히 금하도록 명령하다.

"일전에 보니 초계문신 남공철의 대책문은 패관문자稗官文字를 인용하고 있었고, 상재생上齋生 이옥이 지은 표문表文은 순전히 소품의 체재를 본받고 있었다. 이옥이야 한미한 일개 유생이므로 그렇게 심하게 꾸

짓을 것까지야 없겠지만, 그래도 반장泮長을 특별히 단속하여 승보陞補 시험의 시부에도 그렇게 불경스런 문체는 엄히 금하도록 아울러 명했다."(『정조실록』)

• **정조 16년 12월 27일** 상재생을 대상으로 한 시험에서 이옥의 문체가 재차 문제가 되어 벌을 받다.

"(정조가) 다시 생원 이옥의 응제문을 문제 삼아 그로 하여금 열흘 동안 율시 100편을 지어 바치게 하되, 만약 즉시 개선되지 않거든 경기도 연안의 수군水軍으로 충군充軍시키라고 한 데 대해, 성균관 대사성 서영보가 이옥에게 날마다 사운율四韻律 10수씩을 지어 올리게 하여 100편이 찼음을 (정조에게) 보고하였다."(『승정원일기』, 괄호 안은 지은이가 추가한 것)

• **정조 19년 8월** 성균관 상재생으로 영란제迎鑾製; 임금의 행차시 시행되는 성균관 유생들의 백일장에 응시했으나, 정조가 이옥의 문체가 괴이하다고 하여 정거停擧를 명하고, 이어 충군으로 명을 바꾸어 충청도 정산현定山縣, 현재 청양군에 편적編籍; 귀양 간 지방에 편입시키다.

• **정조 19년 9월** 정산현에서 상경하여 과거를 치렀으나, 여전히 초쇄噍殺가 심하다고 하여 경상도 삼가현으로 충군이 되다.

• **정조 20년 2월** 별시 초시에 응시하여 수석을 차지했지만 정조의 명으로 방말榜末로 강등되다.

• **정조 21년** 삼가현에서 귀환통지서를 받고 자신의 적籍이 삼가현의 장부에 올라 있음을 알게 되다.

• **정조 23년 10월** 삼가현에 도착해 성문 밖 한 객점에 유숙하다.

• **정조 24년** 이옥의 나이 41세. 2월에 나라에서 경과를 베풀자 삼가현감이 휴가를 허락하여 귀경하는 길에 사면령이 내려졌음을 알게 되다.
• 이후 과거를 포기하고 고향에 정착하다.

이상이 이옥의 문체반정 관련 사건파일이다. 거짓으로 글을 쓰느니 차라리 귀양을 가고 말겠다는 결연한 의지였을까. 정조에게 찍힌 이후로도 이옥은 자신의 문체를 버리지 않았다. 그 대가로 받은 벌이 충군이다. 충군이란 죄인을 군역에 복무하게 하는 제도로, 가장 엄한 형벌 중 하나였다. 해당 지방의 수군이나 변방수비대에 보충되는 인력으로서, 충군을 명받은 자는 적을 옮겨야 했으니 유배와 다름없는 벌이다. 자그만치 9년의 세월을, 그것도 한창 혈기왕성한 30대를 몽땅, 이옥은 이렇게 길 위에서 보냈다. 이옥의 죄는 무엇인가. 순정醇正한 문체를 사용하지 않았다는 것. '정조 스타일'을 구사하지 않았다는 이유로, 이옥은 정조의 분노를 온몸으로 받아내야 했다. 생각해 보면 억장이 무너졌을 법도 한데, 정작 이 사건에 대한 이옥 자신의 기록은 담담하다.

> 을묘년(1795) 8월이었다. 내가 성균관 상재생으로 영란제에 응하였는데 임금님께서 내 글의 문체가 괴이하다고 하여 정거를 명하시더니 바꾸어 충군으로 명령하였다. 대사성이 나를 불러 성교聖教를 깨우쳐 주면서, '경과慶科가 멀지 않았는데, 만약 정거를 당한다

면 과거에 응할 수 없을 것이다. 그래서 명령을 바꾸어 충군하였으니, 너는 곧 갔다가 돌아와서 앞으로 모든 과거에 전과 같이 응하도록 하라'고 하였다. 또 편적된 읍에 명하여 과거에 응시할 휴가를 주라고 하시니, 나는 황공하고 감격하여 울기까지 하였다. 곧바로 충청도 정산현에 달려가서 편적을 마치고 다시 서울로 와서 9월에 과거에 응시하였다. 임금의 엄중하신 닦달 아래 초쇄가 또 심하여 좀더 먼 읍으로 충군하라고 명하였다. 나는 더욱 황공하고 감격하여 정산현에서 웅치熊峙를 넘어 경상도 삼가현에 이르러 편적하고 사흘을 머문 후에 곧장 돌아왔다.

다음 해 2월에 이르러 별시의 초시에 응시하여 외람되게 방에 수석을 차지하였다. 임금께서 내가 지은 책문이 근래의 격식에 어긋난다고 하여 방의 끝자리로 강등을 명하였다. 국법에 충군된 자가 한 번 과거에 붙으면 죄를 용서해 준다고 하였는데 나는 법만 알았지 청원서를 올리는 예例를 알지 못했다.

3월에 남양으로 돌아왔는데 5월에 부친상을 당하였다. 거적자리에서 흙덩이 베개를 베고 울부짖으며 구차하게 목숨을 연명하고 있었다. 정사년(1797) 봄, 뜻밖에 삼가현에서 저인邸人; 중앙과 지방 관청의 연락 사무를 보는 향리에게 통지서를 보내 내가 오랫동안 돌아오지 않는 사정을 물어봤다. 나는 비로소 내 군적이 아직 삼가현에 매여 있다는 것을 알았다. 삼년상을 마치고 형부에 호소하니 형부에서는 병부로 넘기고 병부는 다시 예부로 미루었다. 예부에 하소연하기에 이르자 예부에서는 그런 예를 따를 수 없다고 하였다. 이렇게 한 번 막는 조치를 당하니 뒤이은 자들이 모두 마찬가지였다.

기미년(1799)이 되어 삼가현에서 돌아오라는 독촉이 더욱 빈번해지자 더욱 괴로웠다. 형부에서는 '우리는 장부, 문서만 알지 방榜에 관한 건 모른다'고 했고, 예부에서는 '비록 억울한 것은 알지만 앞사람이 이미 허락하지 않았는데 우리가 어떻게 허락한단 말인가'라고 하였다. 이에 경기도 관찰사와 남양 군수가 강제로 핍박하여 내려가게 하는데, 마치 죄수로서 도망간 자를 다루듯 하였다. 내가 시월에 다시 삼가현으로 가니 관에서 관례적으로 머무를 곳을 주었으나, 난 스스로 서쪽 성문 밖 박대성의 주막에 머물면서 방을 빌려서 자고 밥을 사 먹었다. 휴가를 청하였으나 관에서 허락하지 않았다.

다음 해 2월에 나라에 큰 경사가 있어서 또 과거를 베풀자, 삼가현감이 내가 서울에 가는 것을 비로소 허락하였다. 밤낮으로 찾아와 노닐던 마을의 부로父老와 동자들이 삼사십 명이었는데 내가 떠난다는 말을 듣고 모두 잔치를 베풀어 전송해 주었다. 드디어 떠날 때 관인과 이원식 등 십여 명이 십오 리 밖까지 송별하면서 울었다. 내가 드디어 팔량치에서 남원과 전주를 지나 공주에 이르니, 위로부터 석방하라는 명령이 있어 사면되었음을 알았다.(『봉성문여』, 「추기남정시말」追記南征始末)

해배되고 낙향한 1800년 여름, 이옥의 입장에서 재구성한 사건의 전말이다. 요약하자면 이렇다. 충군-저항-충군-저항-과거시험

꼴찌처리-부친상-행정문제상 삼가에 머무름-사면. 그야말로 기가 막히고 코가 막힐 노릇이다. 그러나 이옥은 유배길에서의 다른 사건을 기술할 때와 마찬가지로, 그저 물 흐르듯이 덤덤하게 사건의 전말을 기술해 놓았을 뿐이다. 서러움이 심중에 사무쳤을 법도 한데, 글 어디에도 북받치는 설움이라든가 터질 듯한 원망의 감정은 없다. 그렇다고 딱히 반성의 기미가 있는 것도 아니다. 생각할수록 이 사내, 참 대단하다. 한 번 지적을 받았으면 겁을 먹어서든 전략적으로든 자기 고집을 접을 만도 하건만, 도통 뉘우침의 기색이 없다. 정조는 연거푸 세 번을 지적했고, 이옥은 세 번을 '개겼다'. 정조는 '요것 봐라? 어디 누가 이기나 해보자' 했을 것이고, 이옥은 '네, 그러십시오. 저도 호락호락하진 않습니다' 했던가 보다. 그까짓 것, 눈 한번 딱 감고 반성하는 제스처라도 한 번 보였더라면 좋았을 걸 싶기도 하다. 하지만 구차하지 않은가. 어차피 관리가 되기는 어려울 듯하고 학문으로 세상을 깜짝 놀라게 할 자신도 없지만, 최소한 구차해지지는 말아야겠다고 결심한 게 아닐까. 이옥 자신은 덤덤한 듯 침묵했지만, 난 이옥에게서 잃을 것 없는 자의 여백을 읽는다.

겪을 것 다 겪고 돌아온 때가 1800년 2월. 이옥은 과거를 포기한 채 고향 남양에서 밥을 먹고 술을 마시듯 글을 썼고, 정조는 그해 6월 세상을 떠났다. 이 싸움의 승패는? 겉으로 보기에는 정조의 승 같지만, 사실상 승자는 이옥이다. 정조는 죽었지만 이옥은 살아남아 썼고, 죽을 때까지 자신의 문체를 버리지 않았기 때문이다.

이옥의 문체가 문제시되기 시작한 것은 정조 16년(1792)부터지만, 사실상 정조의 문체반정 드라이브는 이보다 몇 해 전인 정조11년(1787)으로 거슬러 올라간다. 당시 예문관에서 숙직을 하던 김조순과 이상황이 당송시대의 소설과 『평산냉연』平山冷燕을 읽다가 정조에게 발각되는 사건이 벌어진 것. 『평산냉연』이란 무슨 책인고 하니, 평·산·냉·연이라는 네 명의 꽃미남과 꽃미녀들이 등장하는 청나라의 유명한 연애소설이다. 배웠다 하는 자들이 밤새 하는 짓거리가 로맨스 소설 탐독이라니, 정조는 기가 막혔다.

이에 정조는 그 책들을 불태워 버리도록 명하고 잡서를 보지 말도록 경계한다. 이후 1788년과 1791년에 서학문제가 대두되었을 때에도, 정조는 "근래 문체가 날로 박잡駁雜해지고 또 소설을 탐간貪看하는 폐단이 있으니 이것이 바로 서학에 빠져드는 까닭이다"(『정조실록』 12년 8월 3일)라는 논리를 앞세워 "서학을 금하려면 먼저 패관잡기부터 금해야 하고, 패관잡기를 금하려면 먼저 명말청초 문집부터 금해야 한다"(『정조실록』 15년 10월 24일)라며 강력한 문체정책을 시사했다.

그러던 차에 1792년에 성균관 유생을 상대로 실행한 일종의 모의고사에서 이옥이라는 '한미한 유생'이 걸려든 것이다. 이 사건을 계기로 정조는 패관소설 및 일체의 당판唐版 서적 수입을 금지시키고, 반시泮試에서 패관잡기와 관련된 용어를 쓴 자는 실명을 공개하여 과거를 못 보게 하라는 극단적 조치를 감행한다. 요즘 식으로 하면, 서술과 어휘, 논리구성에서 '모범답안'의 틀에 어긋난 논술문이 있으면 불합격 처리는 물론 앞으로 응시 자체를 금지시키라는, 수험

생들에게는 공포스럽기 짝이 없는 출제 방침이다. 어떤 면에서 보면, 어떻게든 문체를 바른 것으로 되돌리겠다는 정조의 의지 표출은 이미 새로운 문체의 경향을 막을 수 없게 되어 버린 현실을 역설적으로 반영하는 것인지도 모르겠다. 여하튼, 정조로서는 강공법을 택한 셈이고, 여기에 당시의 많은 지식인들이 걸려들었다. 노론의 신진관료들이었던 남공철, 심상규, 이상황, 김조순 등이 정조로부터 견책을 받았고, 이런 문풍을 주도한 '주범'으로 연암이 거론되었다. 물론 '연암 그룹'의 멤버였던 박제가, 유득공, 이덕무, 이서구 역시 예외일 수 없었다.

남공철은 속내야 어쨌든, 이후로 자신은 "온 힘을 다해 패관소설을 배척하는 것을 자신의 임무로 삼겠다"며 재빠르게 상황을 모면했다. 이상황은 한술 더 떠서 「척패시」와 「힐패」를 지어 올린다. 패관소설에 푹 빠져 있던 사람이 갑자기 180도 돌변해서, 패관은 한번 빠지면 헤어날 수 없기에 "맹수가 사람을 해치는 것보다 더 나쁘다"며 패관소설을 비난하는 글을 지어 바친 거다. 바로 얼마 전까지도 패관소설이라면 묻지도 따지지도 않고 구해서 읽던 '소설 마니아'였던 자가 말이다! 장서가였던 심상규 역시 자송문自訟文을 언문으로 번역하고 주해까지 달라는 왕명을 이행하고 나서야 사건에서 겨우 빠져나올 수 있었다. 김조순은 심지어 『오대검협전』이라는 소설을 쓴 전력이 있었다. 그러던 그가 정조의 명 앞에 납작 엎드려 패관소설을 다시는 가까이 하지 않겠다는 자송문을, 그것도 청나라를 가려고 압록강을 건너려던 찰나 사신에게 붙잡혀 그 자리에서 써 바친 것. 당시 노론 가문의 자제들이었던 이들의 자송문은 정조의 '문체 드라이브'를 가시화하는 시범케이스가 되었다.

그러나 연암만은 좀 달랐다. 연암의 문장력을 높이 평가하고 있었던 정조는 자리 하나 만들어 줄 테니 결자해지하라는 협상안을 보냈지만, 연암은 끝내 반성문을 써 바치지 않았다. 연암 그룹의 멤버들 역시, 이덕무처럼 자송문을 쓰다 죽거나(과도한 스트레스!), 이서구처럼 문체와 세도가 무슨 상관이냐고 대들면 대들었지 자신의 행위를 손바닥 뒤집듯 부정하지 않았다.

그리고 이옥, 그도 끝내 회개하지 않았다. 스피노자가 그랬던가. 회개하는 자는 이중으로 불행하거나 무력하다고. 회개하는 순간, 그는 회개할 짓을 했다는 사실 때문에 비참하고, 회개했다는 사실 때문에 또 한번 비참하다. 연암과 그의 벗들, 그리고 이옥은 회개하지 않음으로써 시대의 균열인 채로, 소요와 불안의 상태로 머물렀다. 그런데 우리가 지금 기억하는 건, 냉큼 회개한 자들의 글이 아니라 바로 이들, 끝까지 회개하지 않은 자들의 글이라는 사실!

사실 정조는 이옥에게 아무것도 요구하지 않았다. 달리 말하면, 아무것도 기대하지 않았다는 얘기다. 불순한 문체에 대한 일관된 혐오를 이옥에게 쏟아부었을 뿐이다. 인간은 때때로 자신의 명분이 옳다는 걸 입증하기 위해 누군가 한 사람을 반대편에 세워 놓고 그를 자기 논리의 무고한 총알받이로 만들어 버리곤 한다. 정조는 그런 점에서 좀 치사했다. 정작 강한 자들은 슬쩍 건드리기만 해놓고, 약자에게는 '갈 데까지 가 보자'는 폭력적인 태도. 상대가 이렇게 나오면, 바보가 아닌 이상 안다. 아, 접으라는 얘기구나. 뭘 하든 하지 말라는 얘기구나. 그래? 그렇다면 접어 주지! 구구절절 설명해 무엇하랴. 술을 마시듯 글이나 쓰자! 문체반정의 소용돌이에서 힘들게 빠져나온 뒤, 이옥은 그렇게 묵묵히 자신의 길을 간다.

허먼 멜빌의 소설 『바틀비 이야기』의 배경은 월스트리트의 변호사 사무실이다. 어떤 야심도 없이 '안전한 법률가'로 살아가고 싶어 하는 주인공이 고용한 필경사가 바로 바틀비다. 사무실에 들어온 이후부터 바틀비는 줄곧 말없이 조용하게, 음침하게, 기계적으로 필사를 반복한다. 오로지 필사만 한다. 문서를 대조 검토하려고 불러도, 잔심부름을 시키려고 불러도, 신상정보를 물어도, 심지어 호의를 베풀려 해도, 되돌아오는 바틀비의 대답은 오직 하나다. "그러고 싶지 않습니다."

그러고 싶지 않다고? 난 갑甲이고 넌 을乙인데? 그런데 정작 이상한 건, 바틀비가 어떤 불안이나 분노, 초조함도 없는 태연한 얼굴로 '그러고 싶지 않습니다'라고 말할 때, 그 말이 이상하게 나의 권력을 무력화한다는 사실이다. 매번 바틀비는 '그러고 싶지 않다'고 말할 뿐이고, 나는 점점 약자가 되어 바틀비의 반응을 갈구하면서 패닉에 빠지고 만다.

> 인간이란 전례가 전혀 없고, 또 전혀 말도 안 되는 우격다짐으로 자신의 요구를 거절당하면, 그때까지 가장 명백하고 자명하다고 생각했던 신념까지도 흔들리는 경우가 있다. 말하자면 실로 이상

한 일이지만, 모든 정의와 타당성은 상대방에게 있을지도 모른다는 막연한 생각을 가지게 되는 법이다.(허먼 멜빌, 『바틀비 이야기』)

세상에서 가장 이상한, 그러나 단호한 저항—그·러·고·싶·지·않·습·니·다. 무슨 이유가 더 필요하겠는가. 이옥은 자신의 문체를 '버리고 싶지 않았던' 것뿐이다.

이옥을 위한 나라는 없다
— 정조와 문체반정

정조는 문체에 대해 유난히 엄격했던 왕이다. 이건 무엇보다도 우선, 그 자신이 타의 추종을 불허하는 책벌레였기에 가능한 일이다. 건륭제 때 『사고전서』를 편찬하기 위해 엮은 책목록을 구입해서 자신이 읽고 싶은 책을 체크한 후 이를 직접 수입해서 독파할 정도로 지독한 책벌레요, 『홍재전서』弘齋全書라는 엄청난 분량(184권 100책)의 어록을 남긴 '아카데믹 킹', 그게 정조다. 왕이라는 메리트를 이용해 가장 박학한 독서광이 될 수 있었던 것. 먹어 본 사람이 맛을 안다고, 덕분에 정조는 지식인들의 글쓰기에서 발생하는 균열을 감지할 수 있었다.

> 대저 문체란 세대에 따라 동일하지 않아서 한 세대의 사이에도 혹 누차 변한다. 오직 시대의 유행일 뿐인데, 그 성쇠와 흥망이 일찍이 정치와 공통되지 아니함이 없었다. 도를 담는 문장이 가장 좋고, 비록 그 이하라도 반드시 학식이 속에 쌓여야 아름다움이 밖으

로 드러나 순탄함을 구하지 않아도 자연히 순탄하며, 기이함을 구하지 않아도 자연히 기이하여진다. …… 우리나라는 문사들이 울창하여 앞뒤에 서로 바라보이는데, 선배의 큰 솜씨에 대해서는 누가 어렵고 누가 평이하며, 누가 순탄하고 누가 기이한지는 알 수 없으나, 역시 성대하다고 하지 않을 수 없다. 그러나 어쩐 일인지 근래에 들어서는 고요하여 들리는 것이 없고 유생들이 익히는 것은 과장의 문자에 불과할 뿐이다. …… 어떻게 하면 문체를 혁신하여 순탄하게도 하고 기이하게도 하는 것을 각기 알맞게 하여 사문斯文을 확장하고 세상 도리를 빛나게 할 수 있겠느냐.(『홍재전서』 49권, 「책문」策問 2, '문체')

1792년 본격적인 문체정책이 시행되기 전부터 정조는 초계문신 친시親試나 성균관 유생의 응제문으로 내린 책문에서 여러 차례 문체를 언급했다. 책문의 핵심은 이렇다. 문장과 세도는 함께 가는 것인데, 지금의 문체는 도대체가 세상을 다스리려는 뜻이 없다. 그런 관점에서 그 문제점과 해결책을 논술하라! 여러 책문 중에서 정조의 마음에 쏙 들었을 '모범답안'을 하나 소개한다.

신은 세도란 마치 흐르는 강물이 한 번 그 길이 열리면, 갈수록 더욱 밑으로 내려가 졸졸 흐르는 지류를 막지 않으면 마침내 산하를 뒤덮게 되기에 이르므로 지금이라도 그 지류를 가로막고 큰길로 소통시킨다면 오히려 힘을 쓸 곳이 있다고 생각합니다. …… 전하

같으신 문장으로써 어찌 근세의 문체를 미워하여 쇄신시킬 수 없겠습니까. …… 신은 혜성, 패성과 무지개, 흙비 오는 것을 일러 천재天災라 하고 한발, 홍수로 무너지거나 고갈되는 것을 일러 지재地災라 한다면, 패관잡서는 인재人災 중에서 가장 큰 것이라 생각합니다. 음탕한 말과 더러운 이야기가 사람의 심령을 방탕하게 하며, 사특하고 요사스런 내용이 사람의 지식을 미혹에 빠뜨리며, 황당하고 괴이한 이야기가 사람의 교만한 기질을 신장시키며, 화려하고 아름답고 쪼개지고 잗다란 글이 사람의 씩씩한 기운을 녹여 버립니다. 자제가 이것을 일삼으면 조정의 일을 등한히 여기고, 부녀가 이를 일삼으면 길쌈하는 일을 마침내 폐지하게 될 것이니, 천지간에 재해가 어느 것이 이보다 더 심하겠습니까. 신은 지금부터라도 국내에 유행되는 것은 모두 불사르고 북경에서 사들여 오는 자를 중벌로 다스린다면, 거의 사설邪說들이 뜸해지고 문체가 한 번 진작될 것이라 생각합니다.(정약용, 「문체개혁책」)

다산이 지어 올린 「문체개혁책」의 일부다. 다산은 정조보다 한 걸음 더 나아가, 문체 폐단의 주범인 패관잡서는 재해라고 못 박은 뒤, 패관잡서를 다 불사르고 서적을 들여오는 자를 중벌로 다스려 문체를 근본적으로 바로잡아야 한다고 목소리를 높인다. 단호함을 넘어서 섬뜩하기까지 한 어조다. 아무튼 정조의 생각이 바로 그랬다. 작금의 문체가 어지러워진 원인이 명말청초의 소품과 패관소설이라는 데 그들의 생각은 일치했다.

속학의 폐단이 심하다. 명나라 말년, 청나라 초기로부터 제가들의 초쇄하고 괴벽한 문체가 출현하고 번잡한 문장과 여분의 글들이 찬란하게 꽃을 피워 회해詼諧; 해학와 극담劇談을 꿀처럼 여기고 송나라 선비를 진부하다고 지목하여 당송의 팔대가의 문장을 진부하다고 비웃은 지가 어느덧 백여 년이 되었다.(『홍재전서』 50권, 「책문」 3, '속학'俗學)

패관소설은 사람의 심술을 가장 해치는 것이니, 문장과 경술에 뜻을 둔 선비라면 상을 준다고 하더라도 보지 않을 것이다. 더구나 음조가 낮고 슬프며 날카롭고 경박한 고신얼자孤臣孼子의 슬프고 근심스러운 소리를 무엇 하러 읽겠는가. 처음에는 이러한 문체를 추구하는 자가 있다는 말을 듣고도 대수롭지 않게 여겨 내버려 두어도 다스려질 것이라고 생각했는데, 요사이에 와서 보니 시례詩禮를 전수해 온 집안의 자제로서 근밀한 자리에 출입하고 왕명을 윤색하는 자들까지도 습속에 물드는 것을 면치 못하고 있다.(『홍재전서』 163권, 「문학」)

반고의 『한서』 「예문지」에 보면 "소설류에 속하는 것들은 대개 패관의 손에서 나왔으며, 그것은 가담항어街談巷語, 도청도설道聽塗說로써 만들어진 것이다"라는 기록이 있다. '패관'稗官이란 일반백성의 풍속과 사건, 항간에 떠도는 이야기같이 '자질구레한 것'들을 기록하는 관리를 말하고, 소설小說 역시 '자질구레한 이야기'를 통칭하는 말이다. 예컨대, 여항에서 벌어지는 기이한 사건이라든가, 유명인사의 뒷담화, 박물학적 지식, 귀신 세계의 이야기, 기이한 러브스토리 등등, 심각하고 근원적인 문제들에 대한 통찰은 결여되어 있지만 들으면 재미있고 버리기엔 아까운 이야기들을 '소설'이라는 말로 통칭했던 것. 모름지기 일상의 즐거움 중 하나가 시시콜콜한 이야기들로 웃고 떠드는 일 아니겠는가. 사람이 사는 곳에 '이야기'가 없을 수 없는 법. '패관소설'은 인류의 삶에서 필수불가결한 산물일 수밖에 없다. 출판문화의 발달과 더불어 당송, 명청 시대를 거치며 이야기 모음집이 줄기차게 편찬되었고, 이는 지식인들 사이에서도 꽤 광범위하게 읽혔다. 정조가 분개했던 건 이 때문이다. 어떻게 세도를 이끌어야 할 지식인들이 한낱 자질구레한 이야기에 빠져 마음을 어지럽히고 그 문체를 따라한단 말인가.

우리가 종종 놓치는 사실. 정조는 완고한 주자학자다. 『주자서절요』 몇 페이지 몇 줄에 무슨 구절이 있는지를 정확히 기억했다고도 하고, 『주자대전』 한 질을 암송했다고도 하니, 말 그대로 '골수 주자학자'다. 그뿐인가. '주자대전집'을 편집하겠다는 야심찬 계획을 품고 조선 사신을 통해 주자의 저서 원본을 구해 오라 명한다. 다행인지 불행인지, 예기치 않은 죽음으로 주자대전집 편찬은 불발로 끝났지만, 아무튼 주자에 대한 정조의 오마주는 끝이 없을 정도다. 정치적으로 보자면, 왕권을 위협받는 자, 그러나 그에 대적할 힘이 충분치 않은 자가 구사할 수 있는 전략은 하나. 사상적으로 더욱 굳건히 무장하여 정통성을 확보하는 것! 정조에게 주자학은 자신의 왕권을 보호해 주는 사상적 갑옷이었다. "공자의 도는 주자에 밝혀져 있고, 주자의 책은 대전에 갖춰져 있다. 그런고로 공자의 도를 보고자 하는 사람은 반드시 먼저 주자에 고질考質해야" 한다라든가, "사학邪學이 횡행橫流하는 까닭은 정학正學이 불명한 데서 연유하는 것이니, 정학을 밝히기 위해서는 주자를 존중하는 것보다 더 급한 것이 없다"는 구절에서 여지없이 드러나는바, 정조는 주자를 통해 정학을 계승하고 이로써 왕도정치를 구현하고자 했던 것이다.

규장각의 재정비(1778)는 이러한 의지의 일환이라 할 수 있다. "우문지치 작인지화"右文之治 作人之化를 캐치프레이즈로 내걸고, 1781년에 초계문신抄啓文臣 제도를 부설한 정조는 세미나와 강좌를 열정적으로 주도해 나간다. 초계문신들에게는 신분 보장과 함께 잡무가 면제되었으니 이게 웬 떡이냐며 환호성을 질렀을 것 같지만, 상식적으로 생각해 보건대, 왕과 하는 세미나가 뭐 얼마나 재미났겠는가. 게다가 정기적으로 보는 시험 결과에 따라 엄격한 상벌제가 실시되었으니, 모르긴 몰라도 죽을 맛이었으리라. 어쨌거나, 규장각이라는 아카데미를 중심으로 정조는 주자학적 사유체계를 공고화하고, 이를 바탕으로 자신의 문체론을 강하게 피력한다. 그런데 잔뜩 기대를 걸었던 바로 그 규장각 초계문신들이 소품에 홀딱 빠져 있는 걸 목격했으니, 정조 역시 그들 못지않게 상처를 입었을 수도 있겠다.

성리학의 기본적인 문장론은 문이재도론文以載道論이다. 문장은 도를 싣는 도구다. 그러므로 문장이 삿되다는 것은 결국 그 '도'의 쇠락을 암시한다. 이런 전제하에, 정조는 육경과 좌사左史; 『춘추좌씨전』,

『사기』, 당의 한유와 유종원에서 송의 구양수에 이르는 당송팔가의 문장을 전범으로 삼았다. 이런 정조가 보기에, 당시 지식인들 사이에서 유행하는 문체는 천박하기 짝이 없었다. 정조는 우선 그 원인을 청의 고증학에서 찾는다.

> 지금 문체가 날로 수준이 떨어져 수습할 수 없는 지경에 이른 것은 고증학이 그 단초를 연 것이다. 자기의 견해를 내어 능히 작자의 울타리에 들지 못할 경우, 스스로 자신의 능력 없음을 헤아려 알게 되므로 이에 고인의 저술 중에서 지리, 인명, 세대, 보계譜系로서 혹 잘못된 것을 따내어 이리저리 끌어대 부연해 설을 세우고, 전적으로 글자를 책에 가득 채우는 것을 최후의 방법으로 삼는다. 이래서 문장에 능한 자가 드문 것이다.(『홍재전서』 163권, 「문학」)

고증학이란 무엇인가. 실증적인 고거古據를 바탕으로 경서를 해석하는 학문 경향이다. 벤저민 엘먼Benjamin Elman의 지적대로, "청대의 고증학자들은 모든 문제를 우주적인 원리[理]로 환원시키고 그에 따라 추론한 개념을 기초로 결론을 도출해 내는 도학의 습관을 역전시켰다."(『성리학에서 고증학으로』) 물론, 그렇다고 해서 고증학이 경학經學을 파괴한 건 아니다. 오히려 그들의 목적은 "경학의 재건"이었다(고증학 전반에 대해서는 벤저민 엘먼의 책과 함께 켄트 가이의 『사고전서』를 참조). 하지만 그들이 발굴한 자료, 그들의 방법론, 그들의 관점은 기존의 경전 해석 자체를 뿌리째 뒤흔들 수 있을 만큼 강력하고 위험한 것이었다. 정조처럼 박학한 자가 그 사실을 몰랐을 리 없다. 정조는 흔들리지 않았다. 더 굳건하게 육경과 좌사 및 주자서를 문장의 근원으로 삼을 것을 천명한다.

그러나 이 시대에는 정조 못지않은 책벌레들이 득시글거렸다. 중국을 통해 들어오는 다양한 서적들은 이미 조선의 지식인들 사이에서 널리 읽혔다. 18세기에는 역관과 서적중개상을 통해 국내외 서적 유통망이 갖춰지는데, 특히 "경화세족을 진원지로 하는 소설, 소품의 유행, 박학의 추구와 고증학풍의 형성은 18, 19세기의 문학과 학문에 일어난 거대한 지각변동이었다."(강명관, 『조선시대 문학 예술의 생성공간』) 여기저기서 심상치 않은 기운들이 포착되었고, 이질적인 욕망들이 꿈틀거리고 있었다. 견고해 보이던 주자학적 질서에 미세한 균열이 생기기 시작했고, 지식인들은 출구를 찾기 위해 움찔댔다. 이 꿈틀거림이 이질적 독서와 글쓰기로 표현되었던 것이다. 명이 몰락한 원인은 성리학적 질서의 붕괴이며, 이는 쇠약하고 우울하고 음산한 글쓰기에서 비롯된 것이라고 생각하고 있던 정조로서는 이런 경향을 좌시할 수 없었다. 하여 그가 택한 강공법이 청으로부터의 서적 수입 금지와 문체반정이었던 것.

> 근래 선비들이 점차 타락하고 문풍은 날로 비리해지고 있다. 비록 공령문자功令文字만 보더라도 패관소품의 문체를 사람들이 모두 모방해 써서 경전 숙속지미經典 菽粟之味; 경전에서 늘상 접하며 빠뜨릴 수 없는 의미는 한낱 쓸데없는 것이 되어 부천기각浮淺寄刻하여 고인의 체

가 없고, 초쇄경박噍殺輕薄하여 치세의 소리가 세도와 관련된 것과 같지 않으니, 진실로 작은 근심이 아니다. …… 이러한 폐단을 발본색원하려면 애당초 잡서들을 중국에서 사오지 못하게 하는 것이 제일이다. 그리하여 앞서의 사행 때도 물론 누누이 당부해 왔었지만, 이번 사행에는 더욱더 엄히 단속하여 패관소기稗官小記는 말할 것도 없고 경서나 『사기』라도 당판唐板인 경우 절대로 가지고 오지 말도록 하고, 돌아오는 길에 압록강을 건널 때 하나하나 조사해서 군관이나 역관 무리라도 만일 가지고 오는 자가 있으면 바로 교서관에서 압수하여 널리 유포되는 폐단이 없게 하라.(『정조실록』 16년1792년 10월 19일)

이옥이 『조선왕조실록』에 등장한 바로 그날의 기록이다. 이보다 앞서 정조 11년의 기록에도, 근래의 문체가 이 지경에 이른 것은 명말청초의 패관잡설 때문이니 사신으로 하여금 잡술서적의 수입을 금지하도록 하라는 언급이 보인다. 그러다 이옥 같은 일개 유생이 응제문에 소설체를 사용한 것을 보고 적잖이 놀랐던 모양인지, 정조는 한층 강한 어조로 패관잡서의 수입을 금지하는 동시에 경서라 하더라도 당판은 절대로 들여오지 말 것을 명한다. 당판이란 일종의 문고판으로, 글자가 작고 종이가 얇아 휴대하고 보기가 훨씬 편했던 모양이다. '미디어는 메시지다'라는 맥루한의 말을 상기해 보면, 당판을 읽을 때와 기존의 판본을 읽을 때의 애티튜드가 사뭇 달랐으리라는 건 짐작이 되고도 남는 일. '독서 경건주의'적 태도를 가진 주자학자의 입장에서 보면 "당판을 찾는 이유는 누워서 보기에 편리해서인 것이다. 이른바 누워서 본다는 것이 어찌 성인의 말씀을 존숭하는 도리이겠는가"(정조)라며 혀를 차는 것도 이해가 안 되는 바는 아니다.

요컨대, 문체는 세도를 고스란히 반영한다는 것, 그런데 지금의 문체는 진지함과 실용성을 잃고 우울함과 유약함과 겉치레에 빠져 있다는 것, 그게 다 명청의 패관잡서 때문이라는 것, 그러므로 서적의 수입을 금하고 소품체나 소설체를 사용하는 자는 색출하여 혼쭐을 내 줘야 한다는 것. 이게 정조의 논리다. 앞서 말한 노론 가문의 자제들과 연암그룹, 그리고 우리의 이옥이 그 논리를 입증하는 '산 증인'들이었던 셈. 일련의 처벌을 통해 강력한 문체정책 의지를 피력한 정조는, 이듬해(1793) 일종의 '기출문제 모범답안집'인 『육영성휘』育英姓彙를 완성하여 '문체의 법식'을 제시하는 한편, 1794년에는 『주서백선』 간행을 시작으로 주자전집 편찬 프로젝트를 구상한다. 이후에도 문체에 관한 언급은 계속되지만, 이로써 정조의 문체정책은 일단락되었다.

여기서 잠깐. 정조의 문체반정에서 한 가지 주목해야 할 사항이 있다. 문체반정 한 해 전인 1791년, 한국 천주교 최초의 순교사건인 '진산 사건'이 있었다. 전라도 진산의 윤지충尹持忠이라는 자가 외사촌 권상연權尙然과 더불어 『천주실의』를 비롯한 천주교 서적에 감명을 받아 천주교에 귀의했는데, 1791년 모친상을 당해 유교식 제사를 거부하고 신주를 불태워 버린 사건을 말한다. 조선의 유학자들이 이 패륜적 행태를 두고 봤을 리 없다. 상소가 빗발쳤고, 천주교 문제가 다시 불거졌다. 그러나 천주교를 이단적인 '학문'의 일종으로 보았던 정조는 정작 이 문제에 대해선 유연하게 대처했다. 정학을 바로잡으면 사학은 저절로 스러질 것이라고 믿었기 때문이다. 앞서 1785년에 형조에서 천주교도들의 비밀집회를 적발한 '추조 적발사건'이 발생했을 때도 유생들의 여론을 잠재우고 거의 대부분을 석방시켰던 터다. 서학이 점점 성해지고 있으니 금령이 시급하다는 상소에도, 정조는 "정학이 밝아져서 사학이 종식되면 상도를 벗어난 이런 책들(서학 관련 서적)은 없애려 하지 않아도 저절로 없어져서 사람들이 그 책을 연초燕楚의 잡담만도 못하게 볼 것이다. 그러니 근원을 찾아 근본을 바르게 하는 방법이 바로 급선무에 속한다"(『정조실록』 12년 8월 6일)며 태평했다. 정조가 생각하는 '급선무'는 무엇인가. 그게 바로 문체를 바로잡는 일이었다.

> 내가 일찍이 연신筵臣에게 이르기를 '서양학을 금지하려면 먼저 패관잡기부터 금지해야 하고 패관잡기를 금지하려면 먼저 명말청초의 문집들부터 금지시켜야 한다' 하였다. 대체로 그 근본을 바르게 하는 것은 오활하고 느슨한 것 같아도 힘을 쓰기가 쉽고, 그 말단을 바로잡는 것은 비록 지극히 절실하고 빠른 것 같아도 공을 이루기가 어려운 것이다.(『정조실록』 15년 10월 24일)

> 내가 새로운 서적의 구입을 금하는 것이 어찌 금하고 싶어서 금하

는 것이겠는가. 다만 섭렵하는 학문이 실득實得하는 데 도움이 없고, 부박한 습성이 가슴속에 스며드는 것을 참아 내지 못해서이다. 미루어 보면 문사文辭나 행검行檢에 이르기까지 어디든 이러한 모양이라서 책상에 쌓여 있는 패관소설에 조금도 부끄러워하는 기색이 없으며 좌석에 널려 있는 진기한 완구나 야한 솜씨를 고상한 취향으로 여기고 있다. 풍속은 이 때문에 나날이 어그러지고 사치는 이로 인해 나날이 성하여져서, 점차로 이단과 사학이 그 틈으로 끼어들어 경술이 자칫하면 종식되고 말 것이니 매우 염려가 된다.(『홍재전서』 51권, 「책문」 4, '경술'經術)

서학이 퍼지는 건 정학이 흔들리기 때문이다. 그렇다면 정학은 왜 흔들리는가? 패관잡기 때문이다. 패관잡기를 읽으니 문체가 무너지고, 문체가 무너지니 풍속이 어그러지고, 풍속이 어그러지니 정학이 흔들린다. 그러니 패관소품의 해는 사학보다 심하다! 따라서 이단을 몰아내려면 근본(정학)을 바로잡아야 하고, 근본을 바로잡으려면 패관소품체에 물든 문체부터 바로잡아야 한다는 얘기다. 흥미롭지 않은가? 정학이 바로잡히면 만사형통이라는 이 근거 없는 자신감이나, 서학 문제의 해결책을 문체에서 찾으려는 발상이나.

물론 이 지점에서 '정치적 독해'가 가능할 수도 있다. 서학에 물든 이들은 대체로 남인 계열인 반면 문체반정에서 걸려든 이들은 거의 노론 계열의 지식인들이었으니, '남인을 정치세력화하려는 정조 VS 정조와 남인을 견제하는 노론'의 대립구도로 해석할 수도 있겠다. 그러나 이런 해석은 '가능한 하나의 해석'일 뿐이지, 문체반정의 과정 전체를 정치적 전략으로 환원하는 건 좀 무리다. 그렇다면 이옥은? 남인도 노론도 아니었던, 그러나 문체반정의 진정한(?) '피해자'인 이옥은 어찌 되는 건가? 전략적 대립구도로 문체반정을 몰고 가게 되면 이옥 같은 소수자는 묻히고 만다. 정치적 의도와 총체성, 집단 간의 대립을 중심으로 기술되는 '다수적 역사'가 놓치는 것은 바로 이 지점, 즉 이미 가시화된 균열들, 미세하고 특이한 것들에 작동하는 권력의 실제적 효과, 그리고 소수적 저항들이다. 나는 이옥을 이런 관점에서 주목할 것이다.

'서학은 불순한 문체로부터'라는 정조의 공식과 관련된 사건이 하나 더 있다. 이옥이 두번째 충군의 명을 받아 삼가현으로 갔다가 귀향한 후인 1797년, 그의 벗 김려와 강이천이 유언비어 사건으로 압송되는 일이 발생한다. 유언비어라 함은 해적과 관련된 것으로, "강이천이 바야흐로 천안에 살면서 해랑적海浪賊들의 소설騷屑스러운 말들로 시골사람들을 속여 의혹시킨다"는 내용이었다. 바다에서 새로운 진인(영웅)이 출현한다는 '예언설'로 혹세무민했다는 얘긴데, 사건을 본격적으로 파고들자면 노론 명가 김상헌의 종손인 김건순까지 얽혀 있는 터라 이 사건은 강이천과 김려, 김이백을 유배 보내는 선에서 급히 종결되었다.

정조 사후인 1801년, '신유박해'라는 대대적인 천주교 탄압 속에서 결국 이 사건이 다시 불거져 김려는 진해로 유배를 가고 강이천은 끝내 옥사하고 말았지만, 아무튼 정조는 '유언비어' 자체에 크게 신경쓰지 않은 듯하다. 여기서 흥미로운 점은 사건에 대한 정조의 시각이다. 유언비어 사건이 일어난 당시 강이천과 김려는 소품문체를 쓴다는 이유로, 정조의 명에 따라 동지성균관사를 지낸 이병정에게 '문체 교정수업'을 받고 있는 중이었다. 정조가 생각하기에, 이런 황당한 유언비어나 서학이 활개를 치는 것은 모두가 '그놈의 소품문' 때문이었다. 자기논리의 정당성을 또 한번 확인한 정조는 조정대신을 불러 모은 '고위간부 회의'에서 이와 같이 일갈했다.

> 요즘 인심이 착하지 못하고 선비의 취향이 단정하지 못한 나머지 성인이 아닌 자의 글을 보기 때문에 바르지 못한 일을 하게 되고, 마침내 그 폐단이 젊은 사람이 어른을 능멸하고 천한 사람이 귀한 사람을 능멸하는 지경에 이르렀다. 그리하여 점차 군부君父까지 대수롭지 않게 여겨 제멋대로 가르침을 따르지 않는 죄에 빠지기에 이르러 이번 일(강이천 사건)이 일어난 것이다.(『정조실록』 21년1797년 11월 12일)

역시나 문제는 잘못된 독서와 글쓰기라는, 참으로 일관된 논리다. 김려의 벗이기도 했고, 아마도 성균관 시절 강이천과도 교분이 있었을 이옥은 다행히 이 사건에 말려들지 않았다. 1796년에 부친상을 당해 상중이었던 탓일 수도 있지만, 김려와 강이천만큼 '있는 집 자제'가 아닌지라 이미 모두에게 잊혀진 존재였을 수도 있다. 행운이라면 행운이다. 이옥은 절친한 벗 김려가 옥고를 치르는 걸 보면서 다시 한번 절감했을 것이다. 소품이 저토록 불경한 것이란 말인가? 모든 '이단적' 사고와 말의 원인으로 지목될 만큼? 자유로운 글쓰기를 용납하지 않는 궁핍한 시대에 내가 쓰일 곳은 없겠구나! 추측건대, 이 무렵의 사건을 겪으면서 이옥은 입신立身에 대한 꿈을 완전히 접은 듯하다. 글쟁이로 숨어 살겠노라! 이옥의 신산한 인생은 이렇게 막을 내렸다.

피도 눈물도 없이
—글쓰기와 주체화 과정

그런데 이쯤에서 드는 의문. 아니, 실은 이 모든 사건을 관통하는 의문. 대체 '문체'가 뭐기에, 글쓰기가 뭐기에, 이옥은 그런 고생을 감내하고, 정조는 그런 무리수를 감행했단 말인가.

당송시대 지성사 연구자 피터 볼Peter K. Bol에 따르면, 중국지성사의 핵심은 '사문'斯文이다. 공자가 광땅에서 포위당했을 때, "하늘이 장차 이 문화[斯文]를 없애려 한다면 후세 사람들은 이 문화에 참여할 수 없을 것이다. 하늘이 이 문화를 없애려 하지 않는다면, 광땅 사람들이 나를 어찌하겠는가"(『논어』)라고 언급했다는 기록 이래, '사문'은 유학의 문화 일반을 지칭하는 고유명사가 되었다. 여기서 문文은 규범적 이치나 모범을 뜻하기도 하고, 외적 의례나 형식을 의미하기도 하는 다소 모호하고 포괄적인 개념이다. 그러다 당대에 이르러 '사문'은 "인간 사회의 제도로 만든 고대의 문헌적 전통"을 지칭하게 되었고, 나아가 "저작, 통치, 행위 속에서 적절한 형식의 전통들을 포괄하게 되었다."(피터 볼, 『중국 지식인들과 정체성』) 그러나 성리학적 이념이 체계화되는 송대에 이르면, 이런 외적 전통을 내적인 '마음의 능력'으로 전환시킬 것이 지식인들에게 요청된다. 한마디로, 과거의 전통을 각자의 마음속에서 내면화하라는 것.

요컨대, 사대부란 무엇인가. 글을 읽고 쓰는 독서인이자, 독서를 기반으로 사회적 지위를 획득하는 국가 관료, 그게 '士+大夫'라는 주체다. 이런 의미에서 피터 볼은 북송 시대의 지성문화를 "개인적인 수양과 사회정치적 책임의식이라는, 고문古文 속에 담긴 긴장이 전개된 것"(앞의 책)으로 보았다. 학문이란 과거의 문에 대한 배움일 뿐 아니라, 그것을 시대에 합당하게 '변환'시켜 내는 주체적 능력의 고양이다. 우주 질서를 따르는 어떤 것도 변환 능력이 없다면 연속이 가능하지 않기 때문이다.

북송대의 도학자들은 한편으로는 유가적 사유를 개념화·체계화하고, 또 한편으로는 당대에 일가를 이룬 선종禪宗 사상의 핵심인 '마음'의 문제를 유가적으로 전유함으로써 새로운 주체화 양식을 구성해 냈다. 송대의 이 '종합'을 통해 문은 주체의 내면과 연관되었고, 글쓰기는 사대부 계층의 정체성을 확립하는 키워드가 될 수 있었다. 관료가 된다는 것은 상하가 명확히 구분되는 권력관계 속에 포획된다는 것을 의미하지만, 읽고 글쓰는 행위를 통해 나의 마음은 얼마든지 자유로울 수 있다. 몸은 궁궐에 있지만 마음은 강호에 머문다는, 이른바 '조은'朝隱; 조정에 은둔함이라는 역설적 개념화가 가능해진 것이다. 더 나아가, 관직을 차지하지 않고도 '사문'을 내 마음속에서 주체화하는 것이 가능하게 된다. 말하자면, '읽고 쓴다'는 행위를 통해 '문'을 계승함으로써, 개체는 역사적 보편성과 연속성을 부여받음과 동시에 개체의 고유한 인격을 고양시켜야 한다는 이중의 요구를 충족시킬 수 있었던 것이다.

이처럼 동아시아에서 문은 필연적으로 고古; 전통와 연관된다. 읽고 쓴다는 것은 나를 시간의 연속성 속에 위치시키는 방편이다. "군자는 문으로 벗을 모으고, 벗으로 인을 지탱한다"以文會友 以友輔仁라는 『논어』 구절이 함축하는 대로, 문은 사회적 관계를 형성하는 출발점이다. 관계에는 언제나 특정한 '형식'이 뒤따르는바, 군신의 도, 부자의 도, 붕우의 도처럼 사회관계를 형성한다는 것은 흐름의 접속이 일정한 코드에 따라 분절됨을 의미한다. 문 역시 마찬가지다. 문이란 말 그대로 '무늬', 즉 밑바탕(질료)의 일정한 형식화·코드화를 뜻한다. 날것 그대로의 사유와 감정은 '문'을 통해 마름질되지 않으면 안 된다. 따라서 그 문(무늬)이 어떤 규칙성을 갖고 드러나는 바로서의 '문체'란 단순한 외적 형식이 아니라 도라는 질/바탕을 가시화하는 문제이자, 잠재적인 것을 적절한 방식으로 현실화하는 문제인 것이다. 지식인들은 언제나 도道/리理 자체가 아니라 그것의 현실태인 '문'을 통해 그것의 가치를 평가한다. 때문에 유가에서 문은 성인의 도를 드러내는 그릇이요, 사대부는 그 글을 통해 성인의 도에 입류入流하게 되는 것이다. 문이 언제나 도와 연결되어 논의될 수밖에 없었던 사정은 이와 같은 전통적 문 개념에 있다.

요컨대, 동아시아에서 독서와 글쓰기는 핵심적인 주체화 양식이었다. 독서인은 그 행위를 통해 전통의 담지자가 되는 동시에, 전통을 무기로 그 자신이 통치자가 될 수 있었던 것. 전통의 코드화와 관료시스템으로의 영토화, 이게 사대부라는 주체가 구성되는 과정이다. 그러므로 동아시아에서 읽고 쓴다는 건 그 자체로 권력이었다. 이를 서양의 경우와 비교해 보면 더욱더 흥미롭다. 물론, 서양의 경우도 읽고 쓴다는 건 『성서』를 독점한 자들의 특권이었다. 그러나 서양에서 읽고 쓰는 능력을 지닌 '지식인' 개념이 중요하게 대두되는 건 르네상스 무렵이다. 아직은, 영토를 확보한 영주와 그에게 복종을 맹세하며 전장戰場을 누비던 기사가 권력의 중심을 형성했다. 때문에 그 중심에 접근하려면 죽음을 무릅쓰고 전투에 참가하려 했지 글을 배우려고는 생각하지 않았다. 『에세』를 쓴 몽테뉴의 아버지가 몽테뉴에게 열성적으로 라틴어를 가르치고 그리스 로마의 고전을 읽힌 것도 당시로서는 대단한 선견지명이었다. 어쨌든, 유럽에 비하면 동아시아에서는 일찍부터 '문'을 중심으로 권력의 지형도가 구성되었고, 문은 지식인의 핵심적인 주체화 양식이었다.

정조의 문체정책을 이런 관점에서 검토할 필요가 있다. 정조가 '소품체', '소설체'라며 증오해 마지않던 문체들이 단순히 형식적 수사학의 문제라면 문제될 것이 없다. 그러나 정조를 비롯한 주류 성리학자들의 입장에서 볼 때, 그런 문체는 지배적 담론으로부터의 이탈을 의미했다. 푸코 식으로 말하면, 그런 '자질구레한 것'들은 '진위의 대립' 바깥에 있었다고 할 수 있다. 즉, 진위나 가치를 판단하려면 우선 그것들이 담론의 질서 '안에' 있어야 하는데, 근본적이고 진지하고 엄숙한 것과는 애초부터 관련이 없는 패사소품稗史小品들은 지배 담론의 경계 바깥에서 웅성거리는 잡음들인 것이다. 이건 정말 심각한 문제다. 지젝이 누누이 강조하다시피, 승인된 '진리'의 반대급부로서 정립된 '거짓된 것들'은 오히려 진리를 강화시켜 주는 기능을 한다. 예컨대, 무엇이 '참된 리理'인가를 두고 벌어지는 논쟁은 그 과정 속에서 '참된 리'가 있다는 사실 자체를 공고화한다. 하지만 리 담론 바깥에서 리와 무관하게 이루어지는 담론은 '참된 리' 자체를 의문시하고, 나아가 그걸 붕괴시킬 위험성을 안고 있다는 점에서 훨씬 불온한 것이다.

좀 다른 각도에서 사태를 바라보자. 조선 후기에 과거를 패스해서 관리가 된다는 것의 어려움은 어느 정도였을까. "과장科場에서 어지럽게 서로 다투어 왁자지껄한 소리가 극심함은 진실로 후세에 면하지 못할 바요, 또한 피가 장보章甫; 유생들이 쓰는 관에 뿌려지고 시체가 과장에 쓰러져 있어서 오늘날과 같이 놀랍고 참담한 것은 있지 않았다"(「과책」科策)라는 이옥의 묘사로 짐작해 보자면, 지금 우리 사회에서 명문대나 대기업에 들어가기 위해 치르는 전쟁 못지않게 당시의 경쟁 양상이 잔혹했던 건 분명한 듯하다. 이름하여, 입시잔혹사! 이옥의 글을 좀더 보자.

> 지금 저 유생들이 과장에 나아감에 그 바지를 세 번 묶고 등불을 높이 들고 자리를 짊어진 채, 사람이 죽어도 서로 돌보지 않고, 자신이 죽어도 스스로를 아끼지 않는다. 과장의 문을 두드리고 외쳐대는 것은 사나운 군졸이 성을 공격하는 듯하고, 과장에 들어가 달

리는 것은 건장한 사내가 토끼를 쫓는 듯하였다. 위의威儀는 아예 논할 것도 없고 목숨도 또한 보장되지 않는다. 저들도 또한 어찌 즐거워서 그렇게 하겠는가. 진실로 이와 같이 하지 않으면 좋은 자리를 얻지 못하고, 좋은 자리를 얻지 못하면 답안지를 일찍 내지 못하며, 일찍 내지 못하면 시험관이 내쫓아 해액解額; 향시합격자에 들 수 없어서이다.

그러므로 과장의 폐해는 모두 시험관이 답안지를 일찍 거두는 데서 연유한다. 서리와 노복은 모두 서수書手; 대리시험자를 데려오고, 머슴과 군졸과 건부들은 모두 수행하는 종자로서 모인다. 한 사람이 답안지를 내는데 열 사람이 입장하니 과장은 어쩔 수 없이 어지럽게 서로 다투어 왁자지껄함이 극성하고, 심지어는 서로 밟아 살상하는 지경에 이르고야 마는 것이다. 그런데 그 폐해를 바로잡는 방법을 답안지를 일찍 내려고 탐하는 마음에서 찾지 않고, 다만 답안지를 먼저 내려고 다투는 행동에 두고 있으니, 과거에 대한 욕심은 사람에게 똑같이 있는 바인데, 누가 천천히 행동하여 뒤처지려 하겠는가.(「과책」)

과거의 폐해가 '답안지를 일찍 거두는 데서 연유한다'는 대목은 좀 뜨아하지만, 아무튼 당시 과거장의 풍경만은 손에 잡힐 듯 그려진다. 문제는, 이런 전쟁을 치르고 패스하더라도 입신양명이 보장되지 않는다는 현실에 있다. 연암이 「양반전」에서 묘사한 바 있듯이, 양반에 대한 불신과 회의가 팽배했고, 양반문서를 사고팔 정도로 계급구조는 연성화軟性化되어 있었다. 이런 상황을 고려한다면, 패관잡기 때문에 정학이 혼란스러워진 게 아니라, 일련의 탈영토화·탈코드화된 흐름들이 패관잡서나 서학 같은 비주류적 담론과 접속한 것이라고 보는 게 적절하다. 이러한 실상을 통찰하지 못하고 문체만 바로잡으면 정학이 바로 설 거라고 믿었다는 게 정조의 패착이다. 성리학적 질서에 생긴 균열들은 이미 봉합할 수 없을 정도로 벌어지기 시작했고, 완고한 계급질서는 붕당의 책임으로 돌릴 수 없을 정도로 곳곳에서 누수되고 있었다. 겉으로는 청을 오랑캐라고 불신하고 모멸했을지 모르지만, 청을 다녀온 자들을 통해 전해지는 풍문은 연일 놀라운 소식을 실어 날랐고, 청을 통해 수입되는 고동서화古董書畵는 정처 없는 신세대의 마음을 정신없이 사로잡았다. 문체의 변화는 그런 흐름의 자연스러운 결과라고 할 수 있다. 이 자연스러운 흐름을 누가 막을 수 있단 말인가. 제아무리 똑똑한 왕이라 해도, 일목난지一木難支다.

정조에게 '개혁 군주'라는 이미지를 부여하고자 하는 우리의 열망 때문일까. 우리는 종종 그가 권력자라는 사실을 잊는다. 아울러 권력은 언제나 '검열하는 권력'이라는 사실도. 담론의 배제를 실행하지 않는 지배권력은 없다. 개혁 군주 또한 '개혁 의지'라는 명목으로 담론을 배제하고 검열하는 자일 뿐이다. '문체반정'이라는 강력한 문체정책을 실시한 원인이야 여러 가지 측면에서 고찰할 수 있겠다. 노론을 견제하려는 정치적 의도도 없지는 않았을 테고(이게 전부였다고 보기는 어렵지만), '순정한' 주자학자로서의 사명감이었을 수도 있고, 어쩌면 정조 자신의 '취향' 문제였을 수도 있다. 여러 가지 원인이 작동해서 어쨌든 문체반정이 일어났다. 중요한 건 그 효과다. 그래서 '문풍'文風은 정조의 의도대로 '정화'되었는가? 정조의 관점에선 그렇게 얘기할 수도 있겠다. 하지만 결과적으로 소품문은 사라지지 않았고, 오히려 글쓰기의 상상력은 위축되고 다양한 글쓰기 실험들은 좌절되었다. 정학의 재정립? 알다시피, 정학은 하릴없이 무너져 갔고, 그가 세상을 떠난 지 100년도 안 되어 서양은 '문명'이라는 이름으로 무장한 채 돌진해 왔다. 부질없는 짓이지만, 이렇게 생각해 본다. 혹, 정조가 좀더 유연하게 외부로부터 새로운 지식을 수용하고, 실험적 글쓰기들을 용납했더라면 어찌되었을까?

작금의 문체와 명청 소품을 둘러싼 정조의 탄식과 우려에서 나는 불안을 읽는다. 불안은 더 이상 무엇인가가 지속될 수 없음을 감지한 자가 그럼에도 불구하고 그것을 지속시키려는 헛된 열망에 사로잡힐 때 구성되는 정서다. 정조는 감지했을 것이다. 이미 감당할 수 없는 변화의 힘을. 그럴수록 더욱 붙들고 싶어졌을 것이다. 자신의 신념과 이 질서를.

> 대기 현상은 명백한 무질서로서 법칙이 지배하는 두 질서 사이에 나타나는 보기 드문 예외로 보이지만, 실상은 이와 반대이다. 일반적인 생각과는 반대로, 가장 작은 세계에서 가장 큰 세계에 이르기까지 질서정연한 낡은 체계들은 멈추지 않는 바다 위에 드문드문 나타나는 섬에 지나지 않는다. …… 질서는 무질서가 펴져 있는 곳

에 드물게 나타나는 희귀한 것일 따름이다.(미셸 세르, 『헤르메스』)

권력은 측정하고 질서화하고 지층화한다. 그러나 언제나 그 가운데 측정불가능한 것, 질서화되지 않는 것, 유연하게 달아나는 흐름들이 있다. 설사 그 도주가 봉쇄되고, 유연한 것들이 또 다른 지층에서 경화硬化되더라도, 질서를 만들어 내는 건 그 달아남들, 전체와 동일성에 대한 저항들이다. 정조는 조선 건국 이후 수많은 우여곡절 끝에 어렵사리 형성된 성리학적 질서를 유지하려고 안간힘을 썼지만, 그의 의지만으로는 역부족이었다. 그리고, 글쓰기를 통한 이옥의 도주는 그런 점에서 필연이었다.

세상의 끝에서 세상을 만나다
—유배와 여행

1996년, 왕자웨이王家衛는 영화 「해피 투게더」를 찍기 위해 홍콩과 대척점에 있는 부에노스아이레스로 날아간다. 영화 속의 이야기가 끝나는 시점이자 영화가 발표된 1997년 그해, 영국의 소유였던 홍콩이 중국 본토로 반환되었다. 같은 땅이지만 다른 공간이 되었을 때, 그곳에서 살고 생각하고 영화를 찍는다는 건 무엇일까. 이 질문을 품고 왕자웨이는 홍콩과 정반대편에 위치한 곳으로 떠났던 것. 메이킹 필름의 한 독백에서 그는 말한다. "난 거기서 유배의 느낌을 배웠다"고. 위도 아래도, 좌도 우도, 뜨거운 것도 차가운 것도 아닌 제로 디그리. 그 영도零度, 뒤집힌 땅에서 자기가 떠나온 곳을 보기. 공간이 바뀌면 모든 것이 바뀐다. 시간의 흐름이 단절되고, 관계의 불연속, 정서와 사유의 단층이 형성된다. 때문에 영도-유배지로의 추방은 우선 '텅 빔', 지독한 고독의 경험이지만, 반대로 새로운 채움의 계기가 되기도 한다.

조선에서 '유배형'은 사형 다음 가는 중형이었다. 물론 실제로 적용된 양상은 다양하다. 세도가의 인물일 경우엔 유배형이 잠깐의 '외유'처럼 이뤄지기도 했고, 중죄가 아닌 한 유배지가 외부로부터 차단된 오지인 경우는 드물었다. 하지만 세력이 없거나 죄가 중하다고 판단되는 경우엔 제주도나 진도, 추자도 같은 섬으로 유배되었으며, 유배지에서도 거주가 제한되었던 안치安置의 경우에는 외부와의 차단을 철저히 금함으로써 말 그대로 고립무원孤立無援, 두문불출杜門不出의 상태를 강제했다. 그러나 '유배' 자체가 불러오는 고립감과 단절감은 매한가지였을 것. 기존의 관계가 거세되고, 자유로운 소통이 제한된 유배지에서 지식인들이 글쓰기에 몰두하게 되는 건 어쩌면 필연적인 건지도 모르겠다. 글을 쓴다는 것 자체가 관계를 향한 열망에서 비롯되기 때문이다. 유배지에서 글쓰기는 고독과의 대화인 동시에, 이 영도에서 새로운 관계를 복원 혹은 재구성하려는 의지의 몸짓이 아니었을까.

유배지에서의 글쓰기를 생각할 때 가장 먼저 떠오르는 인물은 뭐니뭐니해도 '유배의 아이콘' 다산 정약용이다. 다산의 유배생활은 장장 18년에 이른다. 지금도 애독되는 『유배지에서 보낸 편지』는 강진 유배 시기의 산물이다. 지금이야 '문화답사 1번지'로 알려져 관광명소가 되는 바람에 '땅끝마을'이라는 느낌이 퇴색되었지만, 1980년대까지만 해도 강진은 남해의 '깡촌 중의 깡촌'에 불과했으니 다산 유배 당시야 말할 것도 없다. 왕의 총애를 한몸에 받(고 있다고 생각했)던 자가 권력의 저편으로 추방되었으니 그 심정이 오죽했을까. 다산이 유배지에서 두 아들에게 보낸 편지 중에 이런 내용이 있다.

무릇 사대부 집안의 법도로는 벼슬길에 높이 올라 권세를 날릴 때 빨리 산비탈에 셋집을 내어 살면서 처사로서의 본색을 잃지 말아야 한다. 그러나 만약 벼슬길이 끊어지면 빨리 서울 가까이 살면서 문화의 안목을 잃지 않도록 해야 한다. 지금 내가 죄인이 되어 너희들에게 아직은 시골에 숨어서 살게 하고 있다만, 앞으로의 계획인즉 오직 서울로부터 10리 안에서만 살게 하겠다. 만약 집안의 힘이 쇠락하여 서울 한복판으로 깊이 들어갈 수 없다면, 잠시 서울 근교에 살면서 과일과 채소를 심어 생활을 유지하다가 재산이 조금 불어나면 바로 도시 복판으로 들어가도 늦지는 않다. …… 옛날부터 화를 당한 집안에서 살아남은 사람들은 반드시 먼 곳으로 도망가 살면서도 더 멀고 깊은 곳으로 들어가지 못했음을 걱정하곤 했다. 그리하면 마침내 노루나 산토끼처럼 문명에서 멀어진 무지렁이들이 될 뿐이다.

무릇 부귀하고 권세 있는 집안은 눈썹을 태울 만큼 급박한 재난을 당해도 느긋하게 걱정 없이 지내지만, 재난당할 것을 두려워하여 먼 시골 깊은 산속에 들어가 사는 몰락한 집안은 겉으로는 태평스러운 듯하지만 마음속에서는 항상 근심을 벗어나지 못한다는 말이 있다. 그 이유를 살펴보면 대개 그늘진 벼랑 깊숙한 골짜기에서는 햇볕을 볼 수가 없고 함께 어울려 지내는 사람들은 모두 버림받은 쓸모없는 사람이라 원망하는 마음만 가득하기 때문에 그들이 가진 견문이란 실속 없고 비루한 이야기뿐이다.(정약용, 「두 아들에게—가계를 말하노라」示二兒家誡)

유배는 유배당하는 본인뿐 아니라 남은 자들의 네트워크마저 파괴한다. 친척들도 친구들도 멀어지고, 남은 자들은 남은 자들대로 '추방'을, 연속적인 시공간의 단절을 경험하게 된다. 다산은 두 아들에게 끊임없이 말한다. 그것이 세상 인심이니 원망할 것 없다고, 하지만 절대로 '중심'에서 멀어지면 안 된다고, 문화로부터 소외되어선 안 된다고. 중심을 향한 열정! 다산은 유배지라는 결여의 공간을 중심에 대한 갈망으로, 부자·형제라는 '불변의 관계'를 향한 호소로, 그리고 타의 추종을 불허하는 학문적 성실성으로 채운다.

> 무진년(1808) 봄에는 다산으로 이사를 했다. 그곳에다 대를 쌓고 못을 파서 줄을 맞춰 꽃과 나무를 심고 물을 끌어다 비류폭포를 만들었다. 동암과 서암 두 초막을 짓고 천여 권의 장서를 두고 저술을 하면서 스스로 재미를 느끼고 살았다. …… 나는 해변가로 귀양을 가자 어린 시절에 학문에 뜻을 두었지만 20년 동안 속세와 벼슬길에 빠져 옛날 어진 임금들이 나라를 다스렸던 대도大道를 알지 못했다. '이제야 겨를을 얻었구나'라는 생각이 들어 그때야 혼연스럽게 스스로 기뻐하였다.(정약용, 「자찬묘지명」自撰墓誌銘)

> 내가 집에 함께 있으면서도 너희들을 가르쳤는데도 듣지 않았다면 이런 일은 다른 집안에서도 있을 수 있다. 하지만 지금 나는 멀리 귀양살이 와 풍토병이 심한 남쪽 변방에서 겨우 목숨을 부지한 채 외롭고 불쌍하게 지내면서 밤낮으로 너희들에게 희망을 걸고

마음속에 담긴 뜨거운 마음을 쏟아 편지를 보내고 있는데, 너희들은 이것을 한번 얼핏 읽어 보고 고리짝 속에 처넣고는 다시는 마음에 두지 않아서야 되겠느냐.(정약용, 「학유에게」寄遊兒)

다산은 역설적이게도, 세상으로부터 추방된 그 자리에서, '추방당하지 않기 위해', 거의 편집증적이랄 정도로 독서와 저술활동에 매진한다. 그러면서 또 한편으로는 자식들, 형제들과의 끈을 부여잡은 채로 추방된 시간을 견뎌 낸다. 다산의 글쓰기는, 자신이 있는 자리가 유배지라는 사실을 단 한순간도 잊지 않으려는, 집념과 의지의 글쓰기다.

이옥 역시 '충군'의 형식으로 10여 년을 유배지에서 떠돌았다. 그리고 다산이 그러했듯, 그 역시 쉼 없이 글을 썼다. 그러나 같은 '유배지에서의 글쓰기'임에도 불구하고, 두 사람의 글쓰기는 천양지차다. 이옥은 1795년 충군의 명을 받고 삼가현까지 다녀온 한 달간의 기록을 엮어 「남정십편」南程十篇을, 완전히 사면되어 삼가에서 귀향한 후(1800)에는 그 사이의 경험을 엮어 『봉성문여』를 탈고했다. 「남정십편」이 유배길에 보고 들은 풍광과 지방의 풍속, 언어 등 총 10편으로 구성된 일종의 '로드 무비' 형식이라면, 『봉성문여』는 삼가의 풍속이나 언어 외에도 오가며 듣고 겪은 인물들의 이야기나 사건이 더 큰 비중을 차지한다. 특이한 것은, 서문을 제외하면 두 작품 어디에서도 '유배 상황'이라는 걸 알아차릴 수 없다는 사실이다. 어딜 펴든 '유배 중'임을 알 수 있는 다산의 글쓰기와 달라도 한참 다르다. 가는 곳마다 자신의 신세를 한탄한다거나, 좋은 걸 보면 의례상 임금을 생각한다거나, 어떤 얘기를 들으면 두고온 처자식이 눈에 아른거린다거나, 뭐 그럴 법도 하지 않은가. 하지만 이옥은 번번이 길 위에서 자신의 처지를 망각한 채 어딘가에 시선을 뺏기고, 누군가의 이야기에 흠뻑 빠져든다. 유일하게 떠나온 곳을 상기시키는 인물로는 봉성에서 자신을 시중하던 동자 시갑時甲이 있을 뿐이다.

> 나이와 모습이 운득雲得이었고, 말씨와 일을 함이 운득이었으며, 몸이 가벼우면서도 영리하고, 과감하고도 꾀가 많음이 모두 운득이었고, 내가 그를 사랑함에 친히 와서 날마다 일을 하는 것도 또한 운득이었다. 내가 시갑을 사랑함은 단지 시갑을 사랑할 뿐만 아니라 운득을 사랑함으로써 시갑을 사랑한 것이다. 내가 이미 그를 운득으로 보았으니, 그러므로 매양 새벽 꿈이 아직 깨지 않을 즈음, 일이 있어 급히 부를 때 부지불식간에 시갑을 운득으로 불렀다. 이미 자주 그런 식으로 부르게 되자 시갑도 또한 때때로 응하게 되니, 곁에 있는 사람들이 모두 이상하게 여겼다. 나 또한 스스로 잘못 부른 것을 부끄럽게 여기나 내가 운득을 사랑함이 깊고, 시갑이 운득을 닮음이 흡사하기 때문이다.(『봉성문여』, 「운득으로 잘못 부르다」錯呼雲得)

운득은 이옥이 성균관 유생으로 있을 당시 심부름을 하던 성균관 관비 소생의 동자인데, 그 운득이 사망했다는 소식을 전해 들은 것. 정이 오죽 애틋했으면 시갑이를 운득이라고 부르고, 그것도 모자라 이렇게 절절한 그리움을 토로했을까…… 하다가, 아니 지금 이게 그렇게 중요한가? 하고 고개를 갸우뚱거리게 된다. 여행 중이라면 그럴 수 있지만, 지금은 유배 중이 아닌가. 그렇다. 이옥의 글을 읽노라면, 그가 지금 유배 중이라는 사실을 나 또한 망각한 채 그와 더불어 여행을 하고 있다는 느낌을 받게 된다. 그가 송광사에서 오백 나한 하나하나를 묘사할 때 우리는 그의 시선을 따라 송광사의 오백 나한상을 키득거리며 구경하게 되고, 그가 덕유산 골짜기를 흐르는 물과 돌을 묘사할 때 우리 역시 그의 묘사를 따라 덕유산 자락 어느 계곡의 다이내믹한 물소리를 듣게 된다.

> 덕유산 지맥이 나란히 뻗어 나가다가 동쪽으로 오십 리쯤에서 멈추는데, 그 사이는 골짜기이고, 골짜기 속에는 물이 있다. 물의 성질은 아래로 흘러가는 것이어서 장차 동쪽으로 바다에 다다를 것인데, 양쪽 산이 버티고 있어 나아갈 수 없다. 그리하여 산이 동으로 뻗어 있으면 동으로 가고, 산이 서로 뻗어 있으면 서로 흘러 산줄기를 따라 천천히 흘러가서 마치 뻗어 나간 그 뒤를 쫓는 듯하다. 혹 내달리다가 폭포가 되어 튀기도 하고, 혹 파 뒤집어 웅덩이가 되기도 하고, 혹 갇혀서 못이 되기도 하고, 혹 달려 나가 개천이 되기도 하고, 혹 쏜살같이 나아가 여울이 되기도 하고, 혹 모여서 소용돌이가 되기도 하고, 혹 샘솟아 간수澗水가 되기도 하고, 혹 흩어져 물굽이가 되기도 하지만, 그래도 가로막혀 그 뜻을 얻을 수

없다. 그리하여 물 속의 돌을 만나 그 노함을 쏟아 보낸다.

하지만 돌은 굳세고 단단한 것이어서 물의 노함을 받아도 편안해 한다. 누워 있는 것도 있고, 서 있는 것도 있고, 엎드려 있는 것도 있고, 웅크리고 있는 것도 있고, 겨루고 있는 것도 있고, 키처럼 쭉 뻗어 있는 것도 있고, 물에 씻기고 있는 것도 있고, 물을 마시고 있는 것도 있다. 이러니 물이 돌을 어떻게 한단 말인가. 떠들썩하고 벼락 치듯 부딪치고, 휘돌아 뛰어오르고, 들이받아 날뛰고, 설치다가도 때때로 다시 안온하고 정답게 흘러, 길가는 사람과 더불어 서로 앞서거니 뒤서거니 한다.(「남정십편」 중 '수유'水喩)

영화로 치면 거의 3D 수준이다. 직접 가서 눈으로 봐도 이보다 더 잘 볼 순 없다. 뿐인가. 운득의 얘길 들으며 그의 애틋함에 감염되듯이, 그가 보고 들은 인물들의 사연을 접할 때마다 독자도 그와 함께 웃고 함께 탄식하고 함께 아파하게 된다. 예컨대, 「애금공장」愛琴供狀은 성주 지방의 여인 애금의 억울한 사연을 담은 소장訴狀을 윤색한 글이다. 애금의 사연인즉 이렇다. 열다섯 살에 시집가서 죽도록 고생했건만 남편이 개차반에다 이웃집 남자와 간통혐의까지 씌워 애금을 내쫓은 것. 친정으로 돌아가 가난한 살림에 베를 짜며 근근이 목숨을 이어가던 어느 날, 베 짠 삯을 받으려 산을 넘다가 그만 한 남자에게 강간을 당하게 된다. 애금의 육성으로 들어 보자.

이슬이 흥건히 내린 길을, 홀로 외로이 가는데, 저 어떤, 힘이 범 같은 놈이, 저를 노산의 사이에서 만났습니다. 우연히 만났는데, 저를 원수처럼 붙들고는, 넘어뜨리고 덮치고 하여, 나를 희롱하며, 쉬지도 못하게 했습니다. 마음이 취하듯이, 잠들어 깨어나지를 못했습니다. 제 몸도 주체하지 못하는 형편에 하물며 뒷일을 근심하겠습니까. 조금 쉴 만하면 다시 악한 행동을 하여, 심지어 저의 등이 까지고, 다리가 저려 혼절하였을 때 저도 모르는 사이에 그놈이 내 적삼을 빼앗아 가버렸습니다.(『봉성문여』, 「애금공장」)

혼자 사는 딸이 걱정스러웠던 친정아버지는 결국 이웃의 늙은 홀아비 귀남에게 출가시킬 것을 결심하는데, 그녀를 겁탈한 사내 명길이 불쑥 찾아와서는 "이 여자가 나의 손을 잡고 함께 가면서 아침마다 함께 살기를 맹세했는데 …… 다른 사람과 사는 것은, 너무도 신의가 없는 것이다"라며 거짓을 고하는 게 아닌가. 이에 애금도 참지 않고 이 자를 맞고소하기에 이른 것. 다음은 애금이 작성한 소장의 내용이다.

아내를 어떻게 얻는 것입니까. 중매가 없으면 얻지 못하는 것인데, 그에게 좋은 중매쟁이가 없으니, 어찌하겠습니까. 명길은 말을 하더라도 심히 추악합니다. 저 미친놈의 미친 행동은, 저는 전혀 마음에 없습니다. 나를 옥사에 불렀으나, 가정을 이루기에는 부족합니다. 비록 나를 송사에 엮었으나, 또한 그를 따르지 않겠습니다. 귀남은 처자와 화합할 만하여, 그와 해로하며, 누런 머리와 새 이

빨이 나도록, 진실로 저의 짝이 될 만합니다. 죽어도 다른 곳에 시집가지 않겠습니다. …… 위의 연유를 자세히 헤아리신 후에 다른 사람 말을 믿지 마시고, 이 외로운 사람을 가엾게 여기시어, 돌아가고 싶은 곳에 돌아가, 제가 소원을 이루도록 해주소서.(앞의 글)

애금의 사연도 흥미진진하지만, 더욱 흥미로운 건 이 소장 한 구절 한 구절이 모두 시경의 구절들로 이루어졌다는 사실이다. 얻어 본 것인지 전해 들은 것인지, 아무튼 고원한 것과는 거리가 멀어도 한참 먼 이야기에 마음을 뺏긴 채 글을 다듬는 이옥의 모습이 눈에 선하다. 이밖에도, 남편 아홉을 먼저 보내고 그들 옆에 묻힌 과부의 이야기(「구부총」九夫冢), 시장에서 돈을 훔쳐 곤장 스무 대를 맞고 나오면서도 반성은커녕 '내일 의령 장날에서는 실수하지 말아야지'라고 다짐하는 도둑 이야기(「시투」市偸), 폐사廢寺에서 큰 북을 가져오라는 명을 받은 군졸 하나가 북을 갈기갈기 분해해서 가져오고는 한 조각도 훔치지 않았다며 오히려 큰소리치는 이야기(「묵방사고」墨房寺鼓), 위조화폐집단 이야기(「석굴도주」石窟盜鑄) 등 유배길에서 경험한 '자질구레한 이야기'(소설)를 이옥은 맛깔스럽게 재구성해 낸다. 이야기 어디에도 지루한 교훈이라든가 고원한 도학적 이념은 없다. 그저 그랬다, 그런 일이 있었다더라, 무심히 기록하고는 노코멘트. 혹 코멘트라 봐야 '우습다'거나 '이상한 일이다' 정도의 짧은 소감이 전부다. 이처럼 이옥은 길 위에서 벌어지는 사건들 앞에서 번번이 유배라는 상황을 망각한다.

이옥의 벗 김려 또한 못지않다. 앞서 잠깐 언급한 대로, 김려는 1797년에 유언비어 사건에 연루된 이후 부령富寧으로, 이어 진해로 보내져 10년간 유배생활을 했고, 신유년(1801)에는 신유사옥에 얽혀 의금부에 끌려가 모진 고문을 받기도 했던 인물이다. 앞날이 어떻게 전개될지 한 치 앞도 알 수 없는 상황에서, 압송되던 날부터 기록하기 시작한 일기(『감담일기』坎窞日記)의 첫 페이지를 채우는 건 어이없게도 이웃에서 벌어진 치정 폭력사건이다. 『감담일기』라는 제목이 아니라면 함정에 빠져서 곤혹을 치르는 사람의 기록이라는 사실을 잊을 정도다. 부령으로, 다시 진해로 이어지는 오랜 유배 기간 동안 그 역시 유배 중에 보고 듣고 느낀 이야기를 기록하느라 여념이 없다. 예컨대, 압송하는 자들의 마음씀과 유배길에 머물게 된 마을 사람들의 인심, 여울물에 빠져 죽고 싶은 심정, 경원慶源을 향해 보름쯤 가는데 부령으로 옮기라는 어명이 도착하자 저잣거리 사람들과 축하파티를 벌여 곤드레만드레가 된 광경, 자신을 구박하고 쪼잔하게 행패를 부리는 군뢰에 대한 묘사와 그런 일을 당할 때마다 눈이 퉁퉁 붓도록 밤낮으로 목놓아 통곡했다는 고백 등등. 그는 '지금 이 자리'에서 벌어지는 한없이 가벼운 세계에 시선을 던지고 그것들을 기록한다.

그중에서도 압권은 단연, 1801년에 신유사옥 건으로 진해로 이송된 후에 쓴 『사유악부』思牖樂府다. '사유'思牖; 생각하는 창라는 제목에서 짐작되듯이, 이 시집의 주제는 '생각'이다. "그대 어디를 그리워하나 / 그리운 저 북쪽 바닷가"問汝何所思 所思北海湄로 시작되는 290편

짜리 연작시 모음집인데, 그가 창가에서 생각한다는 게 임금이나 부모, 형제, 처자식이 아니라, 주로 유배지 부령에서 만난 기생 연희와 동네 아이들, 술친구들, 자신에게 글을 배우던 동자 아이, 부모를 두고 차마 서울로 가지 못하던 청년, 기르던 개, 망아지, 선물받은 돗자리 등등이다. 자신의 현실을 모르는 바는 아니었지만, 김려는 유배지라는 낯선 공간에서 새로 열리는 만남과 관계를 향해 불가항력이라는 듯이 빠져든다. 다산이 책을 읽고 저술을 하고 아들과 형제에게 편지를 보내면서 부재하는 관계와 단절된 시간을 복구하려고 몸부림칠 때, 이옥과 김려는 그 시공간을 새로운 만남과 관계들로 채워 나간다. 양상은 다르지만, 그들 모두 글쓰기를 통해 유배의 시간을 통과했고, 그런 점에서 그들에게 유배는 끝이 아니라 또 다른 시작이었다.

이런 생각을 해본다. 유배와 여행은 무엇이 다를까? 유배가 여행이 되는 지점, 거꾸로 여행이 유배가 되는 지점은 어디일까? 고대 그리스의 서사시 『오뒷세이아』는 오뒷세우스의 여행담이다. 그러나 생각해 보면, 그는 여행을 하고 있는 게 아니라 죽음을 무릅쓰고 '귀향'하는 중이다. 그런데도 우리가 『오뒷세이아』를 '집으로 돌아가는 이야기'로보다는 '여행의 파노라마를 담은 이야기'로 기억하게 되는 건 '귀향'이라는 목적에 대한 그의 잦은 망각 때문이 아닐까. 굳이 빠른 길을 유보하고 에둘러서, 위험을 피하지 않고, 심지어 사이렌의 유혹에 자신을 내맡기는 모험을 감행하면서까지, 오뒷세우스는 돌아가는 '과정'을 즐기는 것처럼 보인다. 그 사이 고향에서 그를 기다리는 아내 페넬로페는 뭇 청혼자들의 눈을 속여 가며 수의를 짜고 풀기를 반복한다. 페넬로페의 수의 짜기와 오뒷세우스의 여행. 거기에 이야기의 본질이 있지 않을까. 삶과 죽음 사이의 여로旅路, 삶과 죽음 사이에 가로놓인 체험의 역량, 그것이 이야기의 본질이자 여행의 본질이 아닐까.

그런가 하면 오뒷세우스의 여행 반대편에 오이디푸스가 있다. 그는 스스로를 유배시킨 자, 모든 운명을 다 겪은 후 자신의 눈을 찌르고 스스로를 낯선 곳에 유폐시킨 자다. 오이디푸스는 타지를 유랑한 끝에 삶의 모든 영광과 비참이 결국 운명이었음을 깨닫는다. "언제나 세월은 어떤 것은 망치고 어떤 것은 이튿날 다시 일으켜 세운다." 그런 식으로 만사는 정해져 있으므로, 어떤 것도 슬퍼할 일은 아니라는 사실. 이게 오이디푸스의 깨달음이었다.

이옥의 글쓰기는 오뒷세우스의 여행과 오이디푸스의 추방 사이 어딘가에 있지 않을까. 아니, 모든 글쓰기는 그 사이 어딘가에 있고, 이옥 역시 그런 '글쓰는 자의 운명'을 타고난 게 아닐까. 그는 지식인의 영토로부터 추방당하고 고립되었으나, 바로 그 낯선 곳에서 글쓰기의 영토를 재발견했다. 낯선 풍경, 이질적 언어들, 척도로 측정될 수 없는 삶들, 전체로 환원될 수 없는 차이들의 지대를. 하여, 그는 썼다. 어떤 유배는 때로 그렇게 여행이 된다.

너는 내 운명
—김려, 이옥과 더불어 불멸하다

수많은 세월을 거치며 어떤 책이 살아남는다는 건, 우리가 생각하는 것보다 훨씬 더 기적적인 일이다. 기껏 얇은 종이로 엮인 연약한 존재. 불타기 쉽고 물에 젖기도 쉽고 좀이 슬기도 쉬운, 훼손될 수 있는 수많은 가짓수가 있는 게 책이다. 그래도 우리는 걱정 없다. 책보다 훨씬 견고한 반영구적 저장매체가 있지 않은가! 더 많은 정보를 더 안전하게 압축저장할 수 있는 시대가 되고 보니, 이제 책은 구시대적 산물이 될 거라는 얘기도 더러 들린다. 하긴, 요즘은 지하철에서 책을 읽는 이들보다는 스마트폰을 보는 이들이 훨씬 많긴 하다. 바야흐로 책은 사라질 운명인가? 물론, 테크놀로지는 계속 발전할 거고, 그에 따라 정보 저장 형식이나 책의 존재 양식도 적잖이 변할 것이다. 그럼에도 불구하고, 책이 사라지지는 않을 것이다.

> 비디오테이프는 우리가 알고 있듯이 색채와 선명도가 변질될 뿐만 아니라, 금방 닳아 버립니다. 시디롬은 이미 끝났습니다. DVD

의 시대 역시 오래가지 못할 것입니다. 또 미래에 우리가 우리의 모든 기계들을 돌릴 수 있는 충분한 에너지를 갖고 있을지는 미지수입니다. 2006년 7월에 뉴욕에서 일어났던 그 대규모 정전 사고를 생각해 봅시다. 그런 사고의 범위가 확산되고 기간이 길어진다고 상상해 보자고요. 전기가 없으면 모든 것이 돌이킬 수 없이 사라져 버립니다. 하지만 그때에도 책은 계속 읽을 수 있습니다. 모든 시청각적 유산이 사라지고 난 후에도, 책은 낮에도 읽을 수 있고, 저녁에는 촛불을 켜놓고 읽을 수 있단 말이죠. …… 어쨌든 어마어마한 정전 사고로, 혹은 다른 이유로 20세기의 시청각적 기억이 전부 지워져 버린다 해도, 책은 여전히, 그리고 언제나 우리 곁에 남아 있을 겁니다. 우리는 언제나 아이들에게 읽는 법을 가르쳐 줄 수 있을 겁니다.(움베르토 에코·장클로드 카리에르 대담, 『책의 우주』)

아닌 게 아니라 불과 10여 년 전에 '이런 신기한 물건이 다 있나' 싶었던 3.5인치 플로피디스켓에 저장된 내 글도 읽을 수 없는 형편이다. 이유인즉, 컴퓨터 사양이 너무 업그레이드 되었기 때문이다. 이 기막힌 진보의 역설! 움베르토 에코의 말대로, "영구적 저장매체? 그것만큼 일시적인 것도 없다." 책만이 영원하다. 태양과 달이 뜨는 한 언제 어디서든 책을 읽을 수 있기 때문이다. 그리고 그럴 수 있는 건, 우리보다 앞서 누군가가 먼저 읽고 썼기 때문이다. 김려를 생각하면, 그래도 이옥은 불행한 와중에 행운아였다는 생각이 든다.

이옥의 흩어진 원고들을 모아 기록하고, 후기를 달고, 문집으로 엮어 낸 김려가 아니었다면, 이옥의 글쓰기는커녕 그의 불운조차 아무도 기억할 수 없었을 것이므로.

김려는 노론 계열인 김재칠의 장남으로, 15세에 성균관에 들어가 27세에 진사시에 합격한, 꽤 전도유망한 청년이었으며, 아버지를 이어 문장에 재능이 있었다고 전한다. 이옥처럼 한창 나이에 시절의 풍파 속에서 10년간 유배생활을 하기도 했지만, '김려체'라는 말이 있었을 정도로 문장에서는 이옥보다는 훨씬 존재감 있는 문인이었다. 그가 해배되어 돌아온 것이 1806년, 이후 성균관 시절 동료였던 김조순의 도움으로 첫 관직생활을 시작한 게 1817년, 연산현감을 거쳐 함양군수로 재직하다가 1821년 56세의 나이로 세상을 떠났으니, 이옥과 비슷한 세월을 살다 간 셈이다.

관직생활을 하던 말년에 그가 주력한 일은 이옥을 비롯한 벗들의 시문 정리작업이었다.

> 임자년(1792) 봄에 나는 진사시에 합격하였다. 이해 가을 매사梅史 기상其相; 이옥의 자字과 더불어 서반촌의 김응일의 외사外舍에 머물며 공령변려체功令騈儷體를 습작하였다. 매양 아침저녁 틈나는 대로 멋대로 단부를 지었는데, 혹 강엄江淹과 포조鮑照를 본뜨고, 혹 구양수와 소식을 모방한 것이 각기 수십 수였다. 합하여 한 권을 만들어 나의 책상자에 갈무리하였다.
>
> 정사년(1797)에 나는 비어옥에 연루되어 영성寧城; 부령의 별칭으로

귀양가게 되었고, 신유년(1801)에 피체되어 유배지를 진해로 옮겼다. 병인년(1806)에 비로소 풀려 돌아와 보니, 내 평생 지은 글들이 다 일실되어 약간의 것도 남지 않았다. 작년, 기상의 아들 우태가 나에게 기상의 유고를 교정해 주기를 부탁해 왔다. 그때 지은 잡부가 약간 편으로, 아직도 초고 상태로 있는 것을 볼 수 있었다. 기상은 가히 아들을 두었다고 할 만하다. 다시 그의 존몰을 생각하고 나도 모르게 눈물이 앞을 가렸다. 이에 그것을 뽑아내어 베껴 두기로 한다. 기묘년(1819) 5월 단오 다음날 병인일에 담옹潭翁은 쓴다.(김려, 「제경금소부권후」題絅錦小賦卷後)

이옥이 세상을 뜬 후, 이옥의 아들이 김려를 찾아온 모양이다. 아들에 대한 별다른 기록은 없다. 하긴, 아버지가 그처럼 존재감 없이, 게다가 운도 지지리 없이 살다가 떠났는데 아들은 오죽했겠는가. 아버지의 유품을 정리하다 보니 여기저기 글들은 많은데, 그걸 정리할 만한 문장 실력이 없었던 건지 아버지의 글을 정리하려니 민망했던 건지, 이옥의 아들은 원고뭉치를 가지고 김려를 찾았다. 하기야 함께 문장을 논하고 문체에 대해 문제의식을 공유한 김려가 아니면 이옥의 글을 정리하기란 불가능했을 터. 거기까지가 아들 이우태의 최선이었을 것이고, 어쨌든 이로써 불효만은 피한 셈이다. 김려는 1818년부터 1820년까지 이옥의 글들을 정리하고 필사하고 편집하는 일을 진행했다. 그 결과물이 바로 『담정총서』潭庭叢書다. 여기에는 『묵토향초본』墨吐香草本, 『문무자문초』文無子文鈔, 『매화외사』梅花外

史, 『화석자문초』花石子文鈔, 『중흥유기』重興遊記, 『도화유수관소고』桃花流水館小稿, 『경금소부』絅錦小賦, 『석호별고』石湖別稿, 『매사첨언』梅史添言, 『봉성문여』, 『경금부초』絅錦賦草 등 이옥의 글모음들이 실려 있다(문무자, 경금자, 매화외사, 도화유수관주인, 화석자 등은 이옥이 사용하던 호다). 현재 전하는 이옥의 글은 이 김려 편집본 11권과 『이언』俚諺, 『동상기』東床記, 『백운필』白雲筆과 『연경』烟經이 전부다. 『이언』과 『동상기』 등도 이옥의 글쓰기를 볼 수 있는 중요한 자료이긴 하지만, 김려의 편집본이 없었더라면 이옥은 정조 16년 기록의 '오명'으로만 존재했을 것이고, 지금 나의 글쓰기는 물론 일체의 연구 역시 불가능한 일이었다.

> 세상 사람들이 '이기상은 고문에 능하지 못하다'고 한다. 이는 기상이 스스로 한 말이기도 하다. 기상이 스스로 생각하기에, '고문을 배우면서 허위에 빠진 것이 금문을 배워 오히려 유용함만 같지 못하다'고 여긴 것이다. 귀로만 듣는 자들이 남의 말에 부화附和하여 '이기상은 고문에 능하지 못하다'라고 한다. 슬프다.
>
> 기상이 저술한 것은 대부분 내 책상자 속에 있는데, 지금 『문무자문초』 한 권을 우선 베껴 세상 사람들에게 보인다. 요컨대, 이것으로 세상에서 스스로 고문을 잘한다고 여기는 자들에게 자기의 글을 이것과 비교하여 어느 것이 참이고, 어느 것이 허위인가를 묻고자 하는 것이다. 또한 나는 「남정십편」을 세 번 반복하여 읽고 더욱 감탄하였다. 아아! 이는 아는 자와 더불어 말할 뿐이고, 알지 못

하는 자와는 말할 수 없는 것이다.(김려, 「제문무자문초권후」)

나는 이기상의 시와 산문을 사랑한다. 그 기묘한 정감과 특이한 생각은 마치 누에가 실을 토하는 것 같고, 샘이 구멍에서 솟아나는 것 같다. 이제 이 책을 보니, 곧 그의 잡저외서雜著外書이다. 비유하자면 노래 잘하는 사람의 노래를 들을 때 범범한 정시正始의 소리이다가 변하여 상성商聲의 맑고 밝은 소리가 되고, 우성羽聲의 처량하고 괴로운 소리가 되는 것과 같다. 이것은 맹상군이 일찍이 옹문雍門의 금琴에 눈물을 흘렸던 까닭인 것이다. 독자들은 간혹 그가 때때로 속어를 사용하고 있음을 병통으로 여기지만, 그러나 또한 재주가 지나친 것일 뿐이다. 송분자誦芬子; 강이천가 일찍이 말하기를, "이기상의 붓 끝에 혀가 달렸다"라고 하였는데, 나도 좋은 평이라고 여긴다.(김려, 「제매화외사권후」題梅花外史卷後)

내가 어려서부터 문장을 지어 여러 공들 사이에 다녔는데, 자못 머리를 숙이면서 남의 아래에 있으려는 뜻이 없었다. 그러나 공령문에 있어서 김성지金性之를 두려워하고, 사부詞賦에 있어서 이기상을 두려워하였다. 매양 자리에 임해 상대할 적에 종이를 펴고 붓을 빨면 으레 쩔쩔매며 불안하여 마음대로 능가할 수 있는 기세를 펴지 못하였다. 이것이 무슨 까닭인가. 대개 아이 적부터 어깨를 나란히 하며 배우면서 벗을 삼았기 때문에 그 기세가 이와 같지 않을 수 없었다. 이것은 태사공이 이른바 위약威約을 쌓는 세勢이니, 문장에 있어 또한 그러하다.

지금 기상이 이미 죽고 성지도 늙었으며 나도 쇠하고 또 병들었으니, 끝내 남의 아래가 되고 말 것인가. 아, 우습도다! 마침 『경금부초』를 얻어서 이를 장정하여 한 권으로 만들고 그 책 끝에 쓴다.(김려, 「제경금부초권후」題絅錦賦草卷後)

안타까웠을 것이다. 그 글재주를 가지고도 무상하게 스러져 간 벗의 일생이. '소품체'의 전범으로 찍혀 제대로 인정받을 기회조차 얻지 못했던 벗의 삶을 이렇게라도 변론하고 싶었던 것이리라. 제법 글 좀 쓴다는 소리를 듣는 나도 이옥 앞에선 주눅이 들 정도였다, 그런데 사람들은 '잘 알지도 못하면서' 그의 글을 비난한다, 그가 세상을 떠나고 없으니 난 끝내 그를 넘지 못한 채 죽겠구나……. 이렇게 김려는 이옥의 지기知己를 자임한다. 나만은 그를 알아주리라!

생각해 보면, 뭉클하다. 억울하다면 억울했을 인생. 소리 없이 세상을 떠난 벗의 글을 정리하고 필사하는 내내 출렁거렸을 김려의 심정이 짧은 글 속에 고스란히 묻어난다. 벗의 아들이 직접 찾아와 부탁했대도, 안 하면 그만이다. 누구도 그를 탓할 수는 없는 노릇이다. 하지만 김려는 모으고, 편집하고, 각 문집마다 후기를 붙였다. 이옥은 김려에 의해 불멸하고, 김려는 이옥의 글을 불멸하게 함으로써 스스로 불멸했으니, 그들이야말로 서로에게 '운명'이 아니겠는가.

생각해 보면, 또 뭉클하다. 그렇게 정성스레 만들어진 문집이 200년이라는 시간을 견뎌 살아남았다는 사실이. 그 간극을 훌쩍 뛰어넘어 누군가에게 발견되고, 번역되고, 읽힌다는 사실이. 기적, 이란 아마도 이런 것이리라. 끊임없이 누군가는 읽고, 쓰고, 또다시 읽고, 또다시 쓴다는 것. "왜 쓸까요? 왜 계속 쓰는 걸까요? 계속 쓸 수밖에 없지 않습니까? 달리 할 일이라도 있습니까?"(사사키 아타루, 『잘라라, 기도하는 그 손을』) 혹 이옥과 김려가 그렇게 말한다면, 나는 이렇게 응수하리라. "왜 읽을까요? 왜 계속 읽는 걸까요? 계속 읽을 수밖에 없지 않습니까? 달리 할 일이라도 있습니까?"

인생이라는 기나긴 길을 갈 때 가장 쉽게 직면하는 것은 두 가지 난관이다. 그 하나는 기로에 섰을 때다. 묵자墨子는 통곡을 하고서 돌아섰다고 한다. 그러나 나는 울지도 않고 돌아서지도 않을 것이다. 먼저 갈림길 머리에 앉아 조금 쉬거나 한숨 잔다. 그런 뒤 갈 수 있어 보이는 길을 택해 간다. 만일 진실한 사람을 만나게 되면 그의 먹을 것을 빼앗아 배고픔을 면할 것이다. 하지만 길을 묻지는 않을 것이다. 그가 모를 것이라고 생각하기 때문이다. 호랑이를 만나면 나무에 올라가 호랑이의 허기가 사라지고 지나간 뒤에 내려올 것이다. 가지 않으면 나는 나무 위에서 굶어 죽을 것이다. 그리고 끈으로 내 몸을 나무에 묶어 시체조차도 호랑이에게 먹히지 않을 것이다. 나무가 없으면 방법이 없다. 잡아먹으라고 하는 수밖에. 하지만 호랑이를 한 번 물어도 괜찮을 것이다. 다음은 막다른 길이다. 완적阮籍 선생도 크게 울고 돌아섰다고 한다. 하지만 난 기로에 섰을 때처럼 계속 나아갈 것이다. 가시덤불 속을 한동안 걸을 것이다. 온통 가시밭이고 갈 수 있는 길이 전혀 없는 그런 곳을 만난 적이 없다. 세상에 본디 막다른 길이란 없는 것인지도 모른다. 아니면 내가 운이 좋아 만나지 못했거나.(루쉰, 『양지서』兩地書)

중국 잡문雜文의 대가 루쉰의 글을 읽으며, 나는 이와 같이 생각해 본다. 이옥을 살게 한 것이, 그로 하여금 쓸 수밖에 없게 한 것이, 어쩌면 저러한 의연함이 아니었을까 하고. 아무도 이옥에게 그 길을 가라 하지 않았다. 사실 누구도 우리에게 어떤 길을 가라고 강요하지 않는다. 강요할 수도 없거니와, 가란다고 해서 가지는 것도 아니다. 모두들 자신이 가고 싶은 길을, 갈 수 있는 길을 갈 뿐이다. 그것이 갈림길이든 막다른 길이든. 그뿐이다. 길이 있어 가는 게 아니라 가면 길이 된다!

2부,

욕망의 글쓰기,
글쓰기의 욕망

글쓰기의 모든 어려움
—『이언』의 세계

이옥이 아이였을 때 어떤 어르신이 이옥에게 시여詩餘를 지은 것이 있냐고 묻는다. 그런 걸 굳이 지을 필요가 있냐고 답하자, 그건 짓지 못하는 자들이나 하는 말이라고 꾸짖는 어르신. 그때서야 마음을 집중해서 옛사람들의 사법詞法을 연구하기 시작했다는 이옥의 고백. 「묵토향후서」墨吐香後敍에서 누군지 정체를 알 수 없는 스승을 끌고 와 자기 글쓰기의 정당함을 넌지시 밝히더니, 또 다른 글에서는 자신을 비난하는 자를 등장시켜 사詞를 짓는 자신의 입장을 피력한다. 사는 그 언어가 '화섬교경박'華纖巧輕薄해서 대장부들이 짓지 않는 것인데, 왜 굳이 사를 짓느냐는 객의 빈정거림에 이옥은 이렇게 대답한다.

> 옛날에 사를 지었던 자들은 모두 경박하였고, 지금 짓지 않는 자들은 과연 현명한가, 옛날 사람으로 그것을 지었던 분들이 과연 모두 경박했을까 나는 알 수 없다. 집이 가난하여 돈이 없어서 술을 살

수가 없으면 이에 도리어 '나는 술을 싫어하기 때문에 술을 마시지 않는다'라고 한다. 이들은 진실로 마시지 않는 자들인가, 마시지 못하는 자들인가. 이것과 무엇이 다른가. 또 이 말을 확대해서 미루어 보면 고시나 『문선』, 율시와 절구 같은 것을 과연 지을 수 있겠는가. 어찌하여 문자를 불살라 없애고 곧장 끈을 묶어 의사소통을 하던 상고시대로 돌아가 그것을 태고의 소박함이라고 여기지 않는가. 나도 우리나라의 지금 사람이다. 다만 사를 짓는 것을 일찍 하지 않았음과 그것을 지어도 능숙하게 하지 못하는 것을 한스러워할 뿐이다. 어찌 그대의 말을 두려워하여 사를 짓지 않겠는가.(「도화유수관문답」桃花流水館問答)

더 잘 짓지 못하는 게 한스럽지 그게 뭐 어때서, 라는 이옥의 대답 앞에 그만 말문이 막힌 객은 자리를 뜨고 만다. 이옥의 글에 '화사하고 섬세하고 교묘하고 경박하다'華纖巧輕薄는 꼬리표를 붙이는 사람들에 대한 쿨한 응수다. 술을 마시는 게 능력이듯이 사를 짓는 것도 능력이다. 지을 수 없으면 그만이지 '불필요해서' 짓지 않는다는 건 핑계다. 그럴 바에야 왜 모든 글을 없애려고 하지 않는가. 어떤 비난을 받아도 난 쓸 거다. 더 잘 쓰지 못함이 부끄러울 뿐, 그런 글을 쓴다는 건 수치가 아니다. 그래, 비웃을 테면 비웃어라, 그래도 나는 쓴다! 1811년 무렵에 쓴 것으로 짐작되는 대화체의 문학론 「도화유수관문답」에서 이옥은 아무 거리낌도 두려움도 없이 자신의 글쓰기론을 설토說吐한다. 자신이 걸어온 길에 후회는 없다는 듯, 일말의 고뇌와 탄식마저 사라진 듯한 어조다.

앞서도 말했다시피, '그래도 쓰겠다'는 이옥의 고집과 '절대로 용납할 수 없다'는 정조의 고집, 이 둘의 차이는 단순히 글에 대한 '취향'의 차이가 아니다. '어떻게' 쓰는가 하는 문제는 결국 무엇을 쓸 것이냐는 관점의 문제고, '법'法에 대한 태도의 문제다. 만일 언어가 거울처럼 세계를 투명하게 비출 수 있다면 '어떻게 쓸 것인가'는 별문제가 되지 않을지 모른다. 하지만 언어는 진리의 담지자가 아니라 진리를 둘러싸고 벌어지는 해석의 전장戰場이다. 때문에 그 언어를 운용하고 배치하는 문제, 즉 '문체'가 중요해질 수밖에 없는 것. 연암이 「소단적치인」騷壇赤幟引에서 글 짓는 것을 병법과 연관시킨 것은 단순한 비유가 아니다. 실로 글쓰기란 매번의 전투, 즉 내가 쓰고자 하는 것과의 전투이자 나 자신과의 전투다. 니체에게 문체가 미적 유희가 아니라 하나의 '전략'이었던 것 역시, 글은 해석의 문제고 해석이란 결국 해석자가 가진 힘의 질을 보여 주는 것이었기 때문이다. 글쓰기는 전투다. '그래도 쓰겠다'는 이옥의 선언은 이 치열한 전투에 뛰어들겠다는 참전선언에 다름 아니다. 물론, 이옥을 읽는 우리도 이 전투를 피해 갈 수 없다.

『이언』俚諺은 정확히 말하면 '시론'詩論이지만, 작가와 언어, 작품에 대한 이옥의 전반적인 사고가 간결하게 집약되어 있는 '글쓰기론'이라고 할 수 있다. 이俚와 언諺은 모두 속된 말, 고상하지 않은 여항閭巷의 언어를 일컫는 글자다. 여기서 이옥은 논쟁 형식을 빌려 자신이 이언을 쓰는 이유를 밝힌다.

어떤 사람이 물었다.

"그대의 이언은 무엇하려고 지었는가. 그대는 어째서 국풍國風이나 악부樂府 또는 사곡詞曲으로 짓지 아니하고 하필 이 이언을 지었는가"

내가 대답하였다.

"이것은 내가 한 것이 아니라 주재자가 있어 시킨 것이다. 내 어찌 국풍·악부·사곡을 하고, 나의 이언을 하지 않는단 말인가? 국풍이 국풍이 되고, 악부가 악부가 되며, 사곡이 국풍이나 악부가 되지 않고 사곡이 된 것을 살펴보면, 내가 이언을 하게 됨을 또한 알 수 있을 것이다."

우선, 내가 한 게 아니라 주재자가 시킨 것이라고 발뺌을 한다. 그런 다음, 국풍과 악부와 사곡 옆에 슬쩍 이언을 끼워 넣는다. 국풍과 악부와 사곡은 무엇인가. 모두 노래다. 노래란 무엇인가. 마음작용의 분출이다. 그 마음작용은 나와 대상 사이에서 벌어지는 사건이다. 아니 정확히 말하면, 두 신체의 마주침이라는 사건이 있고, 그 결과 감응感應이 발생하게 되고, 그 감응이 나를 움직일 때, 그때 나는 비로소 노래하고 쓴다. 하니, 노래를 부르고 글을 쓰는 건 '내 탓'이 아니다. '무언가'가 나로 하여금 쓰게 하는 거다. 그 '무언가'를 욕망이라 해도 좋고 잠재적 역량이나 재능이라 해도 좋다. 어쨌든 그것은 우리 안에 있는 비개체적이고 비인격적인 역량이다. 그 낯선 힘이 나로 하여금 쓰게 한다. 그런 것으로서의 글쓰기에는 어떤 도학적 당위성도 부재한다. 국풍이든, 악부든, 사곡이든, 이언이든 그 점에서는 동일하다. 그럴진대, 이언은 속되고 나머지는 고상하다는 식의 위계적 가치가 어떻게 가능하겠는가. "한낱 모기가 문 것에 지나지 않지만 자신의 몸에 일어난 일은 역시 절실하다. 쓰지 않아도 된다면 물론 그쪽이 편하지만, 만약 꼭 써야 한다면 생각건대 이런 작은 일을 쓸 수 있을 뿐이다. 그것도 좀처럼 그날 몸으로 겪은 사실과 조금도 다름없게는 써지는 게 아니다. …… 쓰지 않아도 된다면 물론 그쪽이 편하지만, 만약 꼭 써야 한다면 생각건대 제멋대로 써야 한다."(루쉰, 「어떻게 쓸 것인가」) 루쉰의 말이다. 글쓰기는 이념의 문제가 아니라 체험의 문제다. 체험이 다른 만큼, 꼭 그만큼 글쓰기도 다르다. 그러니 네 멋대로 써라!

이런 단평만 써서는 안 된다고 내게 권고하는 사람도 있다. 그 호의는 고맙게 생각한다. 또 나도 창작이 중요하다는 걸 모르는 바 아니다. 그러나 이 같은 글을 쓸 수밖에 없다면 다른 도리가 없지 않은가. 만약 예술의 전당에 그처럼 귀찮은 금령禁令이 있다면, 차라리 입장을 하지 않는 것이 좋다고 나는 생각한다. 그보다는 사막 한가운데 서서 모래와 돌멩이가 바람에 날리는 것을 바라보며, 즐거울 때는 웃고, 슬플 때는 울고, 성이 날 때는 소리를 지르며, 돌멩이에 맞아 온몸에 멍이 들고 머리가 깨져 피가 솟구쳐도, 그때마다 내 손으로 피를 멎게 하면서 아름다운 무늬의 응혈을 어루만지는 편이, 선불리 중국의 문사들 꽁무니를 따라다니거나 셰익스피어

곁에 다가가서 버터 바른 빵을 대접받는 것보다는 더 마음이 편할지 모른다. …… 이미 나의 생명은, 적어도 그 일부분은 이처럼 변변치 못한 글을 쓰는 데 소모되었고, 더구나 그렇게 하여 얻은 것이라곤 언제나 내 영혼이 거칠어지고 군더더기 투성이가 된다는 것뿐이다. 그러나 나는 아무렇지도 않게 생각하며 숨기려고도 하지 않는다. 그뿐 아니라 애착심조차 갖고 있다. 왜냐하면 그것은 내가 바람 부는 모래밭에서 뒹굴면서 살아온 흔적이기 때문이다. 자기도 바람과 모래 속에서 뒹굴면서 살고 있다고 생각하는 사람은 그 뜻을 알 터이다.(루쉰, 「화개집 제기」)

이옥은 알까? 알 것이다. 시대상황은 다르지만, 그도 바람과 모래 속에서 뒹굴었으니. 혹 이옥이 살아 루쉰의 글을 읽는다면, 먹먹한 가슴을 쓸어내리며 고개를 끄덕이리라. 모래바람을 맞으며 사막을 건너는 자들의 땀구멍에는 모래알이 박혀 있고, 그들의 발걸음은 평평한 땅의 중력을 잊은 지 오래다. 모래사막을 다 건너온 후에도 바람과 모래의 흔적은 쉽사리 지워지지 않는 법. 하긴, 인생에 평평한 길이 따로 마련되어 있기나 할까. 루쉰의 글을 읽을 때마다, 그의 적막과 투쟁, 베일 듯한 부정의 정신이 오롯이 문장에 새겨져 있음을 발견하게 된다. 이옥의 글 역시 그가 살아온 흔적이다. 그러나 루쉰이 모래사막의 전사와 같은 느낌이라면, 이옥은 모래사막을 가로지르는 한 마리 벌레와 같은 느낌이다. 고로 루쉰이 더 훌륭하다, 고 할 수는 없다. 전사나 벌레나 사막을 뒹굴어야 하는 건 똑같다. 전사의 고독이 벌레의 고독보다 더 숭고하고 강도 높은 것이라고는 누구도 말할 수 없다. 자기 신체의 역량만큼 견디면서 사막을 살아 낼 뿐이다. 사막에서는 살아 있는 것들 모두가 위대하다.

이옥은 당당하게 선언한다. 나는 내 글을 쓰겠노라, 내가 본 것을, 내게 일어난 일들을, 나의 언어로, 나만의 글을 쓰겠노라고. 글쓰기에 대한 한없는 욕망은 번번이 글쓰기의 한없는 어려움에 직면하고, 거꾸로 이 어려움은 글쓰기에 대한 욕망을 더더욱 단단하게 벼린다. 이옥이 말하는 '글쓰기의 세 가지 어려움'三難, 그것은 곧 그의 글쓰기가 기존의 영토로부터 달아나는 세 가지 도주선이다.

어크로스 더 유니버스across the univers
—첫번째 도주선, 「일난」一難

그가 다시 물었다. "그렇다면 저 국풍·악부·사곡과 그대의 이언이라고 하는 것은 모두 짓는 자가 지은 것이 아니란 말인가?"
"짓는 자가 어찌 감히 짓겠는가. 짓는 자로 하여금 짓게 하는 자가 지은 것이 되기 때문이다. 이를 짓게 하는 자가 누구인가? 천지만물이 바로 그것이다. 천지만물은 천지만물의 성性이 있고, 천지만물의 상象이 있고, 천지만물의 색色이 있고, 천지만물의 성聲이 있다. 총괄하여 살펴보면 천지만물은 하나의 천지만물이고, 나누어 말하면 천지만물은 각각의 천지만물이다. …… 『시경』 한 부가 온전하게 자연 가운데에서 책으로 나와 있지만, 이는 팔괘를 그어 서계書契를 만들기 전에 이미 갖추어진 것이다. 이것이 국풍·악부·사곡을 지은 사람이 감히 스스로 한 일이라고 말하지 못하고, 또한 감히 서로 도습하여 사용하지 못하는 까닭이다. 곧 천지만물이 그것을 짓는 자의 꿈에 의탁하여 그 상相을 드러내고, 기箕; 문장을 관장하는 28수 중 하나에 나아가 정情을 통하는 데에 지나지 않는다.

그러므로 그 사람에 가탁하여 장차 시가 될 적에, 물 흐르듯이 귀와 눈을 따라 들어가 단전 위에서 머물다가 줄줄 잇달아 입과 손끝으로 따라 나오는 것으로, 그 사람의 주관에 의한 것이 아니다. 이를테면 석가모니가 우연히 공작의 입을 통해서 뱃속에 들어갔다가 잠시 뒤에 공작의 꽁무니로 다시 나온 것과 같다. 나는 모르겠거니와, 석가모니가 석가모니인가. 아니면 공작의 석가모니인가. 그러므로 작자라는 것은 천지만물의 한 상서象胥; 역관이며, 또한 천지만물의 한 용면龍眠; 화가의 대명사로 북송 때 화가 이공린의 호이라 할 수 있다."(『이언』, 「일난」一難)

내가 짓는 것이 아니라 천지만물이 나를 빌려 짓는다! '작가의 죽음'을 논하는 우리 앞에서 이옥은 '작가 미생전未生前'을 말한다. 애초에 '짓는 자'[作者]라는 건 있지도 않았다는 얘기다. 주지하다시피, 근대의 작가는 '세계의 왕'이다. 신을 대신해서 내가 세계를 창조한다는 자신감이야말로 근대 예술가의 자의식을 이루는 근간이었다. 이른바 '전지적 시점'으로 세계를 바라보는 자, 미술로 치면 세계가 재구성되는 '소실점'(중심점)의 자리에 위치한 자, 그게 근대의 작가다. 근대예술론에 대한 비판의 한 축은 작가의 그 같은 '초월성'에 대한 비판이라고 할 수 있겠다. 그런데 이옥은 작자를 천지만물의 '번역자'와 '화가'로 정의한다. 작자는 지고의 위치에서 바라본 세계를 재현하거나 재구성하는 자가 아니라, 세계와 더불어 감응하고 변화하고 변화시키는 존재다.

자신이 이 세계를 재현한다고 믿는 작가, 작품 속에서 재현된 세계를 보고 싶어 하는 독자는 예술을 믿는 게 아니라 자신이 믿는 것을 믿는 자다. 작가도, 관객도, 작품도 늘 생성 중인 한, '세계 자체'를 표상한다는 건 불가능하다. 우리는 세계 속에서, 세계와 더불어 변형될 수 있을 뿐이고, 그 속에서 유희를 벌일 수 있을 뿐이다. 매번 무너지고 생성되는 세계를 포착하는 눈, 그게 예술가에게 요구되는 눈이다. 세계가 나를 통과한다. 그러면서 내 눈에, 내 귀에, 내 입에, 내 손에 어떤 진동을 남긴다. 그 진동이 나로 하여금 그리게 하고 보게 하고 쓰게 한다. 마치 거미처럼. 거미는 지각할 수도 기억할 수도 없다. 다만 거미줄 꼭대기에 올라 앉아 거미줄을 타고 전해지는 진동만을 감지한다.

천지만물은 작가의 글을 빌려 이 세계의 진동을 전달한다. 작가가 할 일이라고는 움직이는 것, 감각하는 것, 욕망하는 것, 촉각을 곤두세우고 이 세계의 미세 진동을 감지하는 것. 이백이나 도연명 같은 시인들을 취醉의 상태로 표현하는 것은 이 때문이 아닐까. 자아를 해체하고 얼굴을 지운 자만이 세계를 감지할 수 있다는 것. 아니, 세계를 감지하는 순간 우리는 이미 다른 속도를 갖는 존재가, 다른 자아, 다른 얼굴이 된다는 것.

기존의 억견과 지식, 견해, 기억을 지우지 않고서는 세계의 미세한 차이들을 포착할 수 없다. 이옥의 글에서 펼쳐지는 사물의 세계는 이옥이 '창조'한 것이 아니라 이옥이 한 흐름이 되어 세계 속으로 진입한 결과물이다. '차이'는 발견하려 한다고 발견되는 게 아니다.

자신이 믿고 붙들고 있었던 '한 세계'에서 나오는 순간 차이는 실현된다.

어떤 것이 특정한 정체성을 갖는 '개체'로 형성되는 과정을 사유했던 질베르 시몽동Gilbert Simondon에 따르면, 우리를 전체와 연결시켜 주는 것은 정서emotion다. 감동한다는 것은 무엇인가. 그것은 우리 안에 있는 타자들, 즉 비인격적이고 전前개체적인 것을 느낀다는 것이다. 감-동感-動, 그것은 말 그대로 존재의 생성이다. 존재가 무엇을 생성하는 것이 아니라 존재 자체의 생성.

> 생성은 존재의 한 차원이며, 존재가 자기 자신과 달라지는 역량, 달라지면서 스스로 해解를 찾는 역량에 해당한다. 전개체적인 존재는 상相, phase이 없는 존재다. 존재 가운데서 개체화가 수행되며, 존재가 상들로 분배되면서 하나의 해가 존재 안에 나타나는데, 이것이 생성이다. 생성은 존재가 그 안에서 현존하는 하나의 틀이 아니다. 생성은 존재의 차원이며, 포텐셜들로 풍부한 초기 양립불가능성을 해결하는 방식이다. 개체화는 존재 안에서 존재의 상들이 출현하는 것에 해당한다.(질베르 시몽동, 『기술적 대상들의 존재양식에 대하여』)

예컨대, '물'이란 뭔가? 얼음, 물, 수증기 중 액체 상태만을 '물의 본질'이라 할 수 있을까? 시몽동의 사유를 따르면, '영하'라는 문제상황에서 그것은 '얼음'이라는 방식으로 자신의 해를 제출하지만,

'100도씨 이상'이라는 문제상황에서 그것은 '수증기'라는 형태로 국면을 바꿈으로써 존재를 생성한다. 물 역시 특정 문제상황에 생성된 존재의 한 국면에 불과할 따름이다. 그러니까 얼음, 물, 수증기, 이 세 가지 상태는 수기水氣의 자기차이화, 즉 '개체화 작용'의 결과물이라 할 수 있다. 따라서 개체화된 것으로서의 존재는 전개체적인 것으로부터 야기된, 부분적으로 결정된 존재의 한 양상인 것이다. 그런데 이 개체화 과정에서 전개체적인 것은 완전히 소진되는 것이 아니라 개체 안에 잠재하고 있어 새로운 개체화의 원천이 된다. 얼음 속의 수기는 언제든 물이나 수증기로 화할 수 있는 상태로 잠재되어 있는 것이다. 중국의 여러 문인들이 글을 '기'氣의 문제와 연관시켜, 글이란 기의 발현이라고 정의한 것도 이런 식으로 이해할 수 있지 않을까 싶다. 글쓰기란 특정한 현실상황 속에서 기(잠재력)를 하나의 관점으로 펼쳐 내는 역량이다.

그러고 보니, 작가는 물을 닮았다. 스스로도 고백하는 바지만, 이옥은 물의 이미지를 대단히 좋아했다. 물은 "막힘이 없고 주主가 됨이 없고 부러워함이 없고 업신여김이 없지만, 천지의 장부臟腑요, 만물의 젖이다." 요리사는 물을 취해 오미五味를 만들어 내고, 염색공은 물을 취해 오색을 내고, 어부는 물을 취해 고기를 잡고, 농부는 물을 취해 곡식을 길러 내고, 빨래하는 자는 물을 취해 옷을 빨고, 도공은 물을 취해 그릇을 빚고, 칼 가는 자는 물을 취해 날을 벼린다. "물은 아무 하는 일이 없지만 최후에 백공의 구실을 하게 하는 것은 물이다. 물은 천하의 더러운 것을 받아들이지만 더럽지 않고, 천하의 갈림길을 가지만 스스로 번거롭게 여기지 않는다."(「독노자」讀老子) 모름지기 작자라면, 물처럼 그렇게 만물로 스며들 수 있어야 하는 게 아닐까. 만물에 스며들어 만물을 살게 하고, 만물을 긍정할 수 있어야 하지 않을까.

'작자'는 누구인가? 이옥은 말한다. 작자란 천지만물의 가탁자假託者다. 쓰는 자가 쓰는 것이 아니라 천지만물이 그의 신체를 관통하여 글쓰기의 형식을 빌려 상을 드러낼 뿐이다. 그것이 때로는 국풍이 되고, 악부가 되고, 사곡이 되고, 이언이 된다. 그러므로 '쓰기'는 일종의 증언, 천지만물의 약동하는 기운에 대한 증언이다. 쓰고 싶다는 욕망은 무엇인가? "내 안에 글쓰기로 향하게끔 압박하는 비인격적인 역량이 있음을 느낀다는 것."(아감벤, 『세속화 예찬』) 글쓰기는 '자아'를 고집하기 위함이 아니라, 자아를 벗어나 타자들의 세계로 진입하기 위한 행위다. "완전히 무용해지는 것, 공통의 흐름에 흡수되는 것 …… 생각건대, 글쓰기 행위에서 얻을 수 있는 유일한 이점은 나를 세상과 분리시키는 유리벽이 없어지는 것을 보는 것이리라."(헨리 밀러, 『섹서스』)

세계는 어느 한순간도 같지 않다. 본질은 같은데 현상만 다른 것이 아니라, 늘 그렇게 다른 방식으로 현현하는 것이 세계다. '천지만물의 번역자'로서의 작가가 무한히 반복되는 이 차이를 놓칠 리 없다.

만물이란 만 가지 물건이니 진실로 하나로 할 수 없거니와 하나의 하늘이라 해도 하루도 서로 같은 하늘이 없고, 하나의 땅이라 해도 한 곳도 서로 같은 땅이 없다. 마치 천만 사람이 각자 천만 가지의 성명을 가졌고, 삼백 일에는 또한 스스로 삼백 가지의 하는 일이 있음과 같다. 오직 그와 같을 뿐이다. …… 나는 진실로 인위적으로 짓는 바가 있을 수 없다. 오직 저 장수하는 천지만물은 건륭 연간이라 하여도 혹 하루도 있지 않은 적이 없으며, 오직 저 다정한 천지만물은 한양성 아래라 하여 혹 한 곳이라도 따르지 않는 곳이 없다. 또한 나의 귀, 눈, 입, 손도 내가 용렬하다 하여 혹 한 부분이라도 옛사람에 비해서 갖춰지지 아니함이 없을 것이니, 참으로 다행스러운 일이도다. 이것이 내가 또한 짓지 않을 수 없는 것이다. …… 부끄러워함 직한 것은 천지만물이 나를 통하여 표현되고 활동됨이 옛사람에게서 표현되고 활동되는 것에 크게 미치지 못한다는 것이다. 이것은 나의 죄이다. 이에 이언의 여러 가락을 감히 국풍이나 악부 또는 사곡이라 하지 못하고, 이미 이俚라 하고 또 언諺이라 하여 천지만물에게 사죄하게 된 것이다.

나비가 날아서 학령鶴翎; 국화의 한 종류을 지나치다가 그 차갑고 야윈 것을 보고 묻기를, '너는 어째서 매화의 흰색, 모란의 붉은색, 도리桃李의 반홍반백색과 같은 빛깔을 띠지 않고 하필 노란색이 되었는가?' 하니, 학령이 말하였다. '어찌 내가 그렇게 했겠는가? 시時가 곧 그렇게 만든 것이다. 내가 시에 대해서 어떻게 하겠는가?' 그대 또한 어찌 나에게 나비와 같이 묻고 있는가.(『이언』, 「일난」)

내 의지가 아닌데, 내가 '어쩔 수 없이' 천지만물에 감응한 것뿐인데, 그걸 두고 '고문과 같지 않다'고 비난하는 것은 마치 국화의 빛깔을 나무라는 나비와 같은 게 아니냐고, 이옥은 되레 우리에게 반문한다. 물론, 도학자道學者들 역시 자연에서 리理의 작동을 본다. 하지만 그들에게 자연이 긍정되는 것은, 그것이 법 무서운 줄 모르고 날뛰는 차이의 세계, 가식 없는 진기眞機의 세계이기 때문이 아니라, 그것이 '도학적 이상'을 구현하고 있기 때문이었다. 자연과 인간 사이에 경계가 없다 할지라도, 어쨌든 글을 짓는 자라면, 그것도 글로 도를 전해야 하는 사대부라면, 응당 '중심'을 잃지 않아야 한다. "마음이 능히 주재력을 벗어나면 사물이 각기 사물에 붙어져서 사물이 마음의 해가 되지 못하지만, 마음이 주재력을 발휘하지 못하면 시를 짓고 글씨를 쓰고 산을 유람하고 물을 구경하는 것일지라도 (마음의 해가 된다—지은이) 정자, 주자의 문호에서 모두 경계한 것은 그 때문이니, 잘 알지 않으면 안 된다"는 이황李滉의 서슬 퍼런 훈계!

유가에서 완물상지玩物喪志를 경계한 것도 이런 맥락에서다. 칠정七情은 외물이 형기形氣에 접촉해서 마음이 동한 것이다. 외물에 감응하는 것은 리가 아니라 기다. 한 번 발한 기는 불순한 것이기 때문에 정심正心에 이르는 걸 방해한다. 때문에 물에 마음이 끌리는 것을 늘 경계하지 않으면 마음의 주재력이 순식간에 상실될 수밖에 없다. 그러니 삼가고[敬] 또 삼가라! 문학을 하는 이유도 마음의 주재력을 지키기 위함이지, 마음을 풀어 놓으라는 말이 아니다. 그런데 이옥은 완전히 반대로 말하고 있지 않은가. 내 마음의 주재력을 상실하는 것, 어떤 주재자에게 나를 내어 주는 것, 그것이 글쓰기라지 않는가.

국가와 예술이 본질적으로 대립하듯이, 주자학은 기본적으로 예술과 대립할 수밖에 없다는 게 내 생각이다. 주자학은 틀[道理] 밖의 세계를 허용하지 않기 때문이다. 미학적인 것을 국가 속에서만 작동시켰던 플라톤처럼, 주자학은 예술을 도, 리와 같은 초월적 장벽 안에서 작동시킨다. 이 장벽 속에서 차이는 사상되거나, 동일성과의 관계 속에서만 용인된다. 그런데 이옥을 비롯한 조선 후기 문장가들의 글에서 이 견고한 세계의 균열이 감지되기 시작한다.

> 자연은 기이한 빛깔을 소유하고, 인간은 그것을 빌려다 쓴다. …… 봄바람을 불러다 정신을 만든 다음, 밝은 노을로 꾸미고 향수도 뿌리며, 비취새의 깃털과 찰랑거리는 옥구슬로 갖가지 장식을 한다. 그 뒤에는 곱디 고운 뱃속에서 시상을 찾아내어 부드러운 팔뚝을 휘둘러 시를 쓰되, 감정이 요구하는 대로 매끈하고 멋지게 시를 짓는다.(이가환, 「기원기」綺園記)

> 포희씨가 『주역』을 만들 적에 위로는 하늘을 살피고 아래로 땅을 관찰하여 홀수인 양효와 짝수인 음효를 서로 포갠 것에 불과했으나 이것이 발전하여 그림이 되었으며, 창힐씨가 문자를 만들 적에도 사물의 정情과 형形을 곡진히 살펴서 상象과 의義를 전차轉借한 것에 불과하였으나 이것이 발전하여 글이 되었다.(박지원, 「종북소선 자서」鍾北小選自序)

새는 날고 곤충은 구물거리며, 풀은 싹을 틔우고 나무는 우뚝 솟아올라, 수만 가지의 모양이 같지 않고 제각기 그 자태를 뽐냅니다. 그렇지만 눈으로 보고서 나는 것은 새요 구물거리는 것은 곤충이라 하고, 싹을 틔우는 것을 풀이라 부르고 우뚝 솟아오른 것을 나무라 부른다고 알 뿐입니다. …… 저 새와 곤충, 풀과 나무는 천지의 문장이요, 문장이란 인간을 장식하는 것입니다. 인간이 자기의 문장을 장식하고자 한다면 천지에 있는 문장을 빌려 쓰지 않을 수 있겠습니까.(이서구, 「소완정금충초목 권서」素玩亭禽蟲艸木卷序)

이들에게 자연은 도를 구현한 이상체가 아니고, 문은 도를 실어 나르는 기구가 아니며, 작가는 '경'敬과 '신독'愼獨을 기치로 삼고 외물에 마음을 뺏길까 노심초사하는 도학자가 아니다. 작가는 오로지 자연의 힘을 감지하고 그것을 진솔하게 '번역'하거나 풀어내는 자다. 그 과정에서 작가는 자신이 사용하는 언어의 규칙을 위반하고 전도시키게 된다. 이 때문에 조선 후기 '소품문'의 '문체적' 특징을 자유로운 형식, 단문, 구어와 비속어의 사용, 열거와 반복 같은 형식에서만 찾는 것은 오히려 이 시대의 소품문이 갖는 '반시대성'을 은폐할 위험이 있다. 이들은 다른 '도', 다른 '진리'를 말하는 게 아니다. 핏대 세워 가면서 '정의로운 왕도정치'를 주장하는 게 아니다. 이들의 반시대성은 그들이 그런 데에는 도통 무관심했다는 데, 도학적 이념으로 무장하기는커녕 눈앞에 현현하는 사건들 앞에서 그만 무장해제되어 버렸다는 데 있다. 말하자면, 도와 리에 의해 무장된 의식에 '항의하는 무의식'이랄까. 이옥에게 글쓰기는 자신이 끊임없이 사라지는 새로운 공간의 열림이다. 혹은, 그런 공간을 향한 자기 버리기다.

글쓰기의 첫번째 어려움 혹은 첫번째 도주선. 자아에 붙들리지 않기. 자아란 무엇인가. 그가 소유한 감정, 의식, 의무가 만들어 낸 단단한 돌덩이. 이 모든 것을 잃는 것을 두려워하지 않는 자만이 모든 것과 만날 수 있다. 작가, 아무도 아닌 자, 그러므로 모두인 자.

애정만세
—두번째 어려움, 「이난」二難

어떤 사람이 묻는다. "천지만물이 그대에게 들어갔다가 그대에게서 나와 그대의 이언이 되었다"고 하는데, 왜 하필 그 천지만물이 "분 바르고 연지 찍고 치마 입고 비녀 꽂은 여자의 일"이냐고. 그것은 예가 아니지 않은가, 하고. 『시전』詩傳에 대한 몇 차례의 문답 끝에 이옥의 반격이 시작된다.

> 대저 천지만물에 대한 관찰은 사람을 관찰하는 것보다 더 큰 것이 없고, 사람에 대한 관찰은 정을 살펴보는 것보다 더 묘한 것이 없고, 정에 대한 관찰은 남녀의 정을 살펴보는 것보다 더 진실된 것이 없다. 이 세상이 있으매 이 몸이 있고, 이 몸이 있으매 이 일이 있고, 이 일이 있으매 곧 이 정이 있다. 그러므로 이것을 관찰하여 그 마음의 사정邪正을 알 수 있고, 그 사람의 현부賢否를 알 수 있고, 그 일의 득실을 알 수 있고, 그 풍속의 사검奢儉을 알 수 있고, 그 땅의 후박을 알 수 있고, 그 집안의 흥쇠를 알 수 있고, 그 나라의 치

란을 알 수 있고, 그 시대의 오륭汚隆; 성쇠을 알 수 있다.(『이언』, 「이난」二難)

이옥은 리기理氣니 성정性情이니 하는 전제 없이 단도직입적으로 시작한다. 정은 내 마음에서 발한다. 어떻게? 마주침을 통해! 마주침으로 따지면 남녀의 마주침보다 더 강렬하고 더 통속적인 것이 어디 있겠는가. 이옥은 가장 통속적이고 사적인 정을 가지고 그 시대의 흥망성쇠를 논할 수 있다고 호언한다. 아니, 대체 어떻게?

대개 사람의 정이란 혹 기뻐할 것이 아닌데도 거짓으로 기뻐하기도 하며, 혹 성낼 것이 아닌데도 거짓으로 성내기도 하며, 혹 슬퍼할 것이 아닌데도 거짓으로 슬퍼하기도 하며, 또 즐겁지도 사랑하지도 미워하지도 않고, 하고자 하는 것도 아니면서 혹 거짓으로 즐거워하고 슬퍼하고 미워하기도 하고자 하는 것도 있다. 어느 것이 진실이고 어느 것이 거짓인지, 모두 그 정의 진실함을 살펴볼 수가 없다. 그런데 유독 남녀의 정에서만은 곧 인생의 본연적 일이고, 또한 천도의 자연적 이치인 것이다.

그러므로 혼례를 올리고 화촉을 밝힘에 서로 문빙問聘하고 교배하는 일도 진정眞情이며, 내실 경대 앞에서 사납게 다투고 성내어 꾸짖는 것도 진정이며, 주렴 아래나 난간에서 눈물로 기다리고 꿈속에서 그리워함도 진정이며, 청루 거리에서 황금과 주옥으로 웃음과 노래를 파는 것도 진정이며, 원앙침 비취금, 홍안 취수를 가까이 하는 것도 진정이며, 서리 내리는 밤의 다듬이질이나 비오는 밤 등잔 아래에서 한탄을 되씹고 원망을 삭이는 것도 진정이며, 꽃그늘 달빛 아래에서 옥패를 주고 투항偸香; 남녀 간의 통정하는 것도 진정이다.

오직 이러한 종류의 진정은 어느 경우에도 진실한 것이 아님이 없다. 가령 그것이 단정하고 정일貞一하여 그 정도正道를 얻었다고 하면 이 또한 '참' 그대로의 정이고, 그것이 방자 편벽되고 나태 오만하여 불행하게도 그 정도를 잃었다고 하더라도 이 또한 '참' 그대로의 정이다. 오직 그것이 진실한 것이기 때문에 그 정도를 잃었을 때는 또한 경계할 수 있는 것이다. 오직 그것이 진실한 것이라 본받을 수 있고, 그것이 진실한 것이라 경계할 수 있는 것이다. 그러므로 그 마음, 그 사람, 그 일, 그 풍속, 그 땅, 그 집안, 그 나라, 그 시대의 정을 또한 이로부터 살펴볼 수가 있다. 천지만물에 대한 관찰도 이 남녀의 정에서 살펴보는 것보다 더 진실한 것이 없다.(『이언』, 「이난」)

이것이 바로 '생각에 사특함이 없음'思無邪이요, '백성을 교화하여 선을 이루도록 한다'敎民成善는 것이라고 이옥은 주장한다. 의식과 달리 희노애구애오욕喜怒哀懼愛惡欲 같은 감정은 나를 속이지 않는다. 기쁘면 만면에 미소가 번지고, 두려우면 등골이 오싹해지며, 화를 내면 얼굴이 벌겋게 달아오른다. 속이려 해도 도무지 속일 수가 없는 거다. 여기까지는 누구나 동의하는 바다. 때문에 후속 질문이 이

어진다. 그렇다면 그것들을 어떻게 다스릴 것인가. 그것의 치우침을 어떻게 극복하고 '평온함'[中節, 和]의 상태를 유지할 수 있을 것인가. 예禮가 요청되는 지점이 여기다. 예란 한마디로 '모든 것이 제자리에 있는 상태'를 유지하기 위한 테크닉이다. 모자라지도 치우치지도 않게, 임금은 임금답게 신하는 신하답게. 하지만 이옥에게는 이런 식의 문제의식이 없다. 그에게는 지금 발한 '정'이 중요할 뿐, 그 정을 다스리는 문제에는 그다지 관심이 없다. 이옥은 말한다. 매 순간 거짓 없이 발하는 정이 바로 '예'에 이르는 통로라고. 예가 아닌 걸 들어야 예가 아닌 걸 듣지 않을 수 있고, 예가 아닌 걸 봐야 예가 아닌 걸 보지 않을 수 있지 않겠느냐는 역설. 이옥은 추상적인 예를 부정한다. 대체 이 몸을 떠나서, 시시각각으로 변하는 이 마음을 두고서 어디서 예를 찾는단 말인가. 그거야말로 자신과 남을 속이는 것이 아닌가. 그러므로 "시를 짓게 된다면 천지만물 사이에서 그 묘하고도 풍부하며 정이 진실한 것을 버리고, 내가 다시 어디에 손을 댄단 말인가." 국풍을 지은 시인과 자신의 차이는 재주와 식견에 있을 따름이지, 결국은 모두가 '정'을 드러낸 것이라는 당당한 자기변론. 『시경』의 모든 시도 정이요, 나의 모든 시도 정이다. 조용필이 노래한 대로, 흘러가는 저 구름도 정의 마음이요, 지나가는 저 바람도 정의 마음인 것.

그러고 보면, 고속도로 휴게소에서 울려 퍼지는 트로트 가사에도 진정성은 묻어 있는 것. '내 가슴에 이름표를 붙여 줘'라거나 '밧줄로 나를 꽁꽁 묶어 줘' 같은 가사야말로 사랑의 소유적 본성을 적나라하게 보여 주지 않는가. 도대체 에누리라고는 없는 이 표현들 속에 중생의 희로애락과 번뇌가 다 스며들어 있음을 생각하면, '고상한 예술'의 지평을 다른 곳에서 찾아 헤맨다는 것이 일순간 우스워지고 만다. 붓다의 설법이 바로 그 '뭇 삶'들의 한가운데서 행해진 것처럼, 글쓰기가 출발해야 하는 곳도 바로 그곳이 아닐까. 이옥이 남녀의 진정眞情으로부터 예를 논한 것도 이런 심정이 아니었을지. 글이란 희로애락으로 점철된 삶의 평면을 떠나, 절절한 체험의 평면을 벗어나 이루어질 수 없다는 것. 이것이, 고문의 절대 권위를 부정하는 이옥의 논리다.

명말 금릉(난징) 지방에 나이 쉰이 된 퇴기 마상란과 그를 사랑한 20대 청년이 있었다. 예나 지금이나 늙은 여인과 청년의 러브스토리는 사람들의 이목을 집중시킬 만큼 파격적인가 보다. 여인을 향한 구애를 포기하지 않는 청년에게 누군가가 묻는다. "늙어 빠진 가죽 주머니 같은 몸매에 얼굴마저 퇴색"한 여인이 대체 왜 좋으냐고. 소년의 대답인즉 이렇다.

"그렇지 않다. 내가 그 여인을 만나고부터 다른 기녀가 왜타머리를 구름같이 빗질한 것을 보면 그것이 반백이 아닌 것을 싫어하였고, 뺨이 살찌고 입술이 붉은 것을 보면 그것이 주름지고 또 마르고 누렇지 않음을 싫어하였으며, 살갗이 기름진 것을 보면 그것이 마른 귤껍질 같지 않음을 추하게 여겼다. 사람의 식성이 고기를 좋아하는 경우도 있고, 부스럼딱지를 좋아하는 경우도 있으니, 자신

에게 맞는 것이 귀한 것이지 남이 따질 바가 아니다."(「마상란전 보유」馬湘蘭傳補遺)

음, 사랑을 좀 아는 청년이다. 자기 눈에 덮인 콩깍지는 못 보지만, 그 콩깍지 때문에 보이는 세계는 자기만 안다. 거기다 대고 아무리 설득해 봐야 무소용인 거다. 이야기의 결론은 어찌되었냐고? 여인이 향교 교수에게 일러 청년이 매 일백 대를 맞고 나서야 향교를 떠났다고 한다. 이옥의 기록은 여기서 끝이다. 가타부타 코멘트가 없다. 「이난」의 평문으로 추론컨대, 청년의 그 얼토당토않은 사랑도 '진정'이다. 진정이 들어 있다면 기록할 만한 가치가 있는 것.

이옥이 전하는 최고의 러브스토리는 뭐니뭐니 해도 「심생전」沈生傳이다. 약관의 준수한 양반가 청년 심생이 길거리에서 하인에게 업혀 가는 여인을 뒤따르다 서로 눈이 맞는 것이 이 러브스토리의 첫장면이다. 이 아찔한 순간을 이옥은 이렇게 표현한다.

복숭아빛 뺨에 버들잎 눈썹, 초록 저고리에 다홍치마, 연지와 분으로 아주 곱게 화장을 하였다. 얼핏 보아서도 절세가인임을 알 수 있었다. 처녀 역시 보자기 안에서 어렴풋이 미소년이 쪽빛 옷에 초립을 쓰고 왼편이나 오른편에 붙어서 따라오는 것을 보았다. 마침 추파秋波를 들어 보자기 사이로 주시하던 참이었다. 보자기가 걷히는 순간에 버들 눈, 별 눈동자의 네 눈이 서로 부딪혔다.

버들잎 같은 눈 속의 별빛 같은 눈동자 네 개가 서로 부딪혔다! 柳眼星眸 四目相擊 기가 막힌 표현이다. 청춘남녀가 서로에게 반하는 첫 순간의 짜릿함을 이보다 더 잘 표현할 수 있을까. 이렇게 '눈이 맞은' 후, 이후 스토리는 우리가 짐작하는 대로다. 심생은 동네 사람에게 처녀에 관한 정보를 얻고, 친구네 집에서 밤새겠다는 진부한 핑계를 대고, 여인의 집을 찾아가 월담을 하고, 몰래 훔쳐보기를 스무날, 그러다 결국 여인의 방에까지 입성하게 되는 것. 특이하다면, 처녀가 이미 이 모든 걸 다 알고 있으면서도 속을 태우다가 스무날이 지나서야 그를 방에 들였다는 사실. 이유는 하나, 신분 차이 때문이다. 중인 집안 딸과 양반가 자제의 혼인이 당시로서는 용납되기 어려웠던 터, 처녀도 혼자 속을 끓이던 끝에 마음을 굳힌 것이다. 그런데 이 당돌한 처녀, 심생을 방 안으로 들이더니 대뜸 부모를 불러와 그간의 자초지종을 고한 후 이렇게 선언하는 게 아닌가.

"저분은 양반댁 도령으로 지금 바야흐로 청춘이라 혈기가 아직 진정되지 못하여 다만 벌과 나비가 꽃을 탐낼 줄만 알고, 바람과 이슬에 맞음을 돌보지 않으니 며칠 못 가서 병이 나지 않겠습니까. 병들면 필시 일어나지 못하리니, 그렇게 되면 제가 죽이지 않았더도 제가 죽인 셈입니다. …… 제가 만일 도련님을 따르지 않으면 하늘이 반드시 싫어하시어 복을 제게 주시지 않을 거예요. 저는 마음을 정하였습니다. 부모님께서는 근심하지 마옵소서. 아, 저는 부모님께서 연로하시고 동기간이 없으니 시집가서 데릴사위를 맞아 살아 계실 때 봉양을 다하다가 돌아가신 뒤에 제사를 모시면 제 소망에 족하다고 생각하였습니다. 이제 일이 뜻밖에 이렇게 되었으니, 이 역시 하늘의 뜻일지라. 더 말해 무엇하겠습니까."

이런 어메이징한 여자를 보았나! 옆에서 지켜보던 부모와 심생은 그저 어안이 벙벙할 따름, 모든 걸 여인의 뜻대로 맡길 수밖에. 그래서 결국 두 남녀는 동침을 하게 되고, '당신들의 낮보다 아름다운 우리들의 밤'이 계속되었다. 하지만 모든 러브스토리는 '장애'가 있을수록 더 감동을 주는 법 아니던가. 결국 심생의 거짓말을 알게 된 그의 부모가 책을 싸들려 북한산성으로 그를 보내 버리고, 이 '강제 이별' 후 심생이 전해 받은 것은 여인의 유서였다. 사랑하는 이를 남편이라 부르지도 못하고, 며느리 대접도 못 받고, 손수 옷 한 벌 못해 입히고 병을 얻어 죽게 되었으니 한스럽다는 내용이었다. 이후 심생은 공부를 접고 무관이 되어 벼슬까지 했으나, 그 역시 일찍 죽고 말았다는 후일담으로 이야기는 끝이 난다. 한눈에 반하는 만남, 신분 차이, 이별, 죽음으로 이어지는 전형적인 '격정 멜로'다.

덧붙인 코멘트에 따르면, 이옥이 어린 시절에 스승으로부터 전해 들은 이야기라고 하는데, 이 이야기의 어떤 부분이 이옥의 마음을 잡아 끌었던 걸까. 자신의 사랑에 당당했던 여인의 진정, 뜻하지 않게 이별했지만 여인의 진정을 사무치게 깨달았던 심생의 진정. 이들에게서 인간이란 존재의 욕망과 허망함, 사회의 억압과 억압된 자의 절망을 본 것이 아닐까. 때문에 "시를 짓게 된다면 천지만물 사이에서 그 묘하고도 풍부하며 정이 진실된 것을 버리고 내가 다시 어디에 손을 댄단 말인가"라고 항변했던 게 아닐까.

『금병매』나 『육포단』을 세상 사람들은 음사淫史라고 일컫지만, 그 작자의 마음을 헤아려 보면 다루지 못할 이유가 없다는 것이 이옥의 생각이었다. "국풍을 지은 시인이 국풍을 지을 적에 그 재주와 식견이 실로 나보다 만만 배나 나았겠지만 그것을 지은 뜻은 대개 나의 생각과 그다지 서로 다르지 않았을 것"이라는 얘기다. 하지만 문장이란 모름지기 학식을 드러내는 것으로, "위로는 왕의 정책을 빛낼 것을 생각하고 아래로는 한세상을 주름잡을 것을 생각한 뒤에야 바야흐로 문장을 이루었다고 할 수 있다"고 생각한 다산 같은 도학자에게는 어림없는 얘기다. 두 아들에게 보내는 편지에서 다산은 "시는 꼭 힘써야 할 것은 없으나 성정을 도야하려면 시를 읊는 것도 상당히 도움이 된다"고 못박은 뒤, 시에 대한 견해를 다음과 같이 기술한다.

> 무릇 시의 근본은 부자나 군신, 부부의 떳떳한 도리를 밝히는 데 있으며, 더러는 그 즐거운 뜻을 드러내기도 하고, 더러는 그 원망하고 사모하는 마음을 이끌어 내게 하는 데 있다. 그 다음으로 세상을 걱정하고 백성들을 불쌍히 여겨서 항상 힘없는 사람을 구원해 주고 가난한 사람을 구제해 주고자 방황하고 안타까워서 차마 내버려두지 못하는 간절한 뜻을 가진 다음이라야 바야흐로 시가 되는 것이다.(정약용, 「두 아들, 보거라」示兩兒)

이런 인식을 가진 고문론자들에게 '남녀의 진정'이야말로 세도를 알 수 있는 지표라는 이옥의 생각이 가당키나 하겠는가. 이옥은 『시경』의 어디에 남녀의 정을 읊지 않은 시가 있느냐고 반문했지만, 다산은 "『시경』에 있는 모든 시는 충신, 효자, 열녀, 진실한 벗들의 간절하고 진실한 마음의 발로로서, 임금을 사랑하고 나라를 근심하는 내용이 아니면 그런 시는 시가 아니며, 시대를 아파하고 세속을 분개하는 내용이 아니면 시가 될 수 없는 것이며, 아름다움을 아름답다 하고 미운 것을 밉다 하며 선을 권장하고 악을 징계하는 그런 뜻이 담겨 있지 않은 시를 시라고 할 수 없는 것"이라며, 문학을 교화敎化와 도리道理, 학문의 관점에서 코드화한다. 물론, 감동적인 말이긴 하다. 1980년대 리얼리즘 담론 속에서라면 다산의 시론이야말로 혁명적 문학론으로 여겨질 것이다. 하지만 루쉰이 여러 차례 힘주어 강조했듯이, '혁명적 문학'은 혁명을 묘사하거나 선전하는 문학이 아니다. 자신의 지층 속에서 '혁명적으로 되지' 않는다면 혁명에 대해 떠드는 것이 무슨 소용이란 말인가.

난 지금 이옥이 다산보다 더 훌륭한 문장가라는 말을 하려는 게 아니다. 다만, 의문을 떨칠 수 없다. 왜 다산은 그렇게 '진보적'이었으면서도 성리학의 질서를 의심하지 않았을까. 그렇게 '민중적'이었으면서도 왜 그토록 속되고 읽기 쉬운 소설과 소품문들을 혐오했던 것일까. 어쩌면, 우리가 예술의 '민중성'과 '진보'에 대해 오해하고 있는 게 아닐까. '민중적 이념', '혁명적 이념', '진보적 이념' 등을 추상적으로 실체화함으로써, 오히려 이념적 층위로부터 달아나는 실제적 흐름들을 끊임없이 봉쇄하려는 편집증에 시달리고 있는 게 아닐까.

글쓰기의 두번째 어려움 혹은 두번째 도주선. 이념으로부터 달아나기. 글쓰기를 가능하게 하는 건 순수한 이념이 아니라 오물과 피로 얼룩진 현실, 번뇌와 칠정으로 요동치는 리얼한 마음자리다. 글쓰기의 자리는 이념과 선악의 저편이다.

낮은 목소리들
— 세번째 어려움, 「삼난」三難

"모든 위기의 시대는 언어에 대한 비판으로 시작하거나 혹은 그 비판과 일치한다."

옥타비오 파스의 말이다. 언어가 단순히 사물을 지시하는 도구라면, 사람들이 언어나 문文 따위를 놓고 그렇게 혈투를 벌이지 않았을 것이다. 새로운 글을 쓰려는 사람들이 새로운 언어에 대해 고민하는 건 당연지사. 글은 언어의 한계 속에서 씌어지고, 따라서 글을 쓰는 자들은 쓰는 내내 그 한계에 직면할 수밖에 없다. 나는 누구의 언어로 말하고 쓰는가? 내 언어의 집은 어디인가?

특정한 언어 사용자들은 그 언어의 경계 안에서 생각하고 말하기 때문에 자신의 언어를 의심하지 않는다. 이옥이 들려준 에피소드 하나. 어떤 아전이 원님의 명을 받고 제수용품을 사러 갔는데, 사야 할 품목 중 '법유'法油가 뭔지를 도통 알 수 없었다. 기름을 파는 이조차 참기름, 들기름 두 가지만 있지 '법유'는 없다 하니, 할 수 없이 그냥 돌아왔다는 것이다. 알고 보니 그게 '등잔기름'이었다는 건데, 이옥 왈, "이것은 원님의 잘못이지 아전과 기름 파는 남자의 잘못은 아니다." 또 이런 일화도 있다. 어떤 서울 사람이 '청포를 실컷 대접하겠다'며 친한 시골 사람을 초대했는데, 가서 보니 청포는 안 주고 녹두부(묵)만 잔뜩 내놓더라는 것. 시골 사람은 집에 돌아와 오랫동안 화를 내면서도 청포가 묵임을 끝내 알지 못했는데, 이옥 왈, "이것은 서울 사람의 책임이지 시골 손의 책임은 아니다." 누구의 잘잘못을 떠나, 우리의 언어 사용이 갖는 한계와 그로 인한 소통의 불가능성을 잘 보여 주는 일화들이다.

방언과 고유명사, 각종 집단의 은어에 대한 관심은 이옥의 글 전체에서 여러 차례 등장한다. 경기도 촌놈이 처음 지방에 가서(그것도 유배로!), 호서인은 영남인의 말을 듣고 웃고 영남인은 호서인의 말을 듣고 웃는 걸 보다가 문득, 그들은 우리 한성 사람 말을 듣고 웃겠지, 라고 깨닫는다. 또 경상도 지방의 여자는 이름에 '심'心 자가 많다며 그 이름들(대심, 계심, 화심, 녹심, 채심, 분심, 금심, 옥심, 향심, 이심 등)을 일일이 기록하는가 하면, 군교를 만나 전해 들은 도둑들의 은어(떡은 간음, 중은 산나귀, 말은 용, 소는 죽, 도둑은 장사꾼, 포교는 나그네)를 열심히 받아 적기도 한다. 실제로 이옥의 문장은 비속어와 구어체 등등이 뒤섞여 있다. 아니나 다를까, 이런 이옥의 글을 향해 "망령되이 자기의 의사로서 토속 이름에 맞추어 문자로 표현하였으니 주제넘고 괴팍하고 향암하다"는 비난이 빗발쳤다. 「삼난」三難은 그 비난에 대한 답변이다.

물건의 이름이 매우 많으니, 눈앞에 있는 물건 이름으로 말하겠다. 저 띠풀로 짜서 까는 것을 옛사람, 중국 사람들은 '석'席이라 하는데, 나와 그대는 '돗자리'라 한다. 저 나무로 시렁을 만들어 기름등잔을 놓아 두는 것을 옛사람, 중국 사람들은 '등경'燈檠이라 하는데, 나와 그대는 '광명'光明이라 한다. 저 털을 묶어서 뾰족하게 한 것을 저들은 '필'筆이라 하는데 우리는 '붓'賦詩이라 한다. 저 닥나무 껍질을 찧어서 하얗게 만든 것을 저들은 '지'紙라 하는데 우리는 '종이'照意라 한다. 저들은 저들의 이름하는 바로써 이름을 삼고, 우리는 우리의 이름하는 바로써 이름을 삼는다. …… 슬프다! 가령 그 물건을 이름한 것이 모두 석, 등경, 필, 지라고 한 것처럼 반드시 그 물건에 합당하다면 나도 내 의견을 버리고 남의 의견을 따를 것이며, 반드시 토속 이름을 억지로 맞추어 마치 이기기를 힘쓰는 자처럼 하지는 않을 것이다. 그런데 푸른 깃을 가리켜 비취라 하고, 슬픈 울음소리를 듣고 두견새라 하는 데에 이르러서는 내가 비록 솜씨가 둔하고 혀가 어눌하여 언문시를 짓는 데 이르더라도, 결코 법유를 사고 청포묵을 먹는 일은 하지 않을 것이다. 그러니 내가 어찌하여 그 토속 이름을 쓰지 않을 수 있겠는가. 유감스러운 것은 창힐이나 주황朱皇이 이미 일찍이 우리를 위하여 따로 문자를 만들지 않았고, 단군이나 기자도 일찍이 글로써 진작부터 말을 가르친 적이 없는 것이다. 그런즉 많은 여러 가지 토속말 중에 혹 문자로서 이름하지 않은 것이 있는데, 그 이름할 수 있는 것은 내가 무엇이 두려워 이름을 만들어 쓰지 않겠는가. 이것이

> 내가 반드시 토속 명칭을 사용하게 된 까닭이다. 내 어찌 향암스러워 그렇게 했겠는가. 내 어찌 괴팍하여 그렇게 썼겠는가. 또한 내 어찌 주제넘어서 그렇게 표현했겠는가.(『이언』, 「삼난」)

이걸 두고 이옥의 '민족성'이니 '한글사랑'이니 운운하며 민족주의적 코드를 들이대면 좀 곤란하다. 이옥의 문제의식은 더 본질적이다. 어차피 저들이 이름하거나 우리가 이름하는 것 모두 그 물건의 본래 이름은 아니다. 사물에 '본래의 이름' 따위가 있을 리 있겠는가. 저들은 저들의 이름하는 바로, 우리는 우리의 이름하는 바로 이름하는 것일 따름이다. 때문에 저들이 붙인 이름만 맞고, 우리가 붙인 이름은 틀리다고 말할 근거가 없는 거다. 그럴진대 왜 꼭 저들이 이름하는 것만을 따라야 한단 말인가. 내가 옛 사람의 이름이나 자字를 내 것으로 삼지 않는 게 당연하듯, 사물의 이름도 중국 명칭이 아니라 토속의 이름으로 부르는 것이 당연하지 않은가.

박제가에게도 이와 유사한 인식이 엿보인다. 박제가는 글자보다 '소리'에 주목한다. 현재는 예전의 예악형정禮樂刑政에 쓰인 기물이나 조수초목의 이름이 다 파괴된 상태라, 혹 지금 사람이 삼대三代의 선비와 마주친다 해도 풍속과 방언의 차이로 소통이 불가능할 것이다. 우리가 감탄하는 『시경』의 구절 역시 본래의 소리가 아니라 글자로 남은 흔적일 뿐이다. 그렇다면 거꾸로, "무당의 가사歌詞와 광대의 웃고 매도하는 사설, 그리고 시정과 여항의 친근한 말도 선량한 마음을 불러일으키고 사악한 생각을 징계하는 힘을 갖는"(박제가, 「유혜풍시집 서」柳惠風詩集序) 한에서 역시 옛 시와 등가의 가치를 가지고 있는 게 아닐까.

요컨대, 글이란 모름지기 생생한 '소리의 느낌'을 담아야 한다는 주장이다. 비록 옛 글자를 빌려 오더라도 오늘날의 소리와 소통시키는 능력이 있어야만 진정한 시인이라는 것. 박제가에게도 역시 문제의 핵심은 생동하는 언어다. 도를 담은 지고至高의 언어가 아니라 낮은 곳에서 꿈틀거리는 생의生意의 언어.

존재에 차이가 있는 만큼 언어에도 차이가 있다. 존재에 위계가 없는 것과 마찬가지로 언어에도 위계가 없다. 이옥은 방언, 속어, 은어, 우리말 등등 생동하는 현장언어 속에서 '다름의 세계'를 본다. 자신의 언어 안에 세계를 가두는 대신 세계 속으로 자신의 '이목구심'耳目口心을 던져 꿈틀거리는 언어를 건져 올린다. 언어는 절대로 세계에 가닿을 수 없다. 그 때문에 어떤 언어를 어떻게 사용하는가 하는 문제는 더욱더 중요해질 수밖에 없다. 몇몇 글자에 세계를 다 담을 수 있다고 믿는 건 인간의 착각이다. '초쇄경박'하면 어떤가. 그런 언어들로밖에 세계를 표현할 수 없다면 그리할 수밖에.

> 지금 무관은 조선 사람이다. 산천과 기후가 중화 땅과는 다르고 언어와 풍속도 한당 시대와 다르다. 그런데도 만약 작법을 중화에서 본뜨고 문체를 한당漢唐에서 답습한다면, 나는 작법이 고상하면 할수록 그 내용이 실로 비루해지고, 문체가 비슷하면 할수록 그 표현이 더욱 거짓됨을 볼 뿐이다. 우리나라가 비록 구석진 나라이기는

하나 이 역시 천승의 나라요, 신라와 고려가 비록 검박하기는 하나 민간에 아름다운 풍속이 많았으니, 그 방언을 문자로 적고 그 민요에다 운을 달면 자연히 문장이 되어 그 속에서 진기가 발현된다. 답습을 일삼지 않고 빌려 오지도 않으며, 차분히 현재에 임하여 눈앞의 삼라만상을 마주 대하니 오직 이 시가 바로 그러하다.(박지원, 「영처고 서」嬰處稿序)

연암이 이덕무의 문집 『영처고』嬰處稿에 붙인 서문이다. 『시경』에 등장하는 조수초목의 명칭을 통해 그 풍속을 짐작할 수 있듯이, 만약 중국에 어떤 성인이 있어 우리나라의 국풍을 관찰하려면 이 『영처고』를 상고해야 할 것이라며, 연암은 이덕무의 시를 '조선의 국풍'이라고 칭찬해 마지않았다. 그러나 이옥에게는 연암같이 자신의 글을 알아줄 이가 없었다. 하여 스스로 이렇게 자신한다.

그대가 이미 나를 참람하다고 하였으니, 청컨대 참람함을 피하지 않고 큰 소리로 말하겠다. 일찍이 『강희자전』康熙字典을 보니, '늑' 玏 자가 실려 있는데 '조선 종실의 이름'이라 하였고, 또 '답'畓 자가 있는데 '고려 사람들이 논[田]을 일컫는 말이다'라고 하였으며, 우장주尤長州의 악부에는 우리나라의 속어를 많이 일컬었다. 그대는 두고 보라. 훗날 중국에서 널리 채집하는 자가 있어 내가 일컬은 물명物名을 기록하고 주석하기를 '조선의 경금자가 말한 것'이라고 할 것이다.(『이언』, 「삼난」)

어떤 결연함마저 느껴지는 대목이다. 언어는 흐름을 절단해서 영토에 귀속시킨다. 절단할 뿐만 아니라 거기에 방향성을 부여함으로서 욕망이 흐르는 홈을 만들어 낸다. 예컨대, "열심히 일한 자신을 위해 선물하세요"라고 외치는 홈쇼핑의 언어는 삶이 불만족스럽고 출구도 없는 주부들의 욕망의 흐름을 상품과 접속시킴으로써 절단해 낸다. 이렇게 출구 없는 욕망(이런 걸 '우울증'이라고 한다)과 상품이 접속되고 나면, 상품 구매를 통해 자신의 존재를 계속 입증하려는 관성慣性이 형성된다.

이와 마찬가지로, 우리가 어떤 개념을 가지고 사유한다는 건, 그 개념을 통해 욕망을 절단하고 욕망의 길을 형성함을 뜻한다. 특정 언어를 사용한다는 것은 특정한 사유와 욕망의 문제를 내포한다. 세계와 무관하게 존재하는 '중립적 언어'란 없다. 어떤 언어든 현실 속에서 '가치평가적 액센트'를 부여받는다. 예컨대, 우리 사회에서 진보/보수라는 말에 부여되는 액센트, 동성애자, 예술 같은 단어가 갖는 액센트, 나아가 낫과 망치, 샤넬백, 왼쪽 같은 사물이나 상태의 이름도 특정한 액센트를 갖는다. 그러나 이 액센트는 집단이나 개인에 따라 다르다. 따라서 비속어나 구어체를 사용하느냐 마느냐가 핵심이 아니라 거기에 어떤 액센트를 부여하느냐가 관건이다.

2009년에 발견된 정조어찰첩을 보면 정조 역시 구어체와 이두吏頭, 비속어를 사용했음을 알 수 있다. '쯧쯧', '껄껄' 같은 의성어는 물론, '호래자식'이라든가 '주둥아리' 같은 비속어, 그리고 여항의 속담들이 여과 없이 표현되었다. 그러면서도 과거시험 답안지라든지 관료의 문집 같은 '공적인 글'에서 그런 문체를 사용하는 건 도저히 용납할 수 없었던 거다. 문체가 단순히 '문의 형식'이 아니라 지식 담론의 질서와 직결되는 문제임을 입증해 주는 지점이다. 호방하고 웅건하며 깊이 있고 실용적인 고문에 반해, 소품문은 들뜨고 가볍고 치우치고 장난스럽고 겉만 화려할 뿐이라는 평가는 결국 지배적 지식의 영토를 흔들며 달아나는 도주선들에 대한 불안을 함축한다. 우리는 종종 하나의 톤밖에 없는 배우의 '발연기'는 맹비난하면서도 하나의 톤을 가진 정치와 지식 담론에 대해서는 눈을 감는다. 견고한 지층이 흔들리고 담론들이 쪼개지고 여러 목소리들이 웅웅거리는 걸 두려워하기 때문이다. 누군가가 내 말을 '대신해' 주기만을 바랄 뿐 내가 직접 발언하려는 용기가 없기 때문이다. 그런데 이옥은 참람함을 무릅쓰고 발언한다. 세상에 '본래의 이름'이 어디 있으며, '순수한 언어'가 어디 있느냐고.

순정한 문체와 오염된 문체가 있는 게 아니라, 표준의 반복 재생산과 새로운 언어 사용법의 창안, 그 두 가지가 있다. 들뢰즈의 개념을 빌려 말한다면, 언어의 다수적 사용과 소수적 사용이 있다. 언어의 소수적 사용이란 단순히 방언이나 욕설, 은어 같은 소수어를 사용함을 의미하는 게 아니다. 그것은 언어 A나 언어 B가 아니라 "언어 B가 되고 있는 언어 A에 다름 아닌 언어 X"(파졸리니)를 발명하는 문제다.

예컨대, 연암처럼 한문 안에서 한문문체를 변주함으로써 '사이의 언어'를 생성하기. 따지고 보면, '작가'란 자신의 언어 안에서 그 언어를 변주함으로써 언어의 새로운 역량을 발견한 자들의 이름이 아니던가. 이를 두고 프루스트는 "걸작은 일종의 외국어로 씌어진다"고 했던 것. 자신의 언어에 갇히지 않을 때, 즉 매번 언어의 한계에 마주치며 자신이 속한 언어의 영토를 한 걸음 넘어설 수 있을 때, 그때 글쓰기는 비로소 삶이 된다. 그 '한 걸음'을 넘기 위해 자신과의 전투를 무릅써야 하고, 기성의 억견doxa들과 싸워야 하기 때문이다. 상처 없는 삶이 없듯이 상처 없는 글쓰기도 없다.

이옥의 글을 읽으며 생동감을 느낀다면, 그건 그가 옛글을 모방하는 대신 세계를 모방하기 때문이다. 이옥의 문장을 두고 강이천은 "이기상의 붓 끝에 혀가 달렸다"고 하였다. 김려는 "그 기묘한 정감과 특이한 생각은 마치 누에가 실을 토하는 것 같고, 샘이 구멍에서 솟아나는 것 같다"(「제매화외사권후」)고 하였고, "나의 친구 이기상이 문사를 짓는 것을 봄에, 매양 붓을 잡고는 즉시 써 내려가 빠르기가 바람과 번개 같아서, 손에서는 팔뚝을 멈춤이 없으며, 마음속에서는 막히는 생각이 없었다. 장편, 대문, 단율, 소결을 막론하고 원만하지 않은 말이 없었고, 익숙하지 않은 글자가 없었다. 그것을 읽는 자 중에는 혹 그가 때때로 방언과 속어를 사용하는 것을 싫어하여 문장의 한 흠이라 여기기도 하지만, 그러나 대개는 전혀 생삽生澁하거나 견강부회한 흔적이 없었으니, 진실로 한 시대의 뛰어난 재주라 할 만하다"(「제화석자문초권후」題花石子文鈔卷後)고 평하기도 했다. 니체 식으로 말하면, 이옥의 글은 다양한 "기호의 속도를 포함해서 파토스의 내적 긴장 상태를 전달"한다. 그의 글쓰기가 '고문'이라는 영토에 갇히지 않았기 때문이다.

글쓰기의 세번째 어려움 혹은 세번째 도주선. 지배적 언어로부터 달아나기. 언어를 소수적으로 사용하기. 누구나 자신이 속한 시대의 코드를 완전히 버리고 제로 상태에서 시작할 수는 없기 때문에 글쓰기는 그토록 어렵다. 그럼에도 불구하고 타자들의 웅성거림에 귀기울일 때, 그들의 언어는 내가 갇힌 영토의 빗장을 풀 수 있는 패스워드가 된다.

네 멋대로 해라
―고문과 금문의 변증법을 넘어

바야흐로 글쓰기의 시대다. 수많은 책들이 쏟아지고, 각종 콘텐츠로 무장한 블로그들이 우후죽순 생겨나고, 너도나도 글을 잘 쓰고 싶다는 욕망에 글쓰기 강좌를 기웃거리는 시대. 자기를 드러내고 싶다는 욕망 때문인지, 글을 남김으로써 불후하려는 의지에서인지, 아니면 정보는 넘치는데 이를 소화하지는 못하는 체증이 만들어 낸 돌파구인지, 아무튼 글쓰기에 대한 욕망으로 넘실거리는 건 분명해 보인다. 대체 무엇 때문에 우리는 그토록 쓰고 싶어 하는 것일까. 이 문제를 생각하던 와중에 뜻밖의 실마리를 얻은 것은 사사키 아타루의 책에서였다. 그는 글쓰기를 전혀 다른 관점에서 사유한다.

> 사실은 믿지 않는데도 뭔가를 믿고 있다고 다른 사람에게 보여 주려고 할 때 인간이라는 존재는 굉장히 흉악한 동물이 됩니다. 무의식적으로 뭔가를 믿고 있으면서도 아무것도 믿지 않는다고 다른 사람에게 보여 주려고 하면, 역시 인간은 무한하게 폭력적인 동

물이 됩니다. '아무것도 믿지 않는' 것은 니힐리즘이고, '뭔가를 믿는' 것은 광신입니다. 어느 쪽으로 가도 막다른 길이라면 신앙이라는 말 자체를 버리면 됩니다.(사사키 아타루, 『잘라라 기도하는 그 손을』)

신앙이란 뭔가를 믿는 것이다. 그러나 아무것도 믿지 않는다는 것 역시 바로 그 사실을 믿는 것이다. 사사키 아타루는 믿음과 믿지 않음, 이 극단에 사로잡히지 않고 그 사이에서 진동할 때만 읽기와 쓰기가 가능하다고 본다.

책을 제대로 읽는다는 것은 읽고 있는 자신과 세계가 동시에 믿을 수 없게 되는 것이었습니다. 마찬가지로 쓴다는 것에 대해서도 '신앙'은 사라집니다. 그 한 행을 믿지 않는다면 쓸 수 없습니다. 그러나 '쓰는 것'은 지우고 고쳐 쓴다는 것을 전제로 합니다. 그것을 지우고 고쳐 쓸 수 있다는 것은 믿지 않는다는 것입니다. 한 행을 쓸 때 자신은 그것을 정말 믿는 것일까요? 한 행을 지울 때 자신은 그것을 정말로 믿을 수 없는 것일까요? 믿지 않는다면 고쳐 쓸 수 없지만, 고쳐 쓸 수 있다는 것은 믿고 있지 않다는 것입니다. 그렇다면 여기서 신과 불신의 이분법은 다같이 완전히 사라집니다. 거기에 무한한 회색의 투쟁공간이 출현합니다. 버니지아 울프가 말했습니다. '최후에는 고독한 전쟁이 우리를 기다리고 있다'고. 그것은 쓰는 것에 대해서도 마찬가지입니다. 여기가 혁명의 장소입니

다. 혁명의 시간입니다. 이 시공은 끝나지 않습니다. 정의상, 끝날 수 없는 것입니다.(앞의 책)

자신과 세계를 그대로 믿는 자, 즉 부정하는 힘이 없는 자는 한 줄의 글도 쓸 수 없다. 그러나 자신과 세계를 믿지 못하는 자, 즉 긍정하는 힘이 없는 자 역시 한 줄의 글도 쓸 수 없다. 그래서 루쉰은 절망과 희망 모두가 공허하다는 처절한 인식 속에서 글을 써 나갔던 것인가. 여하튼 사사키 아타루의 글을 읽다가, 무언가를 쓰고 싶어 하는 우리 시대의 욕망이 어쩌면 아무것도 믿지 않음과 무언가를 믿고 싶다는 이중적 태도를 반영하는 게 아닐까 하는 생각이 들었다. 어쩌면, 혁명의 시간이 도래한 걸까.

생각해 보면, 동아시아 문학사에서 '고문'과 '금문'의 대립이 없었던 적이 한 번이라도 있었던가 싶다. 어느 시대든 메인스트림에서는 전범典範에 의한 글쓰기가 요구되었고, 그와 동시에 전범을 거부하는 저항의 몸짓들이 항존恒存했다. 전범은 거의 동일하게 사서와 육경을 중심으로 한 '기원으로서의 텍스트'였고, 전범에 저항하는 글쓰기는 줄기차게 자기 시대의 육성을 담으려 했다. 그러니까 고문과 금문의 대립은 불가피하다는 얘기다. 지배적 영토의 형성과 탈주선의 생성이 동시적이듯, 고문을 말하는 순간 금문이 있고, 금문은 언제나 '고문에 대해' 금문일 뿐이다. 그렇다면, '고문'이 무엇이고 '금문'이 무엇인가를 규정하는 것은 불필요할뿐더러, 둘을 대립적으로 사고하는 것 자체가 적절치 않아 보인다. 글쓰는 자는 고문이냐

금문이냐라는 양자택일의 갈림길에서 시작해 그중 어느 하나의 영토에 이르는 게 아니다. 사사키 아타루를 변주하자면, 자신과 세계에 대한 믿음과 불신, 부정과 긍정, 그 사이를 끊임없이 오가는 '회색의 공간'에 매번 새롭게 서는 것이다. 때문에 글쓰기란 절대적 열락悅樂인 동시에 절대적 고독이다.

이옥의 시론詩論 『이언』은 정조의 '고문론'의 대척점에서 '나는 왜 쓰는가', '나는 어떻게 쓰는가'를 밝힌 일종의 시론時論이었다. 하지만 그가 고문론의 대척점에 놓였다고 하는 건 고문/금문의 대립구도를 전제했을 때만 가능한 얘기일 뿐, 이옥 자신이 고문 자체를 부정하거나 그에 맞서 '금문론자'를 자처했음을 의미하는 건 아니다.

> 세상에서는 간혹 이기상의 글을 비난하여, '고문이 아니다. 이것은 소품이다.' 한다. 나는 가만히 웃으며 말한다. '이런 자들이 어찌 문장에 대해 말할 수 있으랴. 사람의 글을 논할 때 고금을 논하고 대소를 논하는 것은 괜찮다. 하지만 소품일 뿐 고문이 아니라고 하는 말, 이것은 함부로 판단하는 사람의 말이다. 『월절서』越絶書와 『비신』秘辛이 어찌 소품이 아니겠는가? 또 어찌 고문이 아니겠는가? 글을 보는 것은 꽃을 보는 것과 같다. 모란과 작약의 풍성함과 요염함을 가지고 패랭이꽃과 수국을 버리고, 가을 국화와 겨울 매화의 고담함을 가지고 붉은 복숭아꽃과 살구꽃을 미워한다면 이를 일러 꽃을 아는 자라고 말할 수 있겠는가?(김려, 「제도화유수관소고권후」題桃花流水館小稿卷後)

앞서 살펴본 대로, '고문론자'들의 적은 소품체와 소설체를 구사하는 자들이었다. 덕분에 이옥은 '반反고문론자'가 되었을 뿐이지, 그가 고문에 반하는 글을 썼던 건 아니다. 조선의 고문론은 기본적으로 주자주의적 사유 위에서 전개되었다. 앞서도 말했지만, 주자의 문학관을 한마디로 요약하면 '도본문말'道本文末이라 할 수 있다. 즉 본체는 도요, 이것을 드러내는 그릇이 문이다. 문은 어디까지나 도를 표현하기 위한 '수단'에 불과하다는 얘기다. '리는 형이상, 기는 형이하'라는 주자의 이기관이 도와 문의 관계에도 그대로 적용된 셈이다. 주자는 당송고문가들을 인정하면서도, 그들의 '문이관지론'文以貫道論; 문장으로 도를 꿴다이 주는 문 중심적 뉘앙스를 제거하고, 주돈이와 정이의 '문이재도론'을 계승하여 '문도합일'文道合一을 주장한다. 요컨대, 문과 도는 본말이 있지만, 도는 문을 통해 드러나고, 문은 도가 밖으로 드러난 것이라는 입장이다.

> 문이란 도를 싣는 수단이다. 수레바퀴나 멍에에는 장식을 해도 소용이 없고 공연한 장식이 될 뿐인데, 하물며 빈 수레이겠는가. 문사란 기예이고 도덕은 실질인 것이다. …… 도덕에 힘쓸 줄은 모르고 다만 문사를 능사로 삼는 사람은 기예에 그칠 따름이다.(주돈이, 『통서』通書)

> 글이란 모두가 도 가운데로부터 흘러나온 것인데, 어찌 글이 반대로 도를 관통할 이치가 있겠는가. 글은 글이고, 도는 도이다. 글이

란 오직 밥 먹을 때의 반찬이나 같은 것이다. 만약 글로써 도가 관통된다면, 또한 근본을 말단이라 하고 말단을 근본이라 하는 게 되는데, 될 일이겠는가.(『주자어류』 권139, 「논문」論文 상)

한마디로, 도가 근본이고 문은 말단이다. 문 밖에 도가 없고 도 밖에 문이 없다!文外無道 道外無文 이런 전제하에 선진양한先秦兩漢의 고문을 '문장의 전범'으로 내세웠던 것이다.

'고문'이란 일반적으로, 한유를 비롯한 당대의 문인이 육조 이래 유행하던 변려문을 비판하면서 이와 대립되는 선진양한의 산문을 지칭한 데서 비롯되었다. 변려문은 대우법對偶法 등의 과도하고 인위적인 레토릭과 전고典故의 빈번한 인용 등을 특징으로 하는데, 당대의 문인들은 담백하고 효율적인 의도전달로 도문道文의 합일을 이뤘던 선진양한의 고문(사서오경, 『좌전』, 『사기』, 『국어』, 『한서』)으로 돌아감으로써 유가 정신의 부흥을 꾀했다. 후대의 고문론은 결국 이 같은 '도문합일'의 사고방식을 반복적으로 계승했다고 할 수 있다. 고문론 안에서도 소소한 편차들은 존재했지만, 어쨌거나 고문론의 핵심은 글이란 모름지기 '고도'古道를 추구해야 한다는 사실에 있었다.

조선시대 사대부들의 문장론을 지탱한 것은 이처럼 주희의 문학관을 중심으로 한 중국의 고문론이었다. 성리학적인 아취가 담긴 문장을 추구했던 이황이나, 육경사서의 문장을 전범으로 세워 문을 통해 도를 구현하고자 했던 이이李珥를 비롯해서 조선 후기의 주류 지식인들 역시 '도문합일'이라는 큰 틀에서 벗어날 수 없었다. 이를 어기는 문장론은 결국 '주자학'이라는 사상적 토대 자체를 무너뜨리는 반체제적 행위였기 때문이다. 흥미로운 점은, 조선 전기에는 지식인들 사이에서 양명학이나 불교, 노장사상의 수용이 비교적 자유로웠던 데 비해(물론 그걸 노골적으로 표면화할 수는 없었지만), 조선 후기로 갈수록 주자학을 비판하는 세력이 '사문난적'斯文亂賊으로 몰리고, 그 결과 반주자 담론은 문예를 통해서만 발현되었다는 사실이다.(이종호, 『조선의 문인이 걸어온 길』) 정조가 패관소품에서 보이는 미세한 균열들에 지나치다 싶을 정도로 예민하게 반응하지 않을 수 없었던 사정이 짐작된다. "위로는 왕의 정책을 빛낼 것을 생각하고 아래로는 한세상을 주름잡을 것을 생각한 뒤에야 바야흐로 문장을 이루었다고 할 수" 있는데, 지금의 문장학은 "성인의 도를 해치는 모적蟊賊; 백성의 재물을 빼앗거나 좀먹는 탐관오리"(다산, 「문장이란 어떤 물건인가」)이라는 다산의 날선 인식 역시 조선 후기 고문론의 입장을 단적으로 대변한다. 하지만 이들이 '모적'이라는 표현까지 써 가면서 패관소품을 경계했다는 것은, 이미 주자적 질서에 어떤 난기류가 형성되고 있었음을 반증하는 것이기도 하다.

> 그분들의 문장 역시 일상어와 무엇이 다르단 말입니까. 제가 보건대, 간결한 듯, 웅훈한 듯, 분방한 듯, 기굴한 듯하지만, 대체로 당대의 일상어를 변주해서 우아하고 참된 것으로 만들었으니, 이른바 쇠를 담금질해서 황금을 만드는 격이었습니다. 후세에 오늘날

의 문장을 본다면 우리가 예전 그분들 문장을 보듯 하리라는 것을 어찌 알겠습니까. 하물며 도도하고 무성한 것은 바로 크게 되고자 한 것이고 옛날의 문장을 기준으로 삼지 않은 것 또한 홀로 우뚝 서고 싶어한 것인데, 대체 무엇이 지나치단 말입니까. 당신은 저 여러 사람들의 문장을 자세히 보셨습니까. 좌구명은 스스로 좌구명이고, 장자는 스스로 장자이며, 사마천과 반고는 스스로 사마천과 반고이며, 한유, 유종원, 구양수, 소식은 스스로 한유, 유종원, 구양수, 소식이어서, 서로 본뜨거나 답습하지 않고 제각기 일가를 이루었습니다. 제가 바라는 바는 이런 것을 배우는 것입니다. 다른 사람의 집 아래에 집을 짓듯이 남의 문장을 본뜨기나 하고 다른 이들의 문장을 답습하고 표절한다는 비난을 받을까 두렵습니다.(허균許筠, 「문설」文說)

당송팔대가의 글 어디에 일상어가 있더냐, 당신은 왜 옛것을 기준으로 삼지 않느냐, 라는 혹자의 질문에 대한 허균의 자기항변이다. '나는 허균 나의 문장을 하겠다'는 저 오롯하고 도도한 자존심! 허균 역시 굳이 따지자면 '고문의 대가'였다. 그러나 옛 문장들은 법을 답습하지 않고 일가를 이루었기 때문에 본받을 만한 것이지 단지 '고문이라는 이유'로 본받아야 하는 것은 아니다. 오롯이 '나의 문장'을 쓸 수 있다면, 고문이면 어떻고 금문이면 어떤가. 주자의 문장이면 어떻고 양명陽明의 문장이면 어떤가. 여러 연구자들이 밝혀 놓았듯이, 이 무렵부터 이탁오李卓吾를 비롯한 양명좌파의 사상과 공안파公安派의 참신한 글쓰기가 조선의 지식인들을 사로잡기 시작했다. 새로운 사상은 언제나 새로운 글쓰기를 싣고 온다. 기존의 사상으로 무장한 채 새로운 문체만 쏙 빨아먹는 건 불가능하단 얘기다. 사상적 접속이 가능했다는 자체가 이미 메인스트림을 뚫고 나가는 마이너의 움직임, 정조의 골머리를 썩이던 '불순분자'들의 꿈틀거림을 예고하는 것.

> 아우의 시문은 대부분 홀로 성령을 펼쳐 내어 격투格套에 구애되지 않았으며, 자기의 흉억에서 유출된 것이 아니면 붓으로 쓰려고 하지 않았다. …… 그 사이에는 훌륭한 곳도 있고 또 하자도 있는데, 훌륭한 곳은 다시 말할 필요가 없지만, 하자가 있는 곳도 역시 본색이요 독조獨造의 말이다. 하지만 나로 말하면 그 하자 있는 곳을 극히 좋아하고, 남들이 말하는 훌륭한 곳이 오히려 분식粉飾하고 도습蹈襲한 것이라고 한스러워하지 않을 수 없다. 근대 문인의 기습氣習을 완전히 벗어나지 못하였다고 여기기 때문이다.
>
> 대개 시문은 근대에 이르러 극도로 비루하게 되었다. 문은 반드시 진한秦漢을 모범으로 삼으려 하고 시는 반드시 성당盛唐을 준칙으로 하려고 하여, 초습剿襲·모의模擬하고 영향影響·보추步趨하여, 어떤 사람에게 조금 닮지 않는 곳이 있는 것을 보면, 즉 모두 그것을 야호외도野狐外道라고 손가락질한다. 문장은 진한을 준거로 삼는다면서, 진한 사람들이 어찌 일찍이 한 글자 한 글자를 육경에서 배웠음을 알지 못하는가. 시는 성당을 준거로 삼는다면서, 성당 사

람들이 어찌 일찍이 한 글자 한 글자를 한위漢魏에서 배웠음을 알지 못하는가. 진한의 문장이면서 한위의 시를 배웠다면 어찌 다시 성당의 시가 있겠는가. 시대에는 승강이 있으므로 법은 그대로 연습沿襲할 수가 없다. 각각 그 변變을 끝까지 다하고 각각 그 취趣를 궁극에까지 추구하는 것이니, 귀하게 여길 수 있는 바는 원래 우열로 논할 수가 없는 것이다.(원굉도,「서 소수시」序小修詩)

아우인 소수 원중도의 시에 붙인 원굉도의 이 서문은 '공안파 문학론'의 교과서라 할 수 있다. "지금의 입장에서 옛날을 본다면 옛날은 정말 지금이 아니겠지만, 후대의 입장에서 지금을 본다면 지금도 다시 옛날이 되는 것이다. 그러므로 문장은 시대에 따라 올라가기도 하고 내려가기도 한다. 올라가고 내려간다 하는 것은, 곧 평가하는 것을 두고 말하는 것이다"(이탁오,『분서』,「시문 후서」時文後序)라고 했던 이탁오 글쓰기론의 업그레이드 버전쯤으로 생각하면 되겠다. 요컨대, 한의 문, 당의 시, 송원의 사곡詞曲을 모방하는 자들은 전부 가짜다. 차라리 민간이 부르는 노래들이 더 '참'되다. 어떤 것도 모방하지 않고 어떤 법에도 구애되지 않기 때문이다. '글의 모범'이라는 게 있다면 그건 '느낌의 모범', '정서의 모범'도 있어야 한다는 말이 된다. 하지만 느끼고 감각하는 데 어떻게 '모범'이 있을 수 있단 말인가. 원본이나 법의 권위로부터 자유로운 것만이 참되다. 결국 글쓰기론의 대립은 고문/금문의 대립이 아니라 '글쓰기의 진정성'을 어디에 둘 것인가에 있다. 어떤 글쓰기는 참을 원본(전범)에 귀속시킨다. 하지만 또 다른 글쓰기는 참을 생성하고 분출하는 현재의 욕망에서 참을 구한다. 전자는 '완전한' 세계를 정립하고 글을 통해 거기에 이르려 하지만, 후자는 지금 이 세계를 천 가지 다른 언어로 감수感受하고 포착하려 한다.

> 옛날을 기준으로 지금을 본다면 지금이 진실로 비속하기는 하지만, 옛사람들도 자신을 보면서 반드시 자신이 예스럽다고 생각하지는 않았을 것이다. 당시에 본 것 역시 그때에는 하나의 지금일 따름이다. 그러므로 세월이 도도히 흘러감에 따라 풍요風謠도 누차 변하는 법이다. 아침에 술을 마시던 사람이 저녁에는 그 자리를 떠나고 없으니, 천추만세토록 이제부터 옛날이 되는 것이다. 그렇다면 지금이라는 것은 옛날과 대비하여 일컬어지는 이름이요, 비슷하다는 것은 그 상대엔 저것과 비교할 때 쓰는 말이다. 무릇 '비슷하다'고 하는 것은 비슷하기만 한 것이어서 저것은 저것일 뿐이요, 비교하는 이상 이것이 저것은 아니니, 나는 이것이 저것과 일치하는 것을 아직껏 보지 못하였다.(박지원, 「영처고 서」)

혹자는 이덕무의 글을 보고 옛사람의 시와 비슷한 데가 하나도 없이 비루하다고 나무라지만, 연암은 바로 거기서 '이덕무의 힘'을 본다. 세상 사람들이 "이기상은 고문에 능하지 못하다"고 비난하자, 이옥은 "고문을 배우면서 허위에 빠진 것이 금문을 배워 오히려 유용함만 같지 못하다"고 응수한다. 이옥은 무심한 제스처로, 취한 척

흐느적거리며 고문론의 그물을 유유히 빠져나간다.

이렇게 보면, 금문을 옹호하는 것이 반드시 고문을 배척하는 것으로 귀결되는 건 아니다. 연암은 예술가들의 영원한 아포리아인 '법고法古와 창신創新'의 문제를 예리하게 간파했다. 16세 소년 이서구가 자신의 문집을 들고 연암을 찾아간다. 사람들이 내 글을 보면 화를 내면서 왜 옛글대로 쓰지 않느냐고 하는데, 선생님이 좀 판정해 주시오 했던 것.

> 옛글을 모방하여 글을 짓기를 마치 거울이 형체를 비추듯이 하면 '비슷하다'고 하겠는가. 왼쪽과 오른쪽이 서로 반대로 되는데 어찌 비슷할 수 있겠는가. 그렇다면 물이 형체를 비추듯이 하면 '비슷하다'고 하겠는가. 뿌리와 가지가 거꾸로 보이는데 어찌 비슷할 수 있겠는가. 그렇다면 그림자가 형체를 따르듯이 한다면 '비슷하다'고 하겠는가. 한낮이 되면 난쟁이가 되고 석양이 들면 키다리가 되는데 어찌 비슷할 수 있겠는가. 그림이 형체를 묘사하듯이 한다면 비슷하다고 하겠는가. 걸어가는 사람이 움직이지 않고 말하는 사람이 소리가 없는데 어찌 비슷할 수 있겠는가. 그렇다면 옛글과 끝내 비슷할 수 없단 말인가. 그런데 어찌 구태여 비슷한 것을 구하려 드는가. 비슷한 것을 구하려 드는 것은 그 자체가 참이 아니라는 것을 인정하는 셈이다. 천하에서 이른바 서로 같은 것을 말할 때 '혹초'酷肖라 일컫고, 분별하기 어려운 것을 말할 때 '핍진'逼眞이라고 일컫는다. 무릇 '진'이라거나 '초'라고 말할 때는 그 속에 '가'

假와 '이'異의 뜻이 내재되어 있다.(박지원, 「녹천관집 서」綠天館集序)

쬐그만 놈이 가서 교과서나 더 보라고 윽박지르는 대신, 연암은 이렇게 멋진 말에다 팁까지 얹어 준다. 앞으로는 어른들이 노여워하면 무조건 잘못했다고 하되, 계속 그러면 "은고와 주아는 하은주 삼대 당시에 유행하던 문장이요, 승상 이사와 우군 왕희지의 글씨는 진秦나라와 진晉나라에서 유행하던 속필이었습니다"라고 말하라고. 비슷한 것은 가짜다, 그러니 내 말만 믿고 가서 열심히 공부하라는 말씀. 이것만 놓고 보면 고문을 모방하지 말고 너의 글을 쓰라는 얘기다. 하지만 연암은 고문/금문의 대립을 넘어 보다 근본적인 차원에서 글쓰기의 문제를 제기한다.

박제가의 『초정집』草亭集에 붙인 서문에서 연암은 우선 "반드시 옛것을 모범으로 삼아야 한다"는 논리와 "새것을 만들어야 한다"는 논리 양 극단을 부정한다. '법고'한다는 자들은 흉내내고 본뜨면서도 부끄러움을 모르고, '창신'한다는 자들은 허황된 문장을 지으면서도 두려움을 모른다는 것. 그렇다면 어떻게 할 것인가? "진실로 법고하면서도 변통할 줄 알고 창신하면서도 능히 전아하다면, 요즘의 글이 바로 옛글"이라는 게 연암의 답이다. 일견, 대단히 진부한 대답이다. 일찍이 공자님도 '온고지신'을 말했을뿐더러, 우리도 '전통과 혁신'이라는 그럴듯한 말로 20세기 내내 우려먹은 바로 그 얘기 아닌가. 하지만 연암은 다르다. 그는 고금의 단순한 변증법적 통일을 말하는 게 아니다.

박제가. 연암 그룹 중에서도 톡톡 튀기로 이름난 '열혈북학파'요, 재주가 승한 시인. 그의 글을 보면 문외한인 나조차 단박에 그 사실을 알 수 있을 정도다. 추측건대, 연암은 박제가의 이 튀는 재주를 좀 가라앉히고 싶었던 것 같다. 때문에 그의 문집에 서문을 달면서, '창신을 한답시고 재주 부릴진댄 차라리 법고를 하다가 고루해지는 편이 낫다'고 첨언했던 것. 그러니까 법고와 창신은 마치 칵테일 만들 듯이 이거 몇 프로 저거 몇 프로 섞을 수 있는 게 아니란 얘기다. 핵심은 '진정한 나의 글'을 쓰라는 것. 그러기 위해 고古를 배우고, 그러기 위해서만 고를 부정하라는 것.

'고'가 처음부터 '고'가 아니었다면, 지금의 '고'가 그때의 '금'今이, 반대로 '금'이 언제든 '고'가 될 수 있는 배치를 읽어 낼 수 있어야 한다. 원굉도의 말대로, 「이소」가 『시경』의 '아'雅를 답습하지 않은 것은 그것이 원망의 감정을 표현하는 데 한계가 있었기 때문이다. 낭만주의가 등장한 건 더 이상 계몽주의적인 언어로는 세상을 설명할 수 없었기 때문이고, 랭보가 시어를 해체한 건 기존의 언어로는 '지옥에서의 한철'을 표현할 수 없었기 때문이다. 이처럼 예술의 임무는 시대 속에서 시대의 한계를 폭로하는 데 있다. 그렇다면 문제는 고금의 선택에 있지 않을 것이다. 창신이란 자신의 시대 속에서 문제를 구성하는 능력이지 새로움을 위한 새로움의 추구가 아니다. '진'이라고 상정된 전범을 답습하는 것이 아니라 어떻게 현실 속에서 '진'을 구성할 것인가의 문제, 그것이 진정한 '법고창신'일 터. 현실에 발을 딛고 있는 자만이 현실을 벗어날 수 있다. 현실을 벗어난 그곳도 결국 현실 속에 있기 때문이다.

당대 고문운동을 주도했던 한유는 어떠했던가. 그는 제도화해서 부패할 대로 부패한 불교를 비판하며 요순에서 문-무-주공-공자-맹자를 통해 자신에게까지 이어진 유가의 도통道統을 세우려 했던 야심찬 유학자였다. 유학 담론이 지배적인 현실 속에서 유가의 도통을 세우려 했던 게 아니라 주류사상에 대한 '대항 담론'으로 유학을 내세웠다는 얘기다. '고문운동' 역시 그런 문제의식에서 도출된 것이었고, 그런 점에서 그가 주도한 '고문운동'은 당시의 정체된 현실과 사상, 허식에 빠져 허우적거리는 문단을 향한 일종의 선전포고였다. 한유는 "학문이란 도를 배우기 위한 것이고學所以爲道 문장이란 이치를 표현하기 위한 것文所以爲理"이라는 말로 문을 고도古道와 연결시켰지만, 그 생각을 표현하는 그의 문장은 세상 어디에도 없는 '한유의 문장'이었다.

> 만물은 평정을 얻지 못하면 소리 내 운다. 초목은 본디 소리가 없으나 바람이 흔들면 소리 내 울고, 물은 본디 소리가 없으나 바람이 치면 소리 내 운다. 솟구치는 것은 무언가가 그것을 쳤기 때문이고, 내달리는 것은 무언가가 그것을 막았기 때문이며, 끓어오르는 것은 무언가가 그것에 불질을 했기 때문이다. 금석은 본디 소리가 없지만 두들기면 소리 내 운다. 사람이 말을 하는 것도 마찬가지다. 도무지 어쩔 수가 없어서 말을 하는 것이니, 노래를 하는 것은 생각이 있어서고, 우는 것은 가슴에 품은 바가 있어서다. 입에

서 나와 소리가 되는 것들은 모두 평정치 못한 바가 있기 때문이다.(한유, 「맹동야를 보내는 글」送孟東野序)

한유의 절친한 벗 맹동야가 마흔여섯에 진사에 급제해 쉰 살에 겨우 지방 수령 자리를 얻었는데, 잠시 그를 만나고 헤어질 때 써 준 글이다. 음악은 소리를 잘 내는 악기로 잘 우는 것이고, 사계절이 순환하는 것도 평정을 얻지 못해 잘 우는 것이다. 당唐, 우虞, 고요皐陶, 우禹는 소리를 잘 내 우는 자들이었고, 『시경』, 『서경』을 비롯한 육경도 모두 소리를 내 잘 운 것들이다. 공자며 장자, 굴원, 맹자 등등 전국시대의 사상가들도 저마다의 방편을 가지고 소리 내 운 자들이다. 이 짧은 글 전문에 '울 명鳴' 자가 자그마치 38번이 등장한다. '평정하지 못하면 소리 내 운다'不平則鳴라는 발상도 기가 막히지만, '명'鳴 자의 반복적 사용으로 글 전체에 소리가 윙윙하는 효과를 자아낸 것도 기발하다. 게다가 "하늘이 장차 그들의 소리에 화답하여 나라의 성대함을 소리 내 울게 할지, 아니면 그 몸을 곤궁하고 굶주리게 만들고, 마음을 수심에 가득 차게 만들어 자신의 불행을 소리 내 울게 할지 모를 일"이라며, 높은 자리에 있다고 기뻐할 일도 낮은 자리에 있다고 슬퍼할 일도 아니니 근심하지 말라는 인생의 지혜까지. '고문운동'의 주창자 한유의 문장이야말로 참신한 '금문'이었던 것. 당시 그의 문장에 대해 가장 빈번하게 가해지는 평이 바로 '기이하다'[奇]는 것이었다.

그렇다면 다시, 고문과 금문이 대립하는 게 아니다. 다수적인

(지배적인) 것과 소수적인(도주하는) 것의 대립이, 이덕무의 표현대로 "정신이 유동하는" 산 글과 "진부한 것을 답습하는" 죽은 글의 대립이 있을 뿐이다. 정조는 도와 문을 단단히 얽어매고 있던 고리가 느슨해지고 있음을 예리하게 감지했고, 그의 문체반정은 빗장을 풀고 질주하는 욕망들을 도학적 코드로 포획하려는 시도였다. 하지만 그러기엔 '달아나는 자'들의 속도가 너무 빨랐고, 무방향적이었고, 무엇보다도 그들의 욕망이 그물망에 걸려들기에는 너무 미세했다.

> "아아" 하고 쥐가 말했다.
> "세상이 날마다 좁아지는구나. 처음만 해도 세상이 하도 넓어서 겁이 났었는데, 자꾸 달리다 보니 마침내 좌우로 멀리 벽이 보여 행복했었지. 그러나 이 긴 벽들이 어찌나 빨리 마주 달려오는지 어느새 나는 마지막 방에 와 있고, 저기 저 모퉁이엔 내가 달려들어갈 덫이 놓여 있어."
> "넌 오직 달리는 방향만 바꾸면 되는 거야." 하며 고양이가 쥐를 잡아먹었다.
> (카프카, 「작은 우화」)

이옥에겐 지식인으로서의 거창한 사명감도, 자신의 현실에 대한 울분도, 문장가로서의 명성도 없었다. 그저 한없이 작아져서, 벌레가 될 때까지 작아져서, 방향을 비틀었다. '서툴고 가냘프고 경박하고 비뚤어진' 걸음으로 모래와 바람 속을 기었다. 다시 말하지만,

우리가 읽는 이옥의 글은 그런 삶의 흔적이다.

여담. 이옥은 첫번째 유배길에 안의安義; 경남 함양의 옛지명에 들른 적이 있다. 당시 안의 현감이 바로 연암. 두 사람이 만났다는 기록은 없지만, 이옥은 그곳에서 현감이 지은 집을 중국식이라며 비방하는 이들을 조소하는 글을 한 편 남긴다. 연암과의 미세한 연관성을 '억측'해 볼 수 있는 유일한 글이다. 글의 내용은 이렇다. "동굴과 들에서 살다가 집을 지어 살기 시작한 건 고대 중국에서부터 비롯된 풍속이다. 그러다 기자가 동쪽으로 오면서 백공들이 따라와 집을 지었으니, 따지고 보면 중국식이 아닌 집이 따로 있는가, 그런데 무슨 이유로 그를 중국식이라고 비난하는가."(「남정십편」 중 '집에 대한 변론' 屋辯) 「삼난」에서 보여 준 언어에 대한 인식과 동일하다.

상상해 본다. 문장의 마에스트로 연암이 이옥의 글을 봤다면 뭐라고 했을까……. 확실히, 이옥은 '연암스타일'은 아니다. 하지만 추측건대, 비난하지는 않았을 것이다. 칭찬까지는 몰라도, 최소한 따뜻하게 다독여 주기는 하지 않았을까. 그러거나 말거나, 이옥은 멈추지 않았으리라. 볕도 안 드는 골방에서 싸구려 커피에 컵라면을 먹으면서도 열심히 곡을 만들어 부르는 인디밴드처럼, 아마 이옥도 그렇게 별일 없이 살았을 것이다. 제 멋대로 썼을 것이다.

취하고 토하라
—독서론과 문장론

나는 책을 좋아하고 또한 술을 좋아한다. 다만 땅이 궁벽하고 해가 흉년이어서 빌리거나 사려고 해도 취할 곳이 없다. 한창 무르익은 봄볕이 사람을 훈훈하게 하니, 다만 빈 바라지 앞에서 저절로 취하게 되는 듯하다. 마침 내가 술 한 단지를 받은 것과 같이 『시여취』詩餘醉 일부를 빌릴 수 있게 되었다. …… 이상하다! 먹[墨]은 누룩이 아니고, 책에는 술그릇이 담겨 있지 않는데 글이 어찌 나를 취하게 할 수 있겠는가? 장차 단지를 덮게 되고 말 것이 아닌가! 그런데 글을 읽고 또다시 읽어, 읽기를 삼 일 동안 오래했더니, 꽃이 눈에서 생겨나고 향기가 입에서 풍겨 나와, 위장 속에 있는 비릿한 피를 맑게 하고 마음속의 쌓인 때를 씻어 내어 사람으로 하여금 정신을 즐겁게 하고 몸을 편안하게 하여, 자신도 모르게 무하유지향無何有之鄕에 들어가게 한다.

아! 이처럼 취하는 즐거움은 마땅히 문장에 깃들어야 할 것이다. 무릇 사람이 취하는 것은 취하게 하는 것이 무엇인가에 달려 있는 것이요, 굳이 술을 마신 다음을 기다릴 필요가 없다. 붉고 푸른 것이 휘황찬란하면 눈이 꽃과 버들에 취할 것이요, 분과 먹대로 홍겹게 노닐면 마음이 혹 요염한 여자에게 취할 것이다. 그렇다면 이 글이 사람을 달게 취하게 하여 미혹케 하는 것이 어찌 술 1석과 5두보다 못하겠는가? …… 읽어서 그 묘처를 능히 터득하는 것은 그 맛의 깊음을 사랑하는 것이요, 읊조리고 영탄하며 차마 그만두지 못하는 것은, 취하여 머리를 적시는 데까지 이른 것이다. 때때로 혹 운자를 따서 그 곡조에 따르는 것은 취함이 극에 달해 게워내는 것이고, 깨끗하게 잘 베껴서 상자에 담아 두는 것은 장차 도연명의 수수밭을 삼으려는 것과 같다. 나는 모르겠노라. 이것이 글인가? 술인가? 지금 세상에 또한 누가 능히 알겠는가?(「묵취향 서」墨醉香序)

명나라 반유룡潘游龍이 편찬했다는 사선집詞選集을 읽고 난 후에 붙인 서문이다. 여기서 끝이 아니다. 여기 실린 사에 운자를 화답하거나 비슷하게 모방해서 시집을 지었는데, 그 이름이 『묵토향』墨吐香으로 여기에 붙인 서문은 이렇다.

시여는 사詞이지 술이 아니다. 그런데 인장麟長: 반유룡을 말하는 듯하다—지은이은 그것을 '취'라고 이름하였으니, 그 글이 사람의 폐부를 적시고 사람의 정신과 영혼을 홍겹게 할 수 있는데, 그것은 마치 맛있는 술이 사람을 취하게 하는 것과 같기 때문이다. 이 글을 읽는 자가 그 누구인들 취하지 않으리오. 나도 이에 진실로 몸을 가눌 수 없을 만큼 취하게 되었다. 크게 취해서 취함이 극에 달한 자는 반드시 토하게 되는 것이니, 마치 옛날에 이불에 토했다는 것과 혹 수레의 깔개에 토했다는 것이 그 예이다. 그런데 나는 술에 있어서 취하면 토하지 않을 수 없는 사람이니, 나의 주벽이 그런 것이다. 내가 이 글을 읽고서 이것을 지은 것은 또한 내가 취하여 토한 것이다. …… 위가 술 단지보다 좁아서 술이 넘쳐 위쪽으로 올라와 용솟음쳐 목구멍에서 토하게 된다. 혹은 콧구멍으로 토하기도 간혹 귀로 토하는 자도 있는데, 모두 저절로 되는 것이다. 내가 토하는 것이 이와 무엇이 다르겠는가. …… 토하는 것은 진실로 취한 사람의 보통의 일인데, 위가 약하거나 결벽증이 있는 자는 남이 토하는 것을 보고 또한 그 때문에 토하기도 한다. 나는 남들이 나의 이 『묵토향』 편을 보고 땅바닥에 손을 짚고 꽥꽥 구역질을 하지 않으리라고 말할 수 없다.(「묵토향전서」墨吐香前敍)

이 두 편의 글은 읽기와 쓰기에 대한 이옥의 생각을 가장 압축적으로 보여 준다. 글을 읽는다는 것은 취하는 것이고, 글을 쓴다는 것은 토하는 것이다. 여기에 무슨 설명이 더 필요할까. 시름을 잊기 위해 술을 마시듯 근심을 잊기 위해 글을 쓴다는 『봉성문여』의 소심한(심지어 찌질한) 글쓰기론은 그로부터 10년 후, 나는 술을 마시듯 책을 읽고, 취한 자가 토하듯 글을 쓴다는 '취토론'醉吐論으로 버전업 되었다. 그것도 대단히 파격적으로! 물론 이런 식의 수사를 이옥이 처음 구사한 건 아니다. 이는 이른바 '양명좌파'의 글에서도 종종 찾아볼 수 있는 표현이다. 예컨대, "선생은 한평생 읽지 않은 책이 없었고, 가슴속에 품었다가 토해 내지 않은 말이 없었다. 읽지 않은 책이 없었다 함은 마치 먹고 마시는 일에 기갈난 사람처럼 굴어 충분히 배부르지 않은 것을 말한다. 그분은 토해 내지 않으면 또한 멈추지 않으셨다."(이탁오, 『속분서』, 「속각이씨서 서」續刻李氏書序)라든가, "세상의 정말 글 잘하는 사람은 모두가 처음부터 문학에 뜻을 둔 것은 아니었다. 그 가슴속에 차마 말로 형용하기 어려운 괴이한 말들이 무수히 고여 있고, 그의 목구멍에는 말하고 싶지만 감히 토해 낼 수 없는 말들이 걸려 있으며, 그 입가에는 또 꺼내 놓고 싶지만 무슨 말로 형용해야 좋을지 알 수 없는 것이 허다한데, 그런 말들이 오래 축적되면 더 이상 막을 수 없는 형세가 된다. 그랬을 때 일단 그럴싸한 풍경을 보면 감정이 솟구치고, 눈길 닿는 사물마다에 탄식이 흘러나온다."(이탁오, 『분서』, 「잡설」雜說) 같은 구절에서처럼, 이탁오의 글이나 양명좌파의 글에서는 이런 '배설적' 표현이 종종 눈에 띈다. 그러나 영향관계의 계보를 추적하는 건 여기서 무의미하다. 어차피 모든 사람들은 세상 모든 것들과의 영향관계 속에서 자신의 관점을 튜닝하기 마련이므로. 중요한 건 이옥의 글쓰기론에 함축된 의미다.

그에게 책을 읽고 글을 쓴다는 건 관념이나 의식의 문제가 아니라 신체와 무의식의 문제다. 술이 의식을 조롱하듯 글은 우리의 관념을 조롱한다. 기존의 앎을 확인시켜 주는 것이 아니라 앎을 무효화시키는 글읽기, 지성을 북돋우는 글이 아니라 지성을 배반하고 고

장나게 만드는 글읽기, 나를 더 견고하게 만드는 글이 아니라 다수의 자아를 잉태시키는 글읽기, 그게 바로 '취'醉의 독서라 하겠다. 독서에 다이어트는 없다. 이옥은 취하도록 마시고, 배가 터지도록 먹는다. 그래야 한다고 생각한다. 사대부의 독서에 대한 이미지를 이토록 경박스럽게 만들었으니, 규범적 성리학자들이라면 눈살을 찌푸리고 코를 막으며 혀를 찼을 것이다.

오죽 책을 좋아했으면 '간서치'看書癡: 책 읽는 바보라는 별명을 얻었던 이덕무도 글읽기에서 '취' 비슷한 상태를 느낀 듯하다.

> 어렸을 때부터 21세가 되기까지 일찍이 하루도 고서를 손에서 놓은 적이 없었다. 그의 방은 매우 작았다. 그러나 동창, 남창, 서창이 있어 동쪽 서쪽으로 해를 따라 밝은 데에서 책을 보았다. 보지 못한 책을 보면 문득 기뻐서 웃으니, 집안 사람들은 그의 웃음을 보면 기이한 책을 구한 것을 알았다. 두보의 오언율시를 더욱 좋아하여 앓는 사람처럼 웅얼거리고, 깊이 생각하다가 심오한 뜻을 깨우치면 매우 기뻐서 일어나 왔다갔다 하는데 그 소리가 마치 갈가마귀가 짖는 듯하였다. 혹은 조용히 아무 소리도 없이 눈을 크게 뜨고 멀거니 보기도 하고, 혹은 꿈꾸는 사람처럼 혼자서 중얼거리기도 하니, 사람들이 지목하여 간서치라 하여도 웃으며 받아들였다.(이덕무, 「간서치전」看書痴傳)

이쯤 되면, 아무래도 정상으로 보긴 어렵다. 그래도 이옥의 글에

비하면 화려함이나 흐트러짐 없는 담백한 수준이다. 이덕무에 비한다면, 이옥의 '취토론'은 조선시대 사대부가 쓸 수 있는 글쓰기론치고는 하드코어적이다. 독서와 글쓰기를 신체의 차원에서 묘사했다는 것도 그렇고, 그것을 유희의 측면에서 봤다는 점도 그렇고.

전근대의 독서와 글쓰기가 근대와 다른 점이 있다면, 그것이 인간의 신체를 소외시킨 '정신적 활동'만으로 규정되지 않는다는 사실이다. 어떤 글을 암송하고 쓰는 행위는 머리가 아니라 전신에 그 글을 새기는 일이다. 앎이 신체에 각인되어 자동적으로 행할 수 있는 상태가 되는 것, 그게 배움의 최종목표다. 그런데 이옥은 여기서 더 나아간다. 그에게 읽고 쓰는 것은 일종의 불가항력이다. 글을 몸에 배게 만드는 것이 아니라 글이 나를 지배하는 상태까지 가는 것이 독서요, 그 상태에서 어쩔 수 없이 나를 뚫고 터져 나오는 것이 글쓰기다. 이옥에게서 중요한 것은 바로 이 '어쩔 수 없음'이다. 가히 디오니소스적이라 할 만한 망아忘我의 상태! '나'라고 할 만한 것을 완전하게 망각한 후에야 거기서 비로소 시작되는 무엇, 그것이 글쓰기다.

니체가 디오니소스에게서 예술의 본질을 이끌어 낸 것은, 예술이 시작되는 자리가 주체가 죽는 그 자리, 삶의 일상적인 구속과 한계를 넘어서는 그 지점이기 때문이다. 디오니소스는 사지가 갈갈이 찢어지는 고통을 보다 강한 재생의 힘으로 전환시킨다. 도덕법칙에 짓눌림 없는 도취와의 유희. 디오니소스의 파괴와 혼돈은 그 자체로 춤이요, 도약이요, 건너뜀이라는 것. '무하유지향'에서의 망아적 유희. 글-술은 독자의 신체로 퍼져 독자의 의식을 무장해제시킨다.

새로운 글쓰기는 다양한 독서로부터 비롯된다. 조선 후기는 이덕무처럼 '책에 빠져 사는' 자들이 많았던 만큼, 독서론도 다양하다. 몇 가지를 소개해 본다. 우선, 깐깐한 책벌레 정조와 다산이 있다.

나는 젊어서부터 독서를 좋아해서 바쁘고 소란스러운 중에서도 하루도 일정량을 읽지 않은 적이 없었는데, 읽은 경經, 사史, 자子, 집集을 대략 계산해도 그 수가 매우 많다. 그에 대한 독서기를 만들고자 하여 사부로 분류해 각 책 밑에 저자와 의례義例를 상세히 기록하고, 끝에는 송독한 해[年]와 내 평론을 덧붙여 책으로 만들었다.(『홍재전서』 162권, 「문학」 2)

독서를 하려면 반드시 먼저 기초를 확립해야 한다. 기초란 무엇을 일컬음인가. 학문에 뜻을 두지 않으면 독서를 할 수 없으며, 학문에 뜻을 둔다고 했을 때는 반드시 먼저 기초를 확립해야 한다. 기초란 무엇을 일컬음인가. 오직 효제孝悌가 그것이다. 먼저 모름지기 효제를 힘써 실천함으로써 기초를 확립해야 하고, 기초가 확립되고 나면 학문은 자연스럽게 몸에 배어들고 넉넉해진다. 학문이 이미 몸에 배어들고 넉넉해지면 특별히 순서에 따른 독서의 단계를 강구하지 않아도 괜찮다.(정약용, 「두 아들에게 보낸다」寄二兒)

정무를 보는 틈틈이 당송 팔대가를 밤새 열독하는가 하면, 그냥 읽고 마는 게 아니라 "글을 보며 추려내어 표준을 정하기 좋아"했던 정조는 『당송팔자백선』, 『주서백선』, 『사기백선』 등 선집 시리즈를 누에가 실토하듯 뽑아냈다. 그런가 하면, 술 마시는 데도 '법도'를 중시했던 다산은 그답게 '본말'을 먼저 세우고, 모든 책의 독법과 순서까지 일일이 아들들에게 전수했다. 상상해 보건대, 이들이 만약 이옥의 취토론을 읽었더라면 못 먹을 음식을 먹기라도 한 듯 인상을 찌푸렸으리라. 그렇다면 이런 독서론은 어떠한가.

> 멀리 여행을 하려는 사람에 비유해 봅시다. 책이란 한 권의 여행안내서라고 할 수 있습니다. 여행하는 사람은 우선 말에게 꼴을 먹이고 수레를 손본 다음, 여행안내서를 보고 말을 몰아 달려가게 됩니다. 그런데 말은 매 놓고 수레만 손질하면서 출발할 생각은 않고 오로지 여행안내서만 열심히 연구한다면, 끝내 여행은 이뤄지지 않을 것입니다.(홍대용, 「엄성에게 보낸 편지」與鐵橋書)

멋지고도 품격 있는 독서론이다. 홍대용은 "의관을 정리하지 않아도 저절로 정연해지고, 시선을 가다듬지 않아도 저절로 의젓해지고, 정신을 각성시키지 않아도 절로 밝아지며, 바르고 착한 생각과 떨쳐 움직이고자 하는 기상이 생기는" 것이 독서의 공功이라 했다. 몸과 마음을 경건하게 만드는 독서, '내 뜻으로 남의 뜻을 헤아리는' 주체적이고 능동적인 독서, "성현들의 지혜를 선망하며 따라가지 못하는 안타까움이 마치 바늘이 몸을 찌르는 것같이" 느껴질 정도로 절실한 독서. 이런 독서론을 펼친 홍대용이 보기에도 이옥은 너무 불경스럽다. 술을 얻듯 책을 얻어 술에 취하듯 책에 취하라니! 그나마 이옥의 독서론과 통하는 데가 있는 건 박제가의 독서론이다. 박제가는 자신이 편집한 시선집에 붙인 서문에서 "온갖 맛을 모두 살리고 한 가지 색깔로 만들어서는 안 된다"는 점을 편집의 원칙으로 제시한 후, 시 읽기를 '맛'에 비유하여 이렇게 논한다.

> 맛이란 무엇인가. 저 구름과 노을, 비단과 자수를 보지 못했는가. 그것을 보고 있노라면 순식간에 마음과 눈이 함께 거기로 옮아가서 잠깐 사이에도 변화가 무쌍하다. 그 모양을 대충 보아 넘기면 실제 모습을 이해할 수 없지만 세밀하게 음미하면 그 맛은 무궁하다. 무릇 사물이 변화하여 마음을 움직이고 눈을 즐겁게 하는 것, 그것이 모두 맛이다. 입이 관할하고 있는 것만이 맛은 아니다. 그런데 시를 뽑는 자리에서 굳이 맛을 기준으로 하는 이유는 무엇인가. 짜고 시고 달고 쓰고 매운 이 다섯 가지 맛은 혀가 느껴서 얼굴에 표현이 된다. 맛을 속일 수 없는 것이 이와 같다. 이와 같지 않으면 그것은 맛이 아니다. 맛을 느낄 수 없는 음식은 먹지 않는다. …… 신맛을 알면서 단맛을 모르는 사람은 맛을 아는 자가 아니다. 단맛과 신맛을 저울로 달아서 조절하고, 짠맛과 매운맛을 적당히 짜 맞추어 구차히 채워 넣는 자는 뽑는 의미에 대해서 모르는 자이다. 신맛이 필요할 때는 극히 신맛을 택하고, 단맛이 필요할 때는 극히 단맛을 택해야 한다. 그렇게 해야만 맛에 대해 말할 자격이 있다.(박제가, 「시선 서」詩選序)

대충 적당히 이 맛 저 맛 얼버무리는 자는 맛을 아는 자가 아니다. 글도 이것저것 두루뭉술하게 읽는 자는 제대로 읽는 자가 아니다. 박제가가 보기에 한 가지 기준으로 세상의 글들을 평가하려는 자들은 '맛도 제대로 모르는 자들'이다. 맛은 신체에 즉각적인 반응을 불러일으킨다. 시면 찌푸리게 되고 매우면 입을 벌리게 되듯이, 문장은 세계의 무쌍한 변화를 '맛'처럼 감각적으로 표현함으로써 독자의 감응을 이끌어 낼 수 있어야 한다. 지극히 시게, 지극히 달게! 연암의 말대로, "남을 아프게 하지도 가렵게 하지도 못하고, 구절마다 범범하고 데면데면한" 글은 독자를 촉발시키지 못한다. 혹자가 묻는다. 물은 아무런 맛이 없지 않은가, 하고. 천만에! "목마른 자가 물을 마셔 보라! 그러면 천하의 그 어떤 맛난 것도 이보다 더하지 않으리라. 지금 그대는 목마르지 않다. 그러니 저 물의 맛을 무슨 수로 알겠는가!" 담백함? 무미無味? 그건 글을 제대로 읽지 못하는 자들의 비겁한 변명이다. 자신의 혀로 맛을 봐라. 내 혀로 오미를 분명하게 느껴야 비로소 '나의 글읽기'가 된다. 박제가와 이옥은 이렇게 '통'하였다.

그렇더라도, 이옥의 취토론은 다분히 파격적이다. 아, 그러고 보니 이백과 도연명은 종종 '취한 상태'로 표현되어 왔다. 특히 이백을 표현한 그림을 보면 그는 대체로 취해 비틀거리는 모습으로 등장한다. "인생이란 득의할 때 실컷 즐겨야만 하는 것이, 금 술독 부질없이 달 마주 대하고 있게 내버려 두지 말고 …… 오색의 명마와 천금의 갖옷 내줄 것이니, 아이 불러 갖고 나가 좋은 술과 바꿔 오도록 하라"는 「장진주」將進酒의 구절은 이백 문학의 근저에 놓인 인생관이었다. '별유천지비인간'別有天地非人間을 꿈꾸는 것이 문학이라면, 글쓰기란 이옥이 말한 '취'의 상태에서 이루어지는 것이라고도 할 수 있지 않을까.

취함이 극에 이르면 '배설'로 이어진다. 글쓰기 또한 일종의 배설이다. 먹고 취하고 토하는 것과 마찬가지로, 글쓰기는 살아 있음에 대한 존재의 가장 원초적인 표현방식이다. 먹고 취하고 토하는 데 법이 있던가? 삶이 법대로 살아지던가? 글쓰기가 먹고 취하고 토하는 것과 다르지 않다면, 글 역시 법을 따라야 하는 이유는 없는 것. 취와 토는 메타포가 아니다. 글은 사유'에 대한' 표상이 아니라 사유가 터져 나온 토사물이라는 것, 숨기려야 숨길 수 없는 실존의 표현이라는 것. 이옥의 하드코어적 글쓰기론은 글쓰기에 대한 이런 전제 위에서 전개된다. 어떤 면에서는, 바흐친이 르네상스의 민중문화에서 발견한 '똥의 재생력'과 유사한 점이 있는 것 같기도 하고, 어떻게 읽으면 '글이란 배설일 뿐이야'라는 노골적 '문장모독'같기도 하다. 요컨대 여기에는 무거움이나 엄숙함이라고는 없다. 정조의 표현대로 '무엄無嚴하다'!

이옥의 글은 전반적으로 우울하고 잔잔하고 쓸쓸한 편이다. 물론 전傳이나 우화적인 부賦에서는 심심치 않게 유머러스한 상황이 연출되기도 하지만, 전체적으로 어조 역시 조곤조곤한 편이다. 때문에 그의 '취토론'은 더욱 충격적으로 다가온다. 이 글(「묵토향전서」)이 1811년에 씌어졌음을 감안한다면, 쉰이 넘어 여유로워진 탓인지 두려울 게 없어진 탓인지, 아무튼 세상을 향해 '내지르듯' 쓴 듯한 느낌이 든다.

또 한 가지. 이옥에게 독서와 글쓰기는 음주, 즉 유희의 차원에서 사유된다. 중인 출신의 화가이자 소품문으로 유명했던 조희룡趙熙龍은 자신의 글쓰기를 아이들의 '소꿉놀이'에 비유한다.

> 이러한 산만하고 무료한 말을 이 작은 제목을 빌려 발표하거니와, 여기에는 내 마음이 실려 있다. 이 책을, 어린애들이 티끌로 밥을 삼고, 흙으로 국을 삼고, 나무로 고기를 삼아 소꿉놀이하는 것에 비유하고 싶다. 그런 물건들이 그저 유희에 불과할 뿐 먹지 못한다는 것은 아이들 자신도 잘 안다. 하지만 거기에는 밥이나 국이나 고기로 보는 의미가 담겨 있다. 이 책은 마땅히 그렇게 보아야 할 것이다.(조희룡, 「한와헌제화잡존 발」漢瓦軒題畵雜存跋)

풀을 뽑아 빨간 벽돌가루로 버무린 '나물반찬'을 보고 이게 무슨 반찬이냐며 투덜거리는 자는 소꿉놀이를 할 자격이 없다. 유희의 기본 정신은 진리에 대한 가벼움과 사물을 자유롭게 변환하는 능력이다. 어린아이가 유희의 대가인 것은 그 때문이다. 어린아이의 눈은 세계 속에서 진리를 찾지 않는다. 그저 매일 허물어지고 세워지기를 반복하는 세계 속에서 아이들은 '재미난 것', '새로운 것', '신기한 것', '다른 것'을 찾을 뿐이다. 때문에 아이들에게 가장 나쁜 건 '옳지 않음'이 아니라 '재미없음'이다. 예술가 역시 마찬가지다. 예술가는 현실 속에서 가상을 만들어 내는 자다. 예술은 진리의 재현이 아니라 진리에 대한 물음이고, 이 세계 속에서 다른 세계를 꿈꾸는 불온함이다. 글을 술로 보는 이옥이나, 글을 소꿉놀이로 보는 조희룡의 사고 밑바닥을 도도하게 흐르는 것은 이 같은 유희정신이다. "내 평생 동안 자취를 살피건대, 남의 잘된 글을 읽을 때엔 미친듯이 외치고 크게 손뼉치며 내 멋대로 평필評筆하였으니, 이 또한 우주간의 한 가지 유희이다."(이덕무, 「선귤당농소」蟬橘堂濃笑)라는 말 역시 같은 맥락이다.

술 취한 자에게 왜 말이 논리적이지 않냐고 비난하는 건 반칙이다. 술 취한 자에게는 노래를 시켜야 한다. 유희, 그것은 매번 다른 방식으로 이 세계를 구성하는 인간의 능력이다. 이옥의 독서론과 글쓰기론을 관통하는 건 바로 이러한 유희정신이다.

> 하지만 아무리 바람직할망정 어떤 목적을 이루기 위해 누가 책을 읽을까? 그 자체로 좋고 즐거우니까 하는 일이 있지 않을까? 독서도 그들 가운데 하나가 아닐까? 나는 간혹 최후의 심판일이 되어 위대한 정복자, 법률가, 정치인 등이 그들의 대가(그들의 왕관, 월계관, 사라지지 않는 대리석에 지워지지 않도록 새겨지는 그들의 이름 등)를 받으려고 내려왔을 때, 그들 속에서 옆구리에 책을 끼고 다가가는 우리를 본 하느님이 베드로를 돌아보며 살짝 부러움이 드리운 표정으로 "보라, 이들에게는 아무 대가도 필요 없도다. 이들에게는 줄 것이 없어. 이들은 독서를 좋아했구나" 하고 말하는 꿈을 꾸고 있다.(버지니아 울프, 「책은 어떻게 읽을 것인가」, 『이상한 엘리자베스 시대 사람들』)

책 읽는 기쁨을 아는 사람에겐 그 이상의 선물을 줄 수 없다. 그 누구도, 신조차도! 허균이 그랬다던가. "만 권 서책 중의 좀벌레"가 되고 싶다고. 가히 '책벌레'의 지존다운 표현이라 할 만하다. 책을 읽는 자에겐 책을 읽는다는 자체가 기쁨이고, 그 기쁨은 어떤 기쁨과도 교환불가능하다. 기쁨은 무언가를 함으로써 얻어지는 결과가 아니라, 무언가를 한다는 그 자체가 이미 기쁨이기 때문이다.

미셸 드 세트로의 말을 빌리면, 독자는 흡사 유목민처럼 타인에게 속한 땅을 가로질러 움직인다. 읽는다는 것은 그런 점에서 소유에 반하는 행위이고, 생산물을 복수화複數化하는 행위이며, 누군가가 이미 경험한 시간을 다시 가로지른다는 점에서 시간에 저항하는 행위다. 쓴다는 것은 다시 읽는 것이고, 읽는다는 것은 이미 쓰기 시작한다는 것. 읽기와 쓰기는 그렇게 맞물리면서 존재를 기쁨의 상태로 이끈다. 읽고 쓰라! 취하고 토하라! 그것은 인간이 할 수 있는 최고의 존재표현이요, 인간존재가 누릴 수 있는 지복至福이다.

3부,

카메라를 든 사나이 : 낯선 세계로의 여행

금지된 장난
—빠지다, 미치다

16세기 화가 중에 이징李澄이라는 자가 있다. 그가 어릴 적에 다락에서 그림 그리는 데 빠져 있는 동안, 집에서는 사흘 동안이나 그를 찾아 헤맸다는 것이다. 이에 부친이 노하여 종아리를 때리는데 그 와중에도 떨어진 눈물로 새를 그리더라는 얘기. 뭔가에 푹 빠진 사람들이 보여 주는 전형적 모습이다. 이 얘기를 전하며 연암은 이렇게 평가한다. "이쯤 되면 '그림에 온통 빠져서 영욕을 잊어버렸다'고 이를 만하다."(「형언도필첩 서」炯言桃筆帖序) 뿐만 아니라 글씨에 빠진 명필가 최흥효崔興孝에 대해서는 "이해득실 따위를 마음에 두지 않는다"고, 나막신에 모래를 한 알씩 던져서 나막신이 가득 채워질 때까지 노래를 연습했다는 명창 학산수鶴山守에 대해서는 "죽고 사는 것을 마음에 두지 않는다"고 평했다. 도은桃隱이라는 자가 이덕무의 『형암총언』炯菴叢言에서 몇 조목을 뽑아 문집으로 만든 다음 연암에게 서문을 부탁했던가 보다. 작은 기예일지라도 이처럼 다른 것을 잊어버리고 매달려야만 이루어질 수 있는 법이니 '아침에 도를 들으면 저녁에 죽어도 좋다'는 것이 이런 것인가 하면서도, 연암은 잊지 않고 당부한다. 사생과 영욕의 분멸을 잊어버리고 정교한 경지에 이르기보다는, 도와 덕 속에서 서로를 잊고 지내기 바란다고. 무언가에 빠지는 것도 그 자체로는 세속의 가치를 잊는 것이니 나무랄 수 없는 노릇이지만, 그래도 이왕이면 '도' 속에서 잊는 것이 낫지 않겠니, 라는 얘기다. 뭔가에 푹 빠진 자들을 바라보는 연암의 복합적 심경이 고스란히 드러난다.

어린 시절, 무언가를 수집하던 기억이 한 가지 정도는 있을 거다. 고작해야 우표라든가 편지지, 일기장 정도였지만, 무언가를 수집하는 일이 어쩐지 나만의 은밀한 사적 공간을 만드는 행위인 것 같아 책상 서랍 한 칸 정도는 수집품을 위해 비워 두었던 기억이 있다. 요즘에는 온갖 것에 빠진 '마니아'들이 흔하기도 할뿐더러, 그들의 괴벽이나 중독증이 은근히 일종의 자랑거리인 양 떠벌려지는 기이한 시대다. 포털에서 종종 화제가 되는 〈화성인 바이러스〉라는 프로그램을 보노라면, '제정신'을 갖고 산다는 게 대체 뭔지, 멘탈이 혼란스러워질 지경이다. 그러나 그런 극단적인 경우를 제외하더라도, 많은 사람들이 어떤 '편집벽' 하나쯤은 가지고 있다. 좋게 말해서 '마니아', 나쁘게 말하면 '중독'. 굳이 구분하자면, '중독'은 무언가를 자신의 존재와 동일시하고, 그것 외의 다른 것에 주의를 기울일 수 없는 신체적·정서적 무기력이고, '마니아'는 아직 그 극단에까지 이르지 않았다 뿐이지, 사실 둘의 경계는 모호하다. 우울증을 쇼핑으로 푸는 '쇼핑마니아'와 '마감임박'이 뜨면 부지불식간에 주문번호를 누르는 '쇼핑중독자'의 차이가 뭐란 말인가. 사물에 대해서도 마찬가지다. 수십 종의 구두와 백을 소유하고 있노라고 자랑스럽게 떠들면서 남들의 부러움을 산다고 착각하지만, 실은 그런 이들에 대해 우리가 보내는 시선은 곱지 않다.

아, 나 역시 벽癖이라 할 만한 게 있다. 한때는 CD와 DVD를 열심히 사 모으다가 재정적 압박으로 그만두었고, 지금도 여전히 책은 여유가 되는 한 사 모으는 편이다. 그래 봐야 장서가 축에도 못 끼지만, 아무튼 당장 볼 책이 아니라도 중요한 책은 지금 사 두지 않으면 안 될 것 같은 고약한 강박관념이 좀 있다. 일찍이 법정스님이 난초 하나를 얻은 후 일어난 마음의 번뇌를 『무소유』에서 설한 바 있지만, 나 역시 그 번뇌로부터 자유롭지 못하다. 그럴 때마다 아, 이래서 옛사람들이 외물에 빠지는 걸 그토록 경계했나 보다 싶어 고개가 끄덕여진다. 그럼에도 불구하고, 옛사람들 역시 무언가에 이끌리고 빠지고 미치는 걸 피할 수는 없었던 모양이다.

조선 후기는 바야흐로 '벽'의 시대였다. 연암의 감동적인 제문(「제정석치문」祭鄭石癡文)의 주인공으로도 유명한 정철조鄭喆祚는 벼루에 빠진 '석치'石癡였고, 잘 알다시피 이덕무는 책에 빠진 '간서치'였으며, 매화에 빠져 매화시만 모으는 자가 있는가 하면, 서화書畵나 문방구, 골동품 벽에 빠진 이들도 다수였다. 박제가의 벗 김덕형은 꽃에 빠진 꽃그림 전문화가였다. 그가 그린 꽃 화보집에 서문을 붙이면서 박제가는 이렇게 논한다.

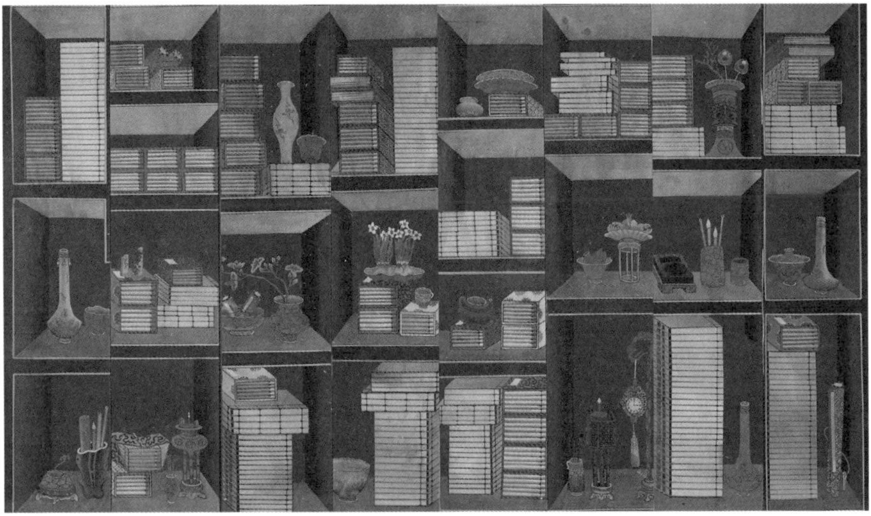

책가도(冊架圖) 책가도란 책, 서가(書架), 문방구 등의 기물을 함께 그려 넣은 그림으로, '책거리 그림'이라고도 한다. 지식인들의 골동취향과 사물 수집벽 등을 엿볼 수 있는 자료다. "벽이 없는 사람은 버림받은 자이다. 벽이란 글자는 질병과 치우침으로 구성되어 편벽된 병을 앓는다는 의미가 된다. 벽이 편벽된 병을 의미하지만 고독하게 새로운 세계를 개척하고, 전문적 기예를 익히는 자는 오직 벽을 가진 사람만이 가능하다."(박제가)

벽이 없는 사람은 버림받은 자이다. 벽이란 글자는 질병과 치우침으로 구성되어 편벽된 병을 앓는다는 의미가 된다. 벽이 편벽된 병을 의미하지만 고독하게 새로운 세계를 개척하고, 전문적 기예를 익히는 자는 오직 벽을 가진 사람만이 가능하다.

김군은 늘 화원으로 날래게 달려가서 꽃을 주시한 채 하루 종일 눈 한번 꿈쩍하지 않는다. 꽃 아래 자리를 마련하여 누운 채 꼼짝도 않고 손님이 와도 말 한마디 건네지 않는다. 그런 김군을 보고 미친 놈 아니면 멍청이라고 생각하여 손가락질하고 비웃는 자가 한둘이 아니다. 그러나 그를 비웃는 웃음소리가 미처 끝나기도 전에 그 웃음소리는 공허한 메아리만 남긴 채 생기가 싹 가시게 되리라.(박제가, 「백화보 서」百花譜序)

사람들은 김군의 벽을 비웃으며 자신들은 편벽된 병이 없음을 뻐기지만, 그들이 김군의 『백화보』를 본다면 웃음을 딱 그칠 거라며 박제가는 김군의 '벽'을 옹호하고 있다. 말 그대로, '미쳐야 미친다' 不狂不及는 얘기. '벽'癖은 글자 뜻 그대로 병, 그것도 심각한 '중독증'이다. 하지만 박제가는 이 병의 건강성을 예찬한다. '벽'은 병이지만, 동시에 창조를 위한 약이 될 수 있다는 것. 병을 비웃으며 보신保身이나 일삼는 자들보다는 차라리 자기만의 세계를 가진 병자가 되겠노라는 도발적 선언. 18세기 말에는 이런 '벽'을 가진 지식인들의 커밍아웃이 이어진다. 앞서 언급한 석치, 간서치 등 호에 '치'痴 자가 많이 등장하는 것도 동일한 맥락에서다. 정민은 이를 18세기의 '지식정보사회'적 측면과 연관시켜 해석한다. 지식경영의 중요성 강화(실용과 수요에 기초를 둔 정보의 재배치), 외국문화의 개방적이고 주체적인 수용, 지식경영의 모델 실천, 다양하고 주체적인 문화 콘텐츠 개발을 특징으로 하는 사회적 배경이 이런 벽과 치들을 양산했다는 것이다(정민, 『18세기 조선 지식인의 발견』). 물론 이 시대에 수입된 서책들의 광범위함으로 미루어 볼 때, 편집증적인 지식인의 등장은 엄청난 정보가 가져다 준 지적 쇼크와도 무관하지 않을 것이다. 하지만 '벽'은 단지 지식의 양적 팽창이 가져온 유행이 아니라 이 시대 지식인들의 새로운 욕망을 보여 주는 하나의 징후다. '빠진다'는 것 자체가 개인적 쾌락에 대한 긍정, 달리 말해 금욕적 균형감각의 상실을 의미한다면, '벽'의 유행은 기존의 질서에 대한 무의식적 도전이라고 볼 수 있지 않을까.

사실 어떠한 경우에도, 정보 자체는 사고의 전환을 가져오지 않는다. 정보가 우리에게 전달될 때, "우리는 스스로가 어떤 상태에 있다고 여기는 것이나 믿고자 하는 것, 믿지 않을 수 없는 것을 듣기"(들뢰즈) 때문이다. 중요한 건 정보가 아니라 그 정보와 접속하는 자의 욕망이다. 이런 맥락에서, 난 이 시기 지식인의 '벽'을 지식정보의 측면보다는 감수성의 측면에서 해석하고 싶다. 특정한 지식과 도덕으로 삶의 다양한 양상과 인간의 욕망을 설명할 수 있다는 믿음이 붕괴될 때, 그 징후는 대체로 예술에서 먼저 감지된다. 예술은 감수성의 영역이다. 신체가 정신보다 먼저 비[雨]의 징후를 감지하듯이, 감수성은 지성보다 예민하게 억압의 무게를 느끼고, 지성보다 앞서서 새로운 변화를 모색한다. 그럴 때는 외부에서 불어오는 한 줄기 바람도 회오리를 일으킬 수 있다. 그것이 노장이면 어떻고 불교면 어떻고 고증학이면 어떤가. 경서가 아니면 어떻고 하다못해 불경스러운 경經들이면 어떤가. 이탁오의 말대로, 굶주림이 절실하다면 기장밥이든 조밥이든 가릴 입장이 못 되는 것. 조선 후기의 지식인들이 보여 주는 엄청난 지식욕과 광범위한 독서열풍은 그런 답답함 내지 절실함에서 비롯된 것이 아니었을까. 요컨대, 일종의 돌파구가 필요했던 것. 닥치는 대로 읽고 보고 듣고 기록하면서 그들은 점점 성리학적 체계에 미세한 균열을 만들어 내기 시작한다. 물론, 그들은 질서 자체를 부정하지는 않았다. 자신의 존재기반을 모조리 부정하기가 어디 쉬운 일이던가. 다만, 그 기반이 그렇게 절대적이지 않다는 것을 인지한 순간, 그 지반을 흔드는 미세한 진동을, 기존의 질서로 환원되지 않는 변화무쌍한 세계의 존재를 감지하고 거기에 경도되기 시작한다. 자석에 이끌리듯 그리로 달려갈 수밖에 없었을 것. 그리하여 차라리, 나는 미쳤다, 나는 병들었다고 당당하게 선언하는 쪽을 택한 것.

이옥도 자신의 벽을 숨기지 않는다. 술을 좋아하고, 담배는 가장 사랑하고, 과일에도 벽이 있다고 고백한다. 부끄러운 일은 아니지만 그렇다고 굳이 떠벌릴 것도 아닌데, 이옥은 이 변변찮은 기호嗜好를 전혀 숨기려 하지 않는다. 숨기기는커녕 생동하는 언어로 자신이 사랑하는 것들을 촘촘히 기록해 둔다. 상추쌈도 이옥이 사랑해 마지않는 것 중의 하나였나 보다. 식욕이 별로 없는 분들을 위해, 조금 길지만 한번 인용해 보자.

> 매년 한여름 단비가 처음 지나가면 상추잎이 매우 실해져 마치 푸른 비단 치마처럼 된다. 큰 동이의 물에 오랫동안 담갔다 정갈하게 씻어 내고, 이어 대야[盤]의 물로 두 손을 깨끗이 씻는다. 왼손을 크게 벌려 승로반承露盤처럼 만들고, 오른손으로 두텁고 큰 상추를 골라 두 장을 뒤집어 손바닥에 펴놓는다. 이제 흰밥을 취해 숟가락으로 펴서 거위알처럼 둥글게 만들어 상추 위에 올려놓되, 그 윗부분을 조금 평평하게 만든 다음, 다시 젓가락으로 얇게 뜬 송어회를 집어 황개장黃芥醬에 담갔다가 밥 위에 얹는다. 여기에 미나리와 시금치를 많지도 적지도 않게 더하여 송어회와 어울리게 한다. 또 가는 파와 향이 나는 갓 서너 줄기를 집어 회화 나물에 눌러 얹고, 곧 새로 볶아 낸 붉은 고추장을 조금 바른다.
>
> 그러고는 오른손으로 상추잎 양쪽을 말아 단단히 오므리는데 마치 연밥처럼 둥글게 한다. 이제 입을 크게 벌려 잇몸은 드러나고 입술은 활처럼 되게 하고, 오른손으로 쌈을 입으로 밀어 넣으며 왼손으로는 오른손을 받친다. 마치 성이 난 큰 소가 섶과 꼴을 지고 사립문으로 돌진하다 문지도리에 걸려 멈추는 것과 같다. 눈은 부릅뜬 것이 화가 난 듯하고, 뺨은 볼록한 것이 종기가 생긴 듯하고, 입술은 꼭 다문 것이 꿰맨 듯하고, 이는 신이 난 것이 무언가를 쪼개는 듯하다. 이런 모양으로 느긋하게 씹다가 천천히 삼키면 달고 상큼하고 진실로 맛이 있어 더 바랄 것이 없다. 처음 쌈을 씹을 때

에는 옆사람이 우스운 이야기를 주고 받는 것을 허락하지 않아야 된다. 만일 조심하지 않고 한 번 크게 웃게 되면 흰 밥알이 튀고 푸른 상추잎이 주위에 흩뿌려져, 반드시 다 뱉어내고 나서야 그치게 될 것이다.

앞에서 말한 것처럼 하여 십여 차례 쌈을 먹게 되면, 나는 진실로 일체세간의 용미봉탕과 팔진고량 같은 허다한 음식들이 어떤 것인지를 알지 못한다. 마시고 먹지 않는 사람이 없지만 그 맛을 알 수 있는 자는 드물다.(『백운필』, 「담채」談菜)

나는 쌈을 좋아하지 않는다. 식욕과 식성이 워낙 초라하다 보니, 싸거나 뜯는 등의 수고로움을 들여 가면서까지 먹고 싶은 욕망이 여간해선 생기지 않는 편이다. 그런 나도 이옥의 저 글을 읽으면 상추쌈을 알차게 싸서 한입에 우겨넣고 싶은 맘이 들 정도다. 그런 다음, 그가 『연경』烟經에 쓴 격을 갖춰 담배 한 대까지 피우고 싶어진다. 이옥의 애정과 즐거움이 읽는 내게까지 고스란히 전해졌기 때문일 터. 『백운필』이나 『연경』을 보면 알 수 있듯이 그에게 '완물상지'의 부끄러움 따윈 없다. 사물에 대한 이 노골적 애정, 지나치게 작은 것들에게 보내는 지나치게 큰 관심을 어떻게 이해해야 할까.

연초재배법, 담배의 유래와 성질, 담배 도구, 담배의 쓰임, 이렇게 총 네 권으로 구성된 『연경』은 이옥의 '담배벽'의 실체를 보여 준다. "모든 사물에는 다 이치가 있다"라는 주자의 말을 적용하여 '담배의 이치'를 기록한 『연경』은 일종의 '매저키즘적' 수사를 구사한다. 법은 진리가 아니라 억압에 근거한다. 즉, 법에는 '지켜야 할 것'이라는 의미와 함께 '지키지 않으면 안 되는 것'이라는 부정적 의미가 내포되어 있다. 이 법을 공격하는 방식은 두 가지다. 하나는 법보다 더 지고한 원리를 끌어들여 법을 전복시키는 것이고, 또 하나는 지나치게 꼼꼼하게 법을 지킴으로써 법의 불합리성을 폭로하는 것이다. 이 중 후자가 들뢰즈가 매저키즘을 분석하면서 이끌어 낸 "순종 속의 거만함, 복종 속의 반란"이었다. 법과 명령을 가장 사소하고 하찮은 것에까지 적용함으로써 법의 구멍을 발견하기.

주자학은 일종의 법이다. 그런데 『도덕경』에 대해서는 위대한 물과 같다며 입에 침이 마르도록 예찬했던 그가, 「독주자」讀朱子에서는 주희의 글을 힘센 계집종, 늙은 암소, 쌀과 소금, 포백布帛, 여염집, 가축 등 일상적인 것들에 비유한다. 물론, 그런 일상적 것들이야말로 없어서는 안 되듯이 "고문古文과 선문選文은 없을지언정 주자의 글은 없어서는 안 된다"는 말이 그의 진심이었을 거라는 데는 의심의 여지가 없다. 그러나 "이학가가 읽으면 담론을 잘할 수 있고, 벼슬아치가 읽으면 소차疏箚에 능숙할 수 있고, 과거시험 보는 자가 읽으면 대책에 뛰어날 수 있고, 시골마을 사람이 읽으면 편지를 잘 쓸 수 있고, 서리가 읽으면 장부 정리에 익숙할 수 있다"고 말하는 데 이르면, 그 뉘앙스가 아무래도 노자의 경우보다 한 수 아래라고 말하는 듯 느껴지는 게 사실이다. 『연경』에서도 이옥은 유사한 전략을 구사한다. '모든 사물에 이치가 있다'고 했으니, 담배나 상추나 벌레에도 이치가 있을 것. 그러므로 거기에 '경'經 자를 붙인다고 해서 불경스러운 것이 아니다. 오히려 그거야말로 주자 말을 열심히 따른 결과라는(!) 역설이 가능해진다.

요컨대, 벽은 단지 지식정보가 확대된 결과가 아니라 감수성의 차원에서 심각한 균열이 생기기 시작했음을 알리는 징후다. 중용에서 치우침으로[過], 격물치지에서 완물상지로, 당위에서 취향으로, 도덕에서 유희로. 소품문의 범람과 새로운 문체의 출현은 이런 감수성의 변화를 동반한 시대적 필연이었다.

여담. 명말의 독보적 문장가 장다이張岱는 앞서 삼대가 모두 진사 학위를 취득한 명문가의 자제였지만, 살인적 과거 경쟁률을 자랑하던 명말의 상황 속에서 생원 지위조차 얻지 못하고 과거를 포기했다. 가문의 기대를 여지없이 저버린 그는 온갖 방면을 차례로 섭렵하며 '쾌락의 한생'을 보낸다. 그러다가 일흔을 바라보는 나이에 쓴 「자위묘지명」自爲墓誌銘에서 벽으로 점철된 인생을 이렇게 회고한다.

> 젊어서는 명문가의 도련님으로 번잡하고 화려한 것을 몹시 사랑했다. 그는 정사精舍, 아름다운 여종, 미소년, 산뜻하고 고운 옷, 맛있는 음식, 준마, 화려한 등, 불꽃놀이, 극단, 북과 피리, 골동품, 화조도를 사랑했다. 그 밖에도 차를 즐기고, 귤을 좋아하고, 책에 빠지고, 시에 미쳤다. 이런 것을 좋아하며 반평생을 허비했는데, 이제는 모두 꿈과 환상이 되고 말았다.(조너선 스펜서, 『룽산으로의 귀환』에서 재인용)

벽의 최후랄까, 무언가에 미친 듯 몰두하던 일을 꿈처럼 회고하는 장다이의 어조는 한없이 쓸쓸하고 허무하다. 인간이 매달리는 모든 것은 그것이 좋아서가 아니라, 실은 자신의 존재가 헛헛하기 때문인지도. 그러나 죽음은 다가오고, 그 순간이 되면 모든 게 무용해지고 만다. 문제는, 그 순간이 될 때까지 그 사실을 알 수 없다는 거다. 살아 있는 순간에는 계속 무언가에 이끌려 길을 잃고, 빠지고, 넘어진다. 무언가에 미치지 않고는 살 수 없는 시대 탓일까, 아니면 정말 죽기 전까지는 영영 알 수 없는 것일까. 이왕 미칠 거라면 도와 덕 속에서 미치는 게 낫지 않겠니, 라는 연암의 애정 어린 코멘트가 다시금 마음에 와 꽂힌다.

인섹토피디아, 미지의 세계와의 조우

1926년, '미 곤충학 및 식물 검역국 산하 목화벌레 조사부' 소속 직원들이 곤충 포획을 위해 제작된 장치를 비행기에 부착하고 3천 피트 상공으로 날아 올랐다. 그들의 비행이 알려준 사실은 놀랍다. 수증기와 먼지 입자 정도밖에는 없을 거라고 생각했던 하늘에 무려 2,500~3,500만 마리의 곤충이 살고 있다는 것! 이를 '기중부유생물'氣中浮遊生物이라고 한단다. "무게당 표면적과 거센 바람에 의해 지상에 자리잡지 못하고, 공기의 흐름 속으로 실려 올라가 자유의지나 저항할 능력도 없이 대류의 흐름 속에 휘말리며, 또 다른 예상치 못한 재난으로 인해 대양과 대륙을 가로지르는 엄청난 거리의 여행을 하고, 이윽고는 그저 운명이 떠미는 대로 아무 곳에나 떨어지는 생명체들"(휴 래플스, 『인섹토피디아』)이 바로 그것. 경이롭지 않은가. 저 텅 빈 듯한 창공에 무수한 생명체들이 부유하고 있었다니 말이다. 『인섹토피디아』의 저자는 이렇게 말한다.

만일 당신이 지금 집 안에 있다면 창가로 한 번 가 보라. 가서 창문을 활짝 열고 하늘을 올려다보라. 저 텅 빈 공간에, 저 높고 광활한 하늘 위로 우리가 모르는 천국이 펼쳐져 있다. 그곳은 곤충들로 가득 차 있다. 그리고 모두들 어디론가 향하는 중이다. 매일 이렇게 우리의 머리 위와 그 주변에서 수억 마리가 넘는 생명체가 여행을 하고 있다. …… 우리 주변에 별세계가 있다는 사실을 절대로 잊어서는 안 된다. 우리는 알지도 못하고 보지도 못한 채 그 세상을 쉽게 지나쳐 간다. 들을 수 있지만 듣지 못하고 만질 수 있지만 느끼지는 못한다. 그건 감각의 한계에 따른 제한 때문이거나 아니면 상상력의 빈곤 때문일지도 모르겠다. 그것도 아니면 아직도 옛날 천동설의 세계에 살고 있거나.

아, 인간이 안다고 하는 게 실은 얼마나 초라한지. 감각하는 능력은 더욱 형편없다. 만약 곤충처럼 세상을 볼 수 있다면, 그 세상은 지금 우리가 보는 세상의 모습과 얼마나 다를 것인가. 인간을 초월한 거대존재를 상상했던 장자와 반대편으로 내달려, 한없이 작은 존재를 상상해 보자. 하늘을 부유하는 곤충들처럼, 책 사이에서 살아가는 좀벌레처럼 극미한 존재들을. 우리가 한없이 작아져서 그들의 세계에 당도하고 보면, 그들이 사는 세상 역시 또 하나의 거대한 세계가 아닐까. 작은 것들을 다룬다고 글쓰기가 초라해지고, 큰 것을 다룬다고 글쓰기가 위대해지는 게 아니다. 문제는, 글쓰는 자가 포착하는 세계가 자기변환 없이도 가능한가, 아니면 존재의 자기변환을 통해서만 진입가능한가 하는 것. 비단 글쓰기만의 문제겠는가.

반 고흐의 「잔디가 피어나는 공원의 한 코너」 반 고흐는 풍경을 그리기 위해 자신의 시점을 벗어난다. 이 그림은 몸을 한없이 낮추고 땅을 김으로써 얻은 풍경이다. 고정된 좌표를 벗어나 관점을 다수화하면 세계의 역동적 전체상이 모습을 드러낸다. 우리가 안다고 믿었던 실체의 모습은 사라지고 대신 관점에 따라 다른 형상으로 구성되는 무수한 파편들의 세계가 나타나는 것이다. 그 순간, 나 역시 그 세계의 일부가 된다.

유전학자 바바라 매클린톡Barbara McClintock은 자신이 연구하는 대상에 몰입하여 교감하고 일체감을 느끼지 못한다면 과학은 온전할 수 없다고 말한다. 대상에 대해 일정 정도 거리를 유지해야 하는 과학조차도 대상[物]과 주체[我]의 상호적 '되기', 즉 영적靈的 공감이 선행되어야 한다는 얘기다. 이옥의 '자질구레한 글들'(소품문)을 이런 관점에서 읽어 내면 아주 색다른 것들이 발견된다. 그는 자신이 보는 것들을 통해 자신의 관점을 떠나고, 미지의 세계와 조우함으로써 다른 관점들을 획득한다.

이 글을 어찌하여 '백운'이라 이름하였는가. 백운사白雲舍에서 쓴 것이기 때문이다. 백운사에서 왜 글을 썼는가. 대개 어쩔 수 없이 쓴 것이다. 어찌하여 어쩔 수 없이 썼다고 하는가.

백운은 본디 궁벽한 곳인 데다가 여름날은 바야흐로 지루하기만 하다. 궁벽하기에 사람이 없고 지루하니 할 일도 없다. 이미 일도 없고 사람도 없으니, 내가 어떻게 하면 이 궁벽한 곳에서 지루한 시간을 보낼 수 있겠는가. 나는 바깥으로 다니고 싶지만 갈 만한 곳도 없을뿐더러 뜨거운 태양이 등에 내리 쬐이니 두려워 감히 나갈 수가 없다. 나는 잠이라도 자고 싶지만 발을 흔드는 바람이 멀리서 불어오고 풀냄새가 지척에서 풍겨 크게는 입이 비뚤어질 수도 있고, 작게는 또한 학질에라도 걸릴 수 있어 두려워 감히 누울 수가 없다. 나는 글이라도 낭독하고 싶지만 그저 몇 줄 읽고 나면 곧 혀가 마르고 목구멍이 아파 억지로 읽을 수가 없다. 나는 서

책이라도 뒤적이고 싶지만 몇 장 넘기지도 않아 곧 책으로 얼굴을 가리고 졸게 되니 그것도 할 수 없다. 나는 바둑을 두는 것, 장기로 다투는 것, 쌍륙 골패 등이 하고 싶지만 집에 기구가 없기도 하려니와 내 성미에 즐기는 것도 아니라서 그것도 할 수가 없다.(「백운필 소서」白雲筆小敍)

해배 후 고향에 돌아와 쓴 『백운필』白雲筆의 서문이다. 결론은 '쓸 수밖에 없음', 즉 글쓰기의 '부득이함'인데, 그 부득이함을 도출하기까지 이옥은 자신의 무능력을 지루하리만치 길게 나열한다. 이거야말로 영락없이 브레히트가 말한 '무능력의 능력'이다. 브레히트에 따르면, 서사극은 전통적인 방식에 따라 작품을 쓸 수 없었던 소수의 극작가들 덕분에 생겨난 장르다. 이처럼 무언가를 수행할 능력이 없다는 사실이 실제로는 무언가 다른 것을 해낼 수 있는 조건이 되기도 한다. 브레히트가 이 '무능력의 능력'에 주목한 건, 그것이 전통을 애써 따를 생각이 없는 자들, 미리 설정된 목적에 전혀 관심이 없는 자들로부터 발현된 능력이라는 사실 때문이다. 무언가를 하려 하지 않음이 다른 무언가를 할 수 있음으로 전환된다는 것. 기막힌 반전이다. 이옥은 지금 이 '무능력'을, 그러나 실은 '하고 싶지 않음'을 나열하는 중이다. 무엇을 위해? 그로부터 도출되는 능력, 새로운 글쓰기의 욕망을 말하기 위해.

내가 장차 무엇을 하며 이곳에서 이날들을 즐길 수 있겠는가. 어쩔 수 없이 손으로 혀를 대신하여 묵경墨卿, 모생毛生과 더불어 말을 잊은 경지에서 수작을 할 수밖에 없다. 그런데 나는 또한 장차 어떤 이야기를 해야 하는가. 나는 하늘을 이야기하고 싶지만 사람들은 반드시 내가 천문天文을 공부한다고 생각할 것이니, 천문을 공부하는 자는 재앙을 입게 마련이다. 그것을 할 수 없다. 나는 땅을 이야기하고 싶지만 사람들은 반드시 내가 지리地理를 안다고 여길 것이니, 지리를 아는 자는 남에게 부림을 당한다. 그것도 할 수 없다. 나는 사람에 대해 이야기하고 싶지만 남에 대해 이야기하는 자는 남들 역시 그 사람에 대해 이야기하게 될 것이니 그것도 할 수 없다. 나는 귀신을 이야기하고 싶지만 사람들은 반드시 헛소리라고 치부할 것이니 그것도 할 수 없다. 나는 성리性理에 대해 이야기하고 싶지만 나는 그것에 대해 평생토록 들은 것이 없다. 나는 문장을 이야기하고 싶지만 문장은 우리가 추켜올리거나 폄하할 수 있는 것이 아니다. 나는 석가, 노자 및 방술을 이야기하고 싶지만 내가 배운 것이 아니며, 또한 내가 진실로 이야기하고 싶은 바도 아니다. 조정朝廷의 이해관계, 지방관의 잘잘못, 벼슬길, 재물과 이익, 여색, 주식酒食 등에 대해서는 범익겸范益謙의 칠불언七不言이 있으니, 나는 일찍이 이를 나의 좌우명으로 삼았다. 그것도 이야기할 수 없다.

그렇다면 나는 또한 장차 어떤 이야기를 하며 끼적여야 하는가. 그 형세상 이야기를 하지 않을 수 없는데, 이야기를 하지 않는다면 그만이겠지만 이야기를 한다면 부득불 새를 이야기하고, 물고기를

> 이야기하고, 짐승을 이야기하고, 벌레를 이야기하고, 꽃을 이야기하고, 곡식을 이야기하고, 과일을 이야기하고, 채소를 이야기하고, 나무를 이야기하고, 풀을 이야기해야 하겠다. 이것이 『백운필』이 부득이한 데서 나온 것이고, 또한 어쩔 수 없이 이런 것들을 이야기한 까닭이다. 이와 같이 사람은 이야기하지 않을 수 없는 것이고, 또한 이야기할 수 없는 것이 있다. 아, 입을 다물자!(「백운필 소서」)

이것이 바로 '무능력의 능력'의 실체다. 아무것도 할 수 없음이 쓸 수밖에 없음으로, 다른 모든 것을 말할 수 없음이 특정한 어떤 것을 부득이하게 말할 수밖에 없음으로 귀결된다. 무용하게 됨으로써 쓰임을 갖는다無用之用는 장자의 전략과도 통하는 지점이다. 그러나 바로 이 지점이 정조의 분노를 샀던 지점이기도 하다. 정조가 혐오했던 소품문의 특질은 초쇄噍殺, 기궤奇詭, 피음詖淫, 가냘프고 경박함, 번거롭고 촉급한 소리, 음산과 참담 등이다. 가장 빈번하게 언급되는 '초쇄'란 원래 음악용어로 '우울한 정서의 과도한 표출', 쉽게 말해 '멜랑콜리'를 뜻한다. 기궤란 기이한 말로 사람들을 속인다는 뜻이고, 피음이란 상식을 벗어나 치우쳐 있음을 의미한다. 요컨대, 소품문은 정서를 과도하게 표현하고, 수식이 번잡하고 화려하며, 뜻이 장난스럽고 진지함이 결여되었다는 것이다. 맞는 말이다. 소품의 형식만 놓고 보면 초쇄하고 가냘프고 경박하다는 게 아주 틀린 말은 아니다. 그러나 이런 문체가 그 시대의 글쓰기의 지형도 속에서 어떤 의미를 갖는가를 논하지 않고 형식만 논하는 것은 무의미하다.

정조의 말 그대로, 문체는 그 시대를 반영하기 때문이다.

1990년대 초반, 거대 담론이 사라진 후 소비사회에서의 미시적 일상과 욕망의 배치에 주목하는 흐름 속에서 '일상'을 다룬 영화가 유행한 적이 있다. 별다른 사건 없이 소소한 남녀관계나 인물들의 일상이 잔잔하게 펼쳐지는 영화들. 하지만 평범한 일상을 다룬다고 해서 새로운 영화미학이 탄생하는 건 아니다. 예컨대, 홍상수 영화에서는 반복되는 공간 속에서 소소한 사건들이 펼쳐지지만, 인물의 말과 행위는 이 공간 속에서 끊임없이 차이를 발생시키고, 이 차이를 통해 사건이 복수화되며, 의미는 중의적이고 다층적으로 분기分岐한다. 하지만 당시 대부분의 '일상 영화'들은 지루한 일상만 줄기차게 다루다가 잊혀져 갔다. 평범한 일상에서 익히 알고 있는 평범함만을 이끌어 낸다면, 굳이 거대한 블록버스터를 비난하며 미시적 일상을 다룰 필요가 없다. 다시 말하지만, 문제는 사건의 크고 작음이나 주제의 무게가 아니다. 그 사건 속에서 길어 올리는 차이가 없다면, 그 차이를 예기치 못한 방식으로 표현함으로써 지각과 감각에 충격을 가하지 못한다면 소용이 없는 거다.

'소품문'을 단지 '소품'으로만 치부하고 목적론적 관점에서 읽게 되면 생각에 걸리는 것들이 없을 수도 있다. 상추쌈이 그래서 뭐? 새와 벌레와 나무와 꽃이 그래서 뭐? 주제도 없고 교훈도 없고 특별한 사상적 깊이도 감지되지 않는 글. 그래서 오히려 정조의 히스테리컬한 반응에 더 수긍이 갈지도 모른다. 하지만 누차 말했듯이, 이옥의 소품문을 읽기 위해서는 그 시대 글쓰기의 배치를 염두에 두지 않으면 안 된다. 그의 한없이 가벼운 글쓰기가 내포하고 있는 힘, 글쓰기가 그 배치에 만들어 내는 균열과 잡음을 보지 않으면 안 된다. 다른 지각, 다른 감수성은 다른 언어를 필요로 하고, 때문에 다른 글쓰기는 필연적으로 저항의 형태를 띨 수밖에 없다. 다르게 지각하고 느낀다는 것은 사물로부터 관습적 의미를 걷어 내는 것, 사물로부터 낯선 힘을 이끌어 내는 것을 의미한다. 기억과 언어를 잊고 '처음처럼' 보기. '진리대로'가 아니라 '거짓되게' 느끼기. 상상하고 재현하는 대신 가치를 전복하기! 이런 관점에서 접근할 때만, 그의 글쓰기에서 기존의 질서에 대한 저항의 지점을 읽어 낼 수 있다.

아, 이런 질문이 있을 수 있다. 왜 꼭 글쓰기가 저항이어야 하느냐는. 나는 오히려 이렇게 반문하고 싶다. 저항하기 위해서가 아니라면, 우리는 대체 무엇 때문에 읽고 쓰는가? 지금 자신이 살고 있는 시대의 필연성을 믿기 위해서? 그런 믿음이 필요하다면 굳이 읽고 쓸 필요가 없다. 아무것도 하지 않아도 된다. 하지만 우리가 읽고 쓰는 것은 그런 믿음을 거부하기 때문이다. 지금 시대가 '최선의 시대'임을 거부하기 위해, 아니, '최선의 시대' 같은 게 있을 거라는 믿음을 거부하기 위해, 내가 보고 듣고 생각하는 것이 자명한 것임을 거부하기 위해, 우리는 읽고, 또 쓴다. 나는 그러기 위해 이옥을 읽는다. 단지 그가 애처로운 희생양이었기 때문이 아니라, 그가 삶의 부침浮沈 속에서 보여 준 기이한 용기, 두드러지지는 않지만 일관된 어떤 태도가 주는 묘한 감동 때문에 이옥을 읽는다. 각설.

주희 사상의 핵심 중 하나는 '격물치지'格物致知다. 유학자들의

로드첸코의 소나무 로드첸코는 카메라를 가지고 인간의 시점을 벗어나 새와 벌레와 사물들의 시점으로 세계를 본다. 우리가 한없이 작아져서 그들의 세계에 당도하고 보면, 그들이 사는 세상 역시 또 하나의 거대한 세계가 아닐까.

'정석의 기초'라 할 수 있는 『대학』에서 주희는 '격물'格物이라는 두 글자를 핵심으로 여겼다. 오죽했으면, '격물'에 해당하는 설명이 빠졌다고 보고 '감히' 경전에다가 '보망장'補亡章을 작성해 끼워 넣었을 정도다.

> 치지致知가 격물에 있다는 것은, 나의 앎을 다하고자 한다면 물物에 임하여 그 이치를 궁구해야 한다는 뜻이다. 사람의 마음은 영묘한 것으로 앎을 갖지 않은 것이 없으며, 또 한편으로 천하의 물은 이치를 갖추지 않은 것이 없기 때문이다. 다만 이치를 궁구함에 있어서 불충분한 점이 있기 때문에 그 앎에도 불완전한 곳이 있다. 그러므로 학문하는 이로 하여금 천하의 모든 물에 임하여 이미 알고 있는 이치를 실마리로 하여 계속 궁구해 가서 마침내 지극한 데까지 이르도록 하는 것이 『대학』의 첫 가르침인 것이다. 오랫동안 노력하여 어느새 환하게 트이고 관통하게 되면 모든 사물의 표리, 정밀함과 거침이 모두 파악되어 내 마음의 전체와 대용大用이 명백하게 된다. 이것이 격물이요, 이것이 앎이 지극하다는 것이다.(『대학』, 보망장)

주희의 해석에 따르면, '격'格이란 '이르는 것'이요, '격물'이란 '물에 이르러 그 이치를 궁구하는 것'이다. 그러므로 주희에게는 '격물=궁리窮理'다. 그렇다면 리란 무엇인가. "천하의 사물은 반드시 각각 그런 까닭所以然之故과 당연히 그러해야 할 법칙所當然之則이 있는데,

바로 이것이 이른바 리다."(『대학혹문』大學或問) 리는 만물에 깃들어 있다. 이 이치를 궁구하여 '지극한 앎'에 이르는 것이 대인의 학문이다. 그렇다면 리를 어떻게 궁구할 것인가. 누군가가 주희에게 물었던 모양이다. 풀 한 포기, 나무 한 그루에도 리가 있다고 하는데, 그런 것들에서 어떻게 리를 궁구해야 하느냐고. "삼, 보리, 쌀, 조의 심는 때와 거두는 때가 각기 다르며 땅의 기름짐과 황폐함, 두터움과 얕음의 정도가 같지 않다. 이런 마땅함에 따라서 어떤 식물을 심는데도 또한 거기에 맞는 이치가 있다"(진래, 『주희의 철학』)는 것이 주희의 답이다. 즉, 사물에 대한 구체적 지식을 통해 사물의 본질과 법칙을 이끌어 내는 것, 그것이 '궁리'다. 그러니 이옥처럼 담배에 관한 온갖 지식들을 탐구하는 것도 '궁리'가 아닌 건 아니다. 하지만 자질구레한 지식이 아무리 쌓여도 '지극한 앎'에는 이를 수 없다. 격물궁리의 진정한 목적은 "독서와 강학 및 도덕 실천을 통해 도덕적 준칙과 일반적인 원리를 파악하는 데" 있다(진래, 앞의 책). 그러니까 학문하는 자는 외물에 탐닉하지 말고 물로부터 이치와 법칙을 추상화해 낼 수 있어야 하는 것이다. 만물을 관통하는 선험적 법칙으로서의 리. 만물의 차이는 이 '리법'理法 안에서만 용인된다. 보편적 도덕준칙을 결여하거나 그것을 무효화시키는 차이들은 사상死傷된다. 리에 대한 이런 인식 속에서 차이는 동일화된다.

연암이 '상기'象記(『열하일기』, 「산장잡기」山莊雜記)에서 문제 삼은 것은 바로 이 같은 '동일자의 논리'였다. 사람들은 "세상의 사물 중에 터럭만 한 작은 것이라도 하늘에서 그 근거를 찾는다. …… 리와

기를 화로와 풀무로 삼고, 뿌리는 것과 품부하는 것을 조물로 삼아, 하늘을 마치 정교한 공장이로 보아 망치, 도끼, 끌, 칼 등으로 조금도 쉬지 않고 일을 한다고 생각한다." 그러나 하늘이 사물에 일일이 이름을 붙였을까? '하늘이 초매草昧를 만들었다'고 하지만, 초매란 이것과 저것이 분별되지 않는 상태인데, 대체 "캄캄하고 흙비 자욱한 속에서 하늘이 과연 어떤 물건을 만들어" 냈단 말인가?

연암은 반문한다. 맷돌의 작용은 도는 것일 뿐 가루의 굵기에 의도가 없듯이, 하늘 역시 그저 만물을 생성해 낼 뿐이지 거기에 무슨 법칙이나 근거가 있겠느냐고. 사정이 이와 같은데도 사람들은 모든 만물의 그러함이 '이치' 때문이라고 주장한다. 그러면서 기껏해야 예로 드는 게 소, 말, 닭, 개 등 우리의 인식 범위에 있는 것들뿐이다. 그렇다면 용, 봉, 거북, 기린 같은 존재에 대해서는? 우리는 이에 대해서도 같은 '이치'를 들이댈 수 있을 것인가?

> 코끼리가 범을 만나면 코로 때려 죽이니 그 코야말로 천하무적이다. 그러나 쥐를 만나면 코를 둘 데가 없어서 하늘을 우러러 멍하니 서 있을 뿐이다. 그렇다고 쥐가 범보다 무서운 존재라 말한다면 조금 전에 말한 바 이치가 아니다. 대저 코끼리는 오히려 눈에 보이는 것인데도 그 이치를 모르는 것이 이와 같다. 하물며 천하 사물이 코끼리보다도 만 배나 더한 것임에랴. 그러므로 성인이 『주역』을 지을 때 '코끼리 상象' 자를 취하여 지은 것도 만물의 변화를 궁구하려는 까닭이었다.(박지원, 「상기」)

쥐-코끼리-범의 삼각관계에서 힘의 '이치'는 무엇인가? 이 경우, '이치'라는 보편적 원리는 사태를 파악하는 데 전혀 도움이 안 된다. 사건현장에서는 늘 예기치 못한 잡음이 끼어듦으로써 사건이 다양하게 계열화될 수 있기 때문이다. 쥐가 코끼리를 때려잡았다고 해서 이를 '쥐의 본질'이라고 할 수 없고, 마찬가지로 쥐가 코끼리보다 약하다는 것도 '쥐의 본질'이라 할 수 없다(고양이 무서운 줄 모르는 쥐 제리를 보라!). 사물의 본질이 있어서 사건이 만들어지는 게 아니라, 구체적 사건 속에서 매번 다르게 발현되는 것이 본질이다. 그렇다면 사물의 선험적 본질도, 사물의 위계도 설정할 수 없다. 이런 관점에서 보면, 주희적인 '격물'의 의미는 전복되고 만다. 보편적 '물'도 보편적 '리'도 없다. 물론 보편적인 인식 주체도 없다. 물과 아我가 부딪혀 형성되는 '물아 공통의 장場'이 있을 뿐이다. 왕양명 식으로 말하면 '만물일체의 인仁'이라고 할 수 있을, 물과 아가 공-감하고 소통하는 세계가 있을 뿐이다.

> 어린 아이가 울고 웃는 것과 시장에서 사람들이 사고파는 것을 또한 익히 보고 그 무엇을 느낄 수 있고, 사나운 개가 서로 싸우는 것과 교활한 고양이가 재롱을 떠는 것을 조용히 관찰하면 지극한 이치가 이들 속에 있다. 봄 누에가 뽕잎을 갉아먹는 것과 가을 나비가 꽃꿀을 채집하는 것에는 하늘의 조화가 그 속에서 움직이고 있다. 많은 개미들이 진을 이루고 행진할 때 깃대와 북을 빌리지 않아도 절제가 잡혀 균형을 이루고 있고, 일천 벌의 방은 기둥과 들

보가 없는데도 칸 사이의 규격이 저절로 고르게 되어 있다. 이것들은 모두 지극히 가늘고 작은 것이지만, 그곳에는 너무도 묘하고 너무도 무궁하게 조화된 것이 있다. 대저 천지의 높고 넓은 것과 고금의 가고 오는 것을 보면 또한 장관스럽고 기이하다 할 것이다.(이덕무, 『이목구심서』耳目口心書)

하늘과 땅 사이에 가득 찬 모든 것이 다 시입니다. 사계절은 변화하고, 온갖 소리는 웅성거리는데 그 몸짓과 빛깔 그리고 소리와 장단은 자유자재합니다. 어리석은 자는 그런 현상을 깨닫지 못하지만 지혜로운 자는 그 현상을 받아들입니다. 따라서 다른 작가의 주둥이에서 나오는 말이나 우러러보고, 케케묵은 종이쪽지에서 근거 없는 찌꺼기나 줍는 글쟁이들이야말로 근본에서 너무도 많이 벗어났다고 하겠습니다.(박제가, 「형암선생시집 서」炯菴先生詩集序)

이덕무는 '지극히 가늘고 적은 것' 속에서 '이치'를 이끌어 내지만, 그가 말하는 이치는 사물의 본질이나 도덕적 준칙과는 거리가 한참 멀다. 오히려 법칙으로부터 자유자재한 존재의 실상에 가깝다. 기왓장에도, 똥덩어리에도 이치[道]가 있다. 도는 생성과 소멸의 원환 속에 존재하는 만물을 통해 매번 다른 방식으로 펼쳐진다. 거기에는 어떤 지배적 준칙도, 반복도 없다. 글쓰기 또한 그와 같아야 한다. 글이란 애초에 그 도의 무늬, 즉 비가시적 도를 가시화하는 수단이었기 때문이다. 도가 정해진 것이 아니고 만물의 차이를 통해 발현되는 것이라면, 글 역시 그래야 한다. 하여 박제가는 천지만물의 변화와 웅성거림을 글의 근본으로 삼는다. 천지만물이 나를 빌려 글을 짓는 거라던 이옥의 목소리가 이들과 공명한다. 물物의 세계는 '당위성'이 지배하는 세계가 아니라 모든 당위로부터 자유로운 세계다. 이들은 물을 통해(격물) 리에 이르는(치지) 대신, 물을 주시함으로써 리의 초월성을 부정한다. 벽과 치는 이런 태도의 한 극단이 아니었을까. 한없이 고원한 리에서 하강하여 한없이 낮아지기, 한없이 가벼워지기! 법을 위협하는 건 비장한 태도로 법에 도전하는 '센 것'들이 아니라 법으로 포착되지 않는 작은 것들, 법의 중력에 지배되지 않는 가벼운 것들이다. "매와 새매가 빠르지만 발 사이의 모기를 피할 수 없고, 호랑이와 표범이 악착 같지만 턱 아래의 이를 제압할 수 없는 것이다. …… 비로소 천하의 근심이 큰 것에 있지 않고, 작은 것에 있음을 알았다. 어찌 그것이 작다 하여 등한시할 수 있겠는가." (『백운필』, 「담충」)

이옥이 백운사에서 썼다는 『백운필』은 새, 물고기, 짐승, 벌레, 꽃, 곡식, 과일, 채소, 나무, 풀에 대한 기록이다. 여기엔 일관된 체계나 형식이 있는 것도 아니고, 딱히 생활에 유용한 지식이 있는 것도 아니다. 어떤 것은 품종, 어떤 것은 재배법, 어떤 것은 설화와 고사, 어떤 것은 생태, 어떤 것은 자신의 일화나 느낌 등등, 정말 '붓 가는 대로' 쓰였다. 이로부터 '이치'를 논하기가 뭣한 것이, 『백운필』에는 정체불명의 희귀한 사물이나 상상 속의 사물 역시 보고 들은 바대로 기록되어 있다. 예컨대, '물에서 사는 말' 이야기라든가 "눈물이 구슬이 되고 베를 짠다"는 교인鮫人; 인어, 그리고 용, 신기루 등이 '물고기' 항목에 들어가 있으니, 이쯤 되면 '격물'이라는 말이 무색해지는 것이다.

이옥에게 물은 '격'格해야 할 것이 아니라 '감'感해야 할 것이다. 문장은 감응의 능력에서 나온다. '격물치지'라는 성리학의 가르침은 감응하고 '취토'하는 강렬한 파토스로 전환된다. 진리는 언제나 저 높은 곳이나 저 깊은 곳에 있는 무엇으로 상상된다. 이로부터, 표면 위에 있는 것들은 저 높은 곳을, 혹은 저 심층을 향해야 한다는 당위가 도출된다. 하지만 이옥은 지천에 널린 풀을 얘기하고 벌레를 얘기하고 꽃과 나무와 채소와 과일을 얘기한다. 그의 시선은 저 높은 곳을 향하는 법이 없다. 심오한 마음의 세계를 향하는 법도 없다. 그저 하늘과 땅 사이에 펼쳐진 것들에 대해, 그 세계의 웅성거림에 대해, 자신이 보고 듣고 느낀 것에 대해 말할 뿐이다. 그는 격자화될 수 없는 세계의 실상을, 예측 불가능한 대기현상처럼 '생생불식'生生不息하는 세계의 아우성을 보여 준다. 진리와 질서야말로 관념이고, 세계는 무선무악無善無惡인 채로, 무질서한 채로, 너저분한 채로, 움직이는 채로, 비합리적인 채로, 경계를 넘쳐 흐르며 존재함을 보여 준다. 하나의 법칙이 관통하는 일방통행로가 아니라 입구와 출구가 여러 개인 미로. 바로 그런 의미에서, 세계는 참되고 참되다!

다시, 앞에서 언급한 곤충들의 세계로 돌아오자. 사물과 관련된 이옥의 글쓰기에서 특히 주목할 지점은 '벌레들의 세계'에 대한 감응력이다. 『백운필』 중에서도 '벌레'談蟲 항목은 그 묘사나 통찰력에서 단연 빛난다. 오뉴월 무렵이면 세상은 벌레 천지가 된다. 가만 보니, 생명을 가지고 꿈틀거리는 것들은 모두 벌레가 아닌가. "날개 있는 벌레, 털 있는 벌레, 비늘 있는 벌레, 딱딱한 껍데기가 있는 벌레가 있고, 또 나충倮蟲이라고 하는 벌레가 있다. 상서로운 기린과 봉황, 커다란 곤과 붕새, 신이한 거북과 용을 하늘에서 보면 모두 벌레이다."(『백운필』, 「담충」) 달관의 안목으로 보면, 대규모 군사를 이끌고 정벌하는 자는 일개 개미요, 고관대작은 일개 나비다. 은거하여 자기 한 몸 깨끗이 하는 자는 일개 반딧불이고, 문장으로 명성을 얻은 자는 일개 매미이며, 부를 얻은 자는 일개 벌, 권세를 좇는 자는 일개 파리, 백성을 약탈하는 자는 일개 모기, 집안 세력을 믿고 잘난 체하는 자는 일개 잠자리, 경천위지經天緯地를 말하며 남을 속이는 선비는 일개 거미에 불과하다. "아! 천지 사이에 생명을 지니고 능히 움직이는 것은 모두 벌레다!"

> 바야흐로 훨훨 훽훽, 어지러이 너울너울 움직이며 천지 사이에서 벌레는 어떤 물이며, 나는 어떤 벌레인지 스스로 알지 못한다. 지위가 높고 재능이 두텁고 덕이 갖추어지고 권세가 큰 자도 오히려 이와 같거늘, 하물며 우리들은 쌔근쌔근 숨쉬고 꼼틀꼼틀 움직이는 것으로 일개 하루살이, 일개 멸몽(진디등에)임에랴. 어찌 감히 몽뚱이가 조금 더 크고 지각이 조금 더 지혜롭다 하여 이 여러 종류의 벌레들을 하찮다고 비웃겠는가. …… 저 상에 붙어 있고 창에 끼어 있는 벌레 중에 일개 사바세계가 있고, 일개 석가여래의 일개

뛰어난 제자가 있지 않으리라고 내 어찌 알겠는가. 나 또한 어찌 그것이 작다고 하여 홀만이 볼 수 있겠는가. 나와 저들은 모두 벌레다.(『백운필』, 「담충」)

인섹토피디아! 우리가 사는 세계는 인간만의 세상이 아니라 벌레들의 세상이기도 하다. 아니, 이 세계는 누구만의 세계가 아니라 이 세계에 존재하는 모든 것들의 세계다. 벌레의 입장에서 보면 벌레의 세계고, 식물의 입장에서 보면 식물의 세계다. 우리에겐 그들이 불청객일 수 있지만, 거꾸로 그들에게는 우리 인간이 불청객일 수도 있다. 더 가까이 들여다볼수록 더 많은 것을 볼 수 있다. 이옥의 자질구레한 소품들은 가까이에서 봐야만 알 수 있는 이 세계, 총체화가 불가능한 세계, 인간의 관점에서는 도저히 지각불가능한 세계를 클로즈업한다. 그 세계 속으로 들어가면 리는 의심되거나 무시되고 만다. 그 세계에서 벌레들은 어떤 법칙도 없이, 각자의 본성을 발현하며 유유자적한다. 세계는 리법 때문이 아니라 이미 그 자체로 충만하며, 존재는 도덕법칙이 없어도 그 자체로 완전하다. 우리는 모두 살아 꿈틀거리는 벌레들이다!

사물들 사이에서 나를 잃다
—인간주의를 넘어서

> 벌레로 날개가 있어 날 수 있는 것은, 모두 날개가 없어 날지 못하던 것이 화한 것이다.(매미, 나방, 나비, 귀뚜라미, 벌, 파리, 모기, 며루를 예로 들었다—지은이) …… 그 날개가 있어 날 수 있는 것은 그 근본을 따져 보면 꿈틀거리지 않는 것이 없다. 날개가 없어 능히 날지 못할 때에는 그 모양이 혹은 크고, 혹은 작고, 혹은 길고, 혹은 짧고, 혹은 뿔이 있고, 혹은 털이 있고, 혹은 푸르고, 혹은 하얗고, 혹은 붉고, 혹은 알록달록하고, 혹은 나무 사이에서, 혹은 풀 사이에서, 혹은 물속에서, 혹은 땅속에서 꾸물꾸물 꼬물꼬물 거리는데, 그것을 본 사람들은 한 번 뜰을 지나가기만 하면 침을 뱉어 더럽게 여기지 않는 이가 없다.(『백운필』, 「담충」)

이게 인간이다. 자신의 지각을 기준으로 인간은 존재의 대소大小와 고저高低, 선악善惡과 청탁淸濁을 가른다. 스피노자 말대로, 우리는 종종 하나의 동일한 작업에 대해 서로 다른 두 개의 역량을 비교하는 어리석음을 범한다. 거북이와 토끼에게 달리기 경쟁을 시켜놓고 거북이는 토끼보다 느리다고 판단하는 건 얼마나 어리석은가. 그런데도 우리는 각 존재의 역량을 비교할 수 있는 공통의 척도를 상정하려고 한다는 거다. 인간 중심주의라는 것도 그런 의미에서 오류다. 인간이 바라보는 세계는 단지 '인간'이 바라보는 세계일 뿐, 그것이 이 우주의 참모습이라고 주장할 근거는 없다. 인간에게 선善인 것이 다른 존재에게도 선인 것은 아니며, 인간에게 필요한 것이 다른 존재에게도 꼭 필요한 것은 아니다. 그런데도 매번 인간은 '인간의 관점'을 유일한 관점으로 착각하는 것이다.

이옥이 관찰한 바에 따르면, 얼핏 꿈틀거리는 것들은 다 같아 보이지만 가까이서 보면 다 다르다. 그런데 인간은 그 모두를 '꿈틀거리는 것'으로 일반화하고, 그것들을 '더럽다'고 가치화한다. 하지만 꿈틀거리는 것들에게 기적처럼 날개가 돋으면 이전의 모습은 오간 데 없이 우아하고 화려한 모습으로 변신하고, 이를 본 인간들은 벌레를 볼 때와는 사뭇 다르게 그 아름다움에 넋을 잃는다. 이옥은 탄식한다. "사람들이 저것은 박대하면서 이것은 사랑하는 이유를 나는 알지 못하겠다. 소리가 없다가 소리를 내고, 날지 못하다가 날아서 그 기질을 변화할 수 있음을 사랑한 것인가! 아니면 그 푸르고 붉게 단장하고 알록달록 아름답게 빛을 발하여, 그 외양을 능히 화려하게 꾸민 것을 사랑한 것인가!"라고.

벌레일 때는 더럽다고 침을 뱉다가, 날개가 돋으면 그것을 사랑한다. 사람들은 벌레에서 나비에로의 '변화'를 보는 게 아니라 눈앞

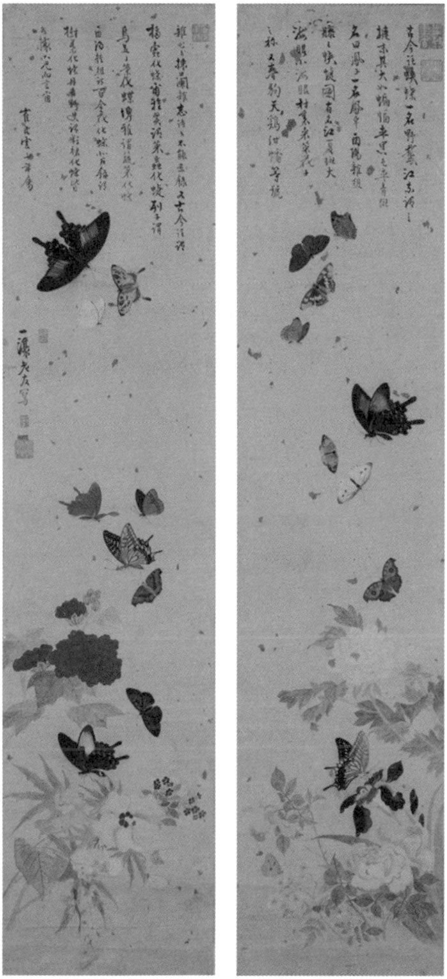

남계우의 「화접도대련」(花蝶圖對聯) 남계우는 나비 그림을 잘 그려 '남호접'으로 불릴 정도였다. 그가 그린 나비는 형태와 날갯짓, 색깔 등이 모두 다르다. 세계에 동일한 건 있을 수 없다. 어떤 두 개도, 어떤 두 순간도 동일하지 않다. 같은 밤도 마음에 따라 다르고, 같은 꽃도 하루의 시간에 따라 다르다.

에 고정된 실체로서의 벌레를, 나비를 볼 뿐이다. 자신의 이념과 관습, 욕망에 따라 연속적인 흐름을 자의적으로 절단하고 코드화한다. 이옥은 반문한다. 이건 좀 부당하지 않은가, 라고. 그런데 이번에는 어떤 이가 나비는 그 근본이 추한 벌레라고 언급하자, 아까와는 반대로 벌레는 벌레로 나비는 나비로 봐야지 왜 나비에서 '벌레의 본질'을 보느냐고 반문한다. 여기에 이옥의 글쓰기가 갖는 매력이 있다. 그는 선험적인 이념이나 가치판단 체계 속에서 사물을 마주하는 법이 거의 없다. 벌레는 천시하면서 그 벌레가 화한 나비는 아름답다고 하는 자나, 나비의 본질이 벌레이므로 나비나 벌레나 다를 게 없다고 하는 자나, 습관적 관념 속에서 사물을 본다는 점에서는 동일하다. 하지만 이옥은 그 관념을 벗어나 변이의 파노라마 속으로 미끄러진다. 그의 글을 따라가다 보면, '하나의 관점'이 사라지고 생각지 못한 다수의 관점들이 총천연색으로 펼쳐진다. 사물을 묘사한 이옥의 소품을 읽으면 새로운 렌즈를 낀 것 같은 착시감錯視感을 느끼게 되는 건 아마도 이 때문일 것이다.

나아가 이옥에게 벌레와 풀 같은 미물은 종종 인간의 미망迷妄과 이기성利己性을 일깨우는 역할을 한다. 「가라지의 깨달음」莠悟은 가라지를 뽑는 과정에서 발현되는 자신의 사욕과 상념들을 몇 개의 에피소드를 통해 드러내는 글이다. 가라지는 토양을 고갈시키고 곡식을 병들게 하는 '악초'惡艸다. 하니 뽑아내야 한다. 하지만 가라지는 대개 '진짜' 속에 섞여 있기 때문에 그것을 알아보는 자들만이 뽑아 없앨 수 있다. 사람을 알아보는 것도 어쩌면 이와 같겠지. 억세고 큰 것은 자르기는 어려워도 뽑기는 쉽고, 부드럽고 작은 것은 잘라 버리기는 쉬워도 뽑기는 어렵다. 어쨌든 둘 다 토양을 고갈시키니 뽑아 버려야 한다는 첫번째 에피소드. 그런데 하루는 가라지를 뽑다가 문득, "가라지도 풀이요, 곡식 또한 풀이다. 하늘이 낳은 것과 땅이 키우고자 하는 것이 어찌 풀에게서 피차 구별이 있겠는가? 오직 사람만이 그렇지 아니하여 '무슨 곡식', '무슨 곡식', '무슨 가라지', '무슨 가라지'라고 구별하여 이름을 짓고 그 애정과 미움을 표현하니, 또한 이해관계일 뿐이지 천지의 정은 아니다"라는 생각에 이른다. 그렇다면 소인에게도 소인에게 맞는 직책을 맡기면 되지 않을까, 라는 안타까움을 동반하는 두번째 에피소드.

세번째 에피소드에서는 배추밭에 난 가라지를 뽑는 걸 본 동네 여인이 그것도 다 쓸모가 있다고 충고하자 이옥의 자기변명이 이어진다.

> 나의 배추를 범하고, 나의 배추를 막고 가려, 나의 배추가 그 아름다움을 이루지 못하는 데야 어찌하랴? 종으로 하여금 빨리 뽑아 버리도록 해야 한다. 내가 사랑하지 않는 것이 아니요, 사랑함이 배추만 못한 것이다. 나는 배추를 심었지 가라지를 심지 않았으니, 가라지에 대하여 무엇을 해주겠는가. 아! 가라지라 하여 죄주는 것은 오히려 용서해 줄 것이요, 내 배추가 아니라면 또 어찌 억울해하겠는가. 꽃다운 난초라도 문 앞에 있으면 그 뿌리를 파내야 하는 것이다. 이는 그 원인이 저에게 있는 것이지, 나에게 있는 것이

아니다. 아! 사람에게도 또한 이런 것이 있다.(『잡제』, 「가라지의 깨달음」)

자신이 가라지를 뽑는 것은 가라지 자체의 본성이 악하기 때문이 아니라 가라지가 자신이 사랑하는 것을 해하기 때문이라는 것. 이옥은 사랑에 차별이 있음을 감추지 않는다. 아름다운 난초라도 어쩔 수 없다. 여기에 난초는 선하고, 가라지는 악하다는 식의 선험적 가치판단은 없다. 아무리 아름다울지라도 그 아름다움 때문에 죽을 수도 있고, 무용하기 때문에 오히려 쓰일 수도 있는 것. 인간을 포함한 천지만물의 운명은 선험적 본성이 아니라 구체적 관계의 양상 속에서 결정된다. 인간이라고 다르지 않다. 차별이 있기에 억울함을 당하기도 하고 보호를 받기도 한다. 이처럼, 가라지라는 잡초와 관련된 몇 개의 에피소드를 통해 이옥은 사물에 대한 인간의 인식이 상황에 따라 얼마나 다양할 수 있는지를 효과적으로 보여 주고, 나아가 인간의 편협함을 성찰한다.

이와 비교해서, 뱀을 쳐 죽여야 하는 까닭을 밝힌 다산의 글(「격사해」擊蛇解)을 보면 흥미로운 차이가 발견된다. 다산이 살고 있는 곳에 초목이 무성해져 뱀이 우글거리자 다산은 이 추악한 것을 지금 끊어 내지 않으면 앙화를 받게 될 것이니 모조리 죽여 없애라고 명한다. 그러자 누군가가 미간을 찌푸리며, 만물에는 각자의 본성이 있듯이 뱀에게는 뱀의 본성이 있는 것이고, 우주는 이 차이를 용납하며, 천지의 본심이란 만물을 널리 포용하여 쓰이게 하는 것인데 왜 그토록 뱀을 미워하느냐고 묻는다. 이에 대한 다산의 대답은 이렇다.

> 아아, 어찌하여 그대는 품류品類를 모르는가. 하늘이 만물을 낳았다고는 하나 만물을 사용하는 것은 사람이기 때문에 옹이가 많아 쓸모없는 저력樗櫟: 가죽나무. 쓸모없는 물건이나 사람을 비유과 가시가 있어도 먹지도 못하는 절명菥蓂은 베어 버려 소나무나 대나무를 잘 자라게 하고, 호랑이와 이리 등 살상하는 맹수를 죽여 없애어 사슴이나 노루를 편하게 하고, 가라지를 제거하여 곡식 싹을 잘 자라게 하고, 돌을 쪼아 옥을 드러내고, 간사하고 아첨하는 무리를 쫓아내어 어진 신하를 보호하는 것이니, 이는 곧 천지의 지극한 인仁이다.

주공도, 손숙오도, 여타의 신神들도 이 독충을 극도로 미워해서 때려잡고 몰아냈다는 진술이 뒤로 쭉 이어진다. 만물을 사용하는 것은 사람이므로 사람에게 이익이 되지 않는 것은 싹을 잘라 버리는 것이 인이라는, 이 단호하고도 오싹한 인간중심주의! 다산의 논리 속에는 이옥에게서 보이던 갈등과 고뇌가 들어설 여지가 없다. "천지의 지극한 인"은 인간을 중심으로 작동한다. 다산의 근대성은 이런 부분에서 빛을 발한다. 척도가 참으로 명확하다. 그가 서학西學과 접속할 수 있었던 이유를 짐작케 하는 대목이기도 하다. 선악과 자타自他가 분명한 세계, 엄격하게 위계화된 세계. 그게 다산이 꿈꾼 세계였고, 이런 점에서 다산은 '소수파'였을지는 몰라도 '소수자'라고 보기는 어렵다. 가라지 하나에서도 천지의 정을 감응하고, 자신의 욕망을 진솔하게 드러내는 이옥하고는, 참 멀리 떨어져 있다.

성리학은 '리일분수'理一分殊 개념을 통해 리의 보편성과 특수성을 설명한다. 리는 사물의 다양성으로 표현되지만, 이 사물의 다양성은 '리'라는 일자로부터 뻗어 나온 가지들, 즉 동일자에 종속되는 차이들이다. 북송대 학자 정이는 이 '리일분수' 개념을 통해 물의 세계를 지배하는 법칙(동일성, 보편성, 초월성)으로서의 '천리'를 강조했던 반면, 정호는 자발적인 생명력의 원천으로서 '리'(만물일체의 인)를 사유했다. '천리'가 초월성으로서 입법할 경우에, 존재하는 것들은 '천리'를 가장 완벽하게 구현하고 있는 것으로부터 그렇지 않은 것까지 질서정연하게 위계화된다. 물론 원칙적으로 만물은 하나의 리를 품부받는다. 하지만 현실적으로 각각의 물은 다른 기를 타고난다. 여기서 리는 결국 기를 통해 발현되는 것으로 보고 리와 기를 함께 논할 것인가, 아니면 기를 기질로 파악하여 리와 기를 분리시킬 것인가에 따라 존재자의 본성에 대한 인식이 나뉘게 된다. 이런 인식의 차이를 둘러싸고 벌어진 대표적 논쟁이 조선 후기의 인물성동이론人物性同異論이다.

'인물성동론', 즉 인성과 물성이 같음을 주장하는 이들은 '성즉리'性卽理라는 테제를 앞세워 천리의 보편적 내재성을 주장하는 반면, 인성과 물성이 다르다는 '인물성이론'을 주장하는 이들은 본연지성 자체가 이미 기질의 영향을 받는 것이므로 사람과 사물 사이에 차별이 생길 수밖에 없다고 보았다. 이 문제는 철학적으로 논증하기가 결코 간단하지 않다. 다만, 인물성이론을 주장한 지식인들이, '성즉리'를 강조할 경우 수직적인 계층질서가 허물어질 수 있음을 경고했다는 사실로 짐작할 수 있듯이, 인물성동이론의 차이는 기존의 위계질서에 대한 관점의 차이로 귀결된다. 인성과 물성이 다르다는 것은, 한편으로 인성 자체도 동일하지 않음을 함축하기 때문이다.

> "천지간 생물 중에 오직 인간이 귀합니다. 금수한테는 지혜가 없고 초목한테는 감각이 없으니까요. 또한 이들에게는 예의가 없습니다. 그러니 인간은 금수보다 귀한 존재이고, 초목은 금수보다 천한 존재지요."(허자虛子)
>
> "너는 정말 인간이로구나! 오륜과 오사五事가 인간의 예의라면, 무리를 지어 다니면서 함께 먹이를 먹는 것은 금수의 예의이고 군락을 지어 가지를 뻗는 건 초목의 예의다. 인간의 입장에서 물物을 보면 인간이 귀하고 물이 천하지만, 물의 입장에서 인간을 보면 물이 귀하고 인간이 천하다. 그러나 하늘의 입장에서 보면 인간과 물은 균등하다."(실옹實翁) (홍대용, 『의산문답』醫山問答)

홍대용은 '실옹'의 입을 빌려 인간이 가장 귀한 존재라는 인물성이론의 기본 테제를 비판한다. 여기서 핵심은 관점의 유연함 혹은 다양성이다. 어떤 관점에서 보느냐에 따라 선악과 귀천은 달라진다. 스피노자를 따라 핏속의 벌레 한 마리를 상상해 보자. 아무리 작은 벌레라도 자신의 시각에 따라 세계를 지각한다. 피의 입자들이 운동하는 방식이라든지 그것이 자신의 신체에 미치는 영향을 관찰함으로서 벌레는 나름의 세계를 구성하고 삶의 노하우를 습득한다. 하지만 이 벌레가 '피'를 인식한다고는 할 수 없다. 우리에게는 피가 몸을 이루는 일부지만, 핏속의 벌레에게는 그 피가 세계 전체이기 때문이다. 개미가 평생에 걸쳐 코끼리의 몸을 탐사해도 코끼리를 전체적으로 인식할 수 없는 것과 마찬가지다. 인간도 다르지 않다. 전 우주[天]의 차원에서 보면 인간 역시 한 마리 벌레에 불과하다. 우리는 각자의 관점에서 외부세계를 판단하고 구성할 수는 있지만, 그것이 유일한 진리라고 말할 수는 없다. 외부세계에 존재하는 수많은 물의 관점 또한 존재하기 때문이다. 그렇다면 좋고 나쁨, 귀하고 천함, 맑음과 탁함 등은 구체적 상황에서만 가능한 평가일 뿐, 모든 상황을 선험적으로 판단하는 단일한 척도를 들이댈 수 없다. 코끼리-쥐-범의 관계에서처럼, 어떤 식으로 관계가 구성되느냐에 따라 존재의 양상은 끊임없이 변이한다. 이처럼, 관점의 자유로운 이동을 통해 사물을 전체성 속에서 파악하는 능력, 그게 바로 깨달음이요, 장자의 용어로 하면 '제물'齊物이라 할 수 있다. 실옹(홍대용)은 이런 관점에서 '인물성동론'을 주장하고 있는 것이다.

> 사람이 만든 그물이 과연 좋은 그물이겠는가. 어찌 다만 이뿐이랴. 시기하고 이기려는 마음으로 엮어 그럴싸한 곳에 펼쳐 놓고서, 교묘한 말로 잡아매고 가혹한 법으로 두드려, 마침내 꿩을 토끼 그물에서 죽게 하고, 큰 기러기를 물고기 그물에 걸려들게 하는 자들

이 있다. 이런 짓은 거미도 하지 않는 것인데, 사람만이 혹 그렇게 한다. 또 어찌 거미가 배를 채우는 것을 주벌하면서 도리어 스스로 생명을 해치는 죄과에 빠지는가. 그런즉 다섯 말의 거미를 죽이는 것보다 차라리 자신의 심중에 그물질하고 해치려는 마음을 없애는 것이 나을 것이다. 이것이 대음덕이다. 나는 이로부터 한 마리 거미도 다시는 죽이지 않았다.(『백운필』, 「담충」)

거미를 많이 죽이면 복을 받고 수를 누린다는 민간 속설이 있었던가 보다. 그 말을 믿고 어린 시절에 거미줄을 헐고 거미를 많이 죽였는데, 생각해 보니 이는 자신이 미워하는 것을 제거하기 위한 인간의 꼼수였다는 것. 사람들은 거미가 살아 있는 것을 해치므로 거미줄을 없애야 한다고 하면서, 정작 자신들이 쳐놓은 그물은 생각하지 않는다. 거미 입장에서 인간을 보면, 인간이야말로 함정을 파놓고 다른 존재를 해치는 '악의 축'이다. 거미의 관점을 취하니 거꾸로 인간이 보인다. 그렇다면, 인간세계의 적나라한 실상과 인간이 갖고 있는 허상을 깨닫기 위해서 더 이상 초월적인 이치를 끌어들일 필요가 없다. 단지 다른 관점으로 슬쩍 이동하기만 하면 된다. 연암은 「호질」虎叱에서 호랑이의 입을 통해 유자들의 위선과 가식을 준엄하고 통쾌하게 꾸짖는다. 그가 동물의 입을 빌려 폭로하고자 한 것은, 지배체제를 재생산하는 고담준론의 허구성과 구체성을 상실한 낡은 지식이었다. 마찬가지로 이옥은 인간 존재의 위선과 비루함을 드러내기 위해 인간을 미물과 직접 맞닥뜨리는 전략을 구사한다.

하루는 이자李子; 작중 화자로서의 이옥가 거미줄을 치워 내면서 '왜 산 것을 죽이느냐'고 자못 근엄하게 거미에게 훈계한다(「지주부」蜘蛛賦). "덫을 설치하여 산 것을 죽이니 벌레 중의 적이라. 내 장차 너를 제거하여 다른 충류에게 덕을 베풀려 한다"는 게 이자의 명분이었다. 그러자 거미의 거센 항의와 훈계가 이어진다. 그물에 걸려든 놈들의 면면을 보면, 허랑방탕한 나비, 소인배 파리, 선명善鳴을 과시하는 매미, 엉큼한 모기, 경박한 잠자리 등이다. 그들이 까불다가 그물에 걸린 것일 뿐이니, 이를 거울삼아 "그대의 이름을 팔지 말며, 그대의 재주를 자랑하지 말며, 이욕으로 화를 부르지 말며, 재물에 목숨을 바치지 말며, 경박하거나 망령되이 굴지 말며, 원망하거나 시기하지 말며, 땅을 잘 가려서 밟고 때에 맞추어 오고 가야 한다. 그렇지 않으면 세상에는 더 큰 거미가 있어 그 그물이 나보다 천 배, 만 배가 될 뿐이 아닐 것이다"라고 일장 훈계를 하고서는 유유히 그물을 치는 거미. 되로 주고 말로 받는다는 것이 이런 경우를 두고 하는 말이던가. 이 말을 듣고 이자는 허둥지둥 달아나며 장렬한 몸개그를 선사하는 반면, 거미는 원래 하던 대로 유유히 거미줄을 친다. 연암의 「호질」에서와 마찬가지로, 덕 운운하던 선비의 '밴댕이 배짱'은 코믹하게 폭로되는 반면, 미물은 묵묵히 자신의 본성을 발현한다.

그런가 하면 「조부」蚤賦는 벼룩과 경금자의 대화형식으로 이루어진 부賦다. 자신의 살갗을 파고드는 벼룩을 발견한 경금자가 엄지손가락으로 벼룩을 잡고는 죽이기에 앞서 일장연설을 늘어놓는다. 요약하자면, 자신은 천성이 게을러 청소도 하지 않고 씻지도 않았으므로 땀과 때를 먹을 수도 있었을 텐데, 어째서 만족하지 못하고 피를 빨아먹느냐는 것. 그러더니 "네놈은 다만 사람에게 피와 살이 살아 있음을 알 뿐 사람의 손가락과 손톱이 두려운 줄은 알지 못하는구나. …… 포식한 놈은 쓰러지고 급히 가는 놈은 자빠지니 사람의 살에 피를 내는 놈은 사람 또한 그 골수에서 피를 내는 법. 이는 네가 입과 배를 도모하는 것이 결국 자기 몸을 해치는 소이연이 되는 셈. …… 나는 장차 그 배를 짜개어 너를 위해 그 마음보를 알아보겠다"며 손톱으로 꾹 누른다. 물론, 그 안에 '심보' 같은 게 있을 리 없다. 벼룩이 사람을 무는 데 무슨 이유 같은 게 있을 리 만무하다. 거기다 대고 자신의 유덕함과 벼룩의 배은망덕함을 운운하는 것 자체가 코미디다.

그런데 여기가 끝이 아니다. 후속편(「후조부」後蚤賦)에서는 이에 맞서는 벼룩의 변辯이 길게 이어진다. 그날 경금자의 손에 장렬하게 산화한 벼룩이 꿈에 도사가 되어 나타나 하는 말인즉, 잠 때문에 공부를 방해받는 것이 딱해 굳이 장안의 귀족자제를 물리치고 그대를 찾아와 "정문의 일침으로 지혜의 구멍을 열어 주려" 했다는 것. 벼룩의 변을 들어 보자.

> 이는 내가 당신을 대우하는 것이 / 남보다 후하게 하고 감히 박하게 함이 아니거늘 / 어찌하여 주인장은 나를 대하기를 덕을 원수로 여기고 / 선행을 포학으로 갚으려 하시오? …… 옛 철인들은 자비로워 / 물아를 균등하게 보았으니 / 옛것으로써 지금을 논한다

면 / 잘한 일인가, 잘못하는 일인가? / 개가 도둑 하나를 쫓을 때는 / 저민 고기를 던져서 먹이고 / 고양이가 쥐를 막을 때는 / 담요를 나누어 잠을 재우는 법 / 그런데 큰일에 대해서는 / 도리어 돌봐주지 않는구려 / 주인께서는 이에 대해 / 앎이 미치지 못하니/ 나를 책망하는 말을 하는구려 / 나는 실로 당신을 부끄럽게 여긴다오 / 원컨대 이로부터 당신을 떠나 / 감히 다시 오지 않으리다.

하는 족족 맞는 말인지라 그때서야 자신의 '살충'을 반성하고 사례하려 했으나 꿈이더라는 얘기다. 인간의 관점에서는 잡아 죽여야 할 미물이지만, 미물의 입장에서 보면 저 나름의 의도와 사연이 있을 수 있는 거다. 이처럼 인간의 헛된 욕망을 일깨우고 가슴속의 원망을 이끌어 내는 것은 언제나 하찮은 미물들이다. 대나무를 보며 '독야청청'하기를 다짐하고, 흐르는 물을 보며 주야로 그치지 않고 학문에 정진할 것을 맹세하는 대신, 이옥은 온갖 벌레와 풀들과 접속하여 돌연한 깨달음에 이른다.

『백운필』에 열거된 소소한 것들의 세계, 한없이 가볍고 한없이 미미한 존재들의 세계를 보면서, 그에게 글쓰기란 무엇이었을까, 다시금 질문하게 된다. 그는 그 하찮은 사물들로부터 무엇을 보았을까. 인간의 욕망, 인간의 질서, 인간의 가치, 인간의 시각……. 자신이 지금까지 붙들고 있었던 특정한 신념을 무화시키는 낯선 힘을 본 것은 아닐까. 사물들에게도 각각의 역사가 있고, 각각의 사연이 있으며, 각각의 희로애락이 있고, 각각의 이름이 있고, 각각의 쓰임이 있다는 것. 천지는 미물들의 아우성으로 들끓는다는 것. 이옥은 그들 사이에서 길을 잃는다. 17세기 화가 벨라스케스Diego Velazquez는 쉰 살이 된 후 "공기와 땅거미처럼 물질세계를 관통하며 떠돌았다. 그림자들의 가물거림 속에서 …… 색채의 뉘앙스를 부지불식간에 포착했다."(엘리 포르) 그래서 벨라스케스가 그린 사물들은 덜그럭거리며 저마다의 고유한 소리를 만들어 낸다. 그의 그림 속에서는 유리와 천과 도자기와 나무와 쇠의 웅성거림이 들린다. 예술은 이처럼 표상을 버리고 사물의 세계 속으로 잠입하는 활동이다. 어느 시인의 말대로, "한 다발의 꽃을 사고한다는 것은 그것에 눈길을 주고 그것을 호흡하는 것"(페르난두 페소아)이다.

천지만물과 교감하기 위해서는 우선 인간이라는 위치를 망각해야 한다. 우리는 인간, 지식인, 남자/여자, 아이/어른 등의 위치를 통해 세상을 보는 관점을 구성한다. 다시 말해 좌표화된 '주체'의 자리에서 세계를 조망한다. 그리고 그렇게 조망한 세계가 유일한 세계의 모습일 거라고 확신한다. 하지만 이거야말로 엄청난 착각이다. 고정된 좌표를 벗어나 관점을 다수화하면 의미의 빗장이 풀리면서 세계의 역동적 전체상이 모습을 드러낸다. 흡사 입체주의 화면처럼, 우리가 안다고 믿었던 실체의 모습은 사라지고 대신 관점에 따라 다른 형상으로 구성되는 무수한 파편들의 세계가 나타나는 것이다. 그 순간, 나 역시 그 세계의 일부가 된다. 니체는 '더 멀리 가는 자는 헤매는 자'라는 크롬웰의 말을 좋아했다고 한다. 길을 잃어버리고 헤매는 자만이 길을 찾을 수 있다. 마찬가지로, 자신을 잊어버리고 세계 속에서 헤매는 자만이 자신을 찾을 수 있는 법이다. 글쓰기는 기꺼이 자신을 잊는 것, 기꺼이 헤매는 것, 모든 예측불가능성과 불안정성을 기꺼이 긍정하는 것에서 시작된다.

이옥의 글에서는 세계를 구성하는 것들의 웅성거림들이 들린다. 존재하는 것들의 모든 꿈틀거림이 그 안에 있다. 그는 세상의 모든 미물微物에 감응한다. 삶의 흐름에 뿌리를 내린 채, 깊이도 높이도 없이, 표면 위에 펼쳐지는 미물들의 삶을 주시한다. 세상에서 가장 덤덤한 저항. 그리고 세상에서 가장 유머러스한 저항! 장중하고 거대하고 이상적인 것들이 작고 하찮은 것들에 무기력하게 당하는 걸 볼 때 발생하는 것이 웃음이기 때문이다. "유동적인 것들, 대부분의 살아 있는 것들, 커뮤니케이션들, 관계들, 이 모든 것들은 단단하지 않다. 이들은 부서지기 쉽고, 어쩔 줄 모르고, 유동적이고, 조금 이는 바람에도 날아가 버릴 것 같은 것들이고, 사라지려 하고, 무로 돌아가려 하는 것들이다."(미셸 세르) 모든 것은 이 약함, 이 하찮음, 이 꿈틀거림으로부터 태어난다!

나그네는 길에서도 쉬지 않는다
—형용사적 세계, 부유하는 시선

김홍도金弘道라는 이름 석 자와 그가 그린 그림 한 편쯤 모르는 이는 없다. 그 역시 정조 시대의 사람이다. 우리는 그를 흔히 '풍속화가'쯤으로 알고 있지만, 사실 풍속화를 그린 건 잠깐에 불과하다. 김홍도는 산수화, 인물화, 화조·영모화에 이르기까지 거의 전 장르의 그림에 능했던 '전천후' 화가로, 일찍이 영조와 정조 어진도사御眞圖寫에 화사로 참여했고, 화원으로서 각종 의궤 제작 작업에 참가한 어용화사였으며, 1788년에는 정조의 어명으로 금강산 사생기행을 다녀오기도 했다. 그는 어떤 장르를 그리더라도 세부를 놓치는 법이 없다. '디테일의 대가'라고나 할까. 전체 구도를 흩뜨리지 않으면서도, 전체는 결국 세부와 더불어 형성된다는 사실을 잊지 않는다.

씨름, 서당 등의 장면을 담은 풍속화가 실린 『풍속화첩』風俗畵帖은 30대 후반의 작품이다. 서유구徐有榘의 기록에 따르면, "김홍도는 여항에서 벌어지는 이속의 일을 그렸으니, 무릇 시정의 유곽, 행장 차림의 여행객, 땔나무를 팔고 오이를 파는 모습, 스님, 비구니 그

김홍도의 「기로세연계도」(耆老世聯契圖, 부분) 「기로세연계도」는 1804년(순조 4) 송도(松都) 만월대(萬月臺) 아래에서 있었던 기로세연계회의 장면을 실사한 것이다. 기로세연계회란 국가에서 고로(古老)를 위해 베푼 연회를 말한다. 문장가의 능력이 사물 하나하나에 최적의 언어를 부여하는 것이라면, 화가의 능력은 어떤 사물이나 사건을 대체불가능한 '바로 그 이미지'로 표현하는 것일 터. 잔치가 벌어지는 현장 주변으로 모여든 각양각색의 인물 군상을 보라. 하나하나의 몸짓이 생생하게 살아 있다.

김홍도의 「씨름」(왼쪽)과 「서당」(오른쪽) 김홍도의 풍속화에는 상황에 필요한 핵심적 요소를 제외하면 일체의 배경이 생략되어 있다. 그렇기 때문에 상황 속 인물들의 몸짓과 표정이 더욱 효과적으로 부각된다. 씨름 장면에서 관객의 표정을 보라. 누가 누구를 응원하는지가 확연하게 드러난다. 또 서당 장면에서는 가운데 혼나는 아이를 두고 동학들이 짓는 표정이 각양각색이다.

리고 여신도들의 행색, 봇짐지고 구걸하는 걸인, 형형색색으로 모두 제각기 공교로움을 다하여 부녀자와 어린아이도 한 번 이 화권을 펼치면 입이 딱 벌어지지 않는 이가 없었다"(『임원경제지』林園經濟志, 「동국화첩」東國畵帖)고 한다. 생의生意로 가득 찬 현실세계를 김홍도만큼 탁월하게 포착한 이는 또 없다. 『풍속화첩』에 실린 그의 풍속화가 어떤 정서를 자아낸다면, 그건 단지 소재 때문이 아니라 인물의 표정과 몸짓이 드러내는 생동감 때문일 것이다. 인물 하나하나가 짓는 독특한 표정 덕분에 화폭에 펼쳐진 사건의 현장감은 배가된다. 문장가의 능력이 사물 하나하나에 최적의 언어를 부여하는 것이라면, 화가의 능력은 어떤 사물이나 사건을 대체불가능한 '바로 그 이미지'로 표현하는 것일 터. 씨름 장면에서 두 선수를 응원하는 관객들의 표정이라든가, 서당 장면에서 가운데 혼나는 아이를 두고 짓는 동학들의 표정을 보면, 그 어느 하나 밋밋한 게 없다. 문장으로 치면, 김홍도가 그려 낸 형상은 고문을 답습하지 않고 자신이 보고 느낀 "참 그대로의 정"을 담은 문장이라 할 수 있겠다.

예술가의 눈은 세계를 뭉뚱그려서 보지 않는다. 기존의 관념이나 습관적 지각은 차이로 가득한 세계에서 불변하는 것들, 단단한 것들, 사물의 윤곽들을 추상해 낸다. 그것은 보는 대로의 세계가 아니라 보아야 하는 대로의 세계, 아는 대로의 세계다. 그러나 예술가는 인식하는 대신 '느낀다'. 어떤 인식과 판단도 없이 그저 '본다'. 완결된 것도, 영속적인 것도, 확정적인 것도 없는 세계의 실상을 보고, 그것을 즉각적으로 포착한다. 말하자면 그들은 "대상에 가까이 다가가 좌표 없이 매끈한 공간 속에서 길을 잃는 자들"(들뢰즈)이다. 니체가 그랬던가. 우리가 사물에 관해 더 많은 감정으로 하여금 말하게 하고, 더 많은 눈으로 관찰하게 하면 할수록 우리의 '객관성' 또한 완벽해진다고. 예술가란 '하나의 올바른' 관점을 갖는 자들이 아니라 여러 개의 관점을 가지고 사물들 사이를 주파하는 자다.

박제가의 「해렵부」海獵賦는 1773년 동해에서 고기잡던 이야기를 바탕으로 지은 부다. 물고기를 잡아서 놓고 보니 어종의 다양함이 도경을 능가하더라는 것. 문득 저 바닷속의 풍경을 들여다보고 싶다는 욕망에 이끌리면서, 박제가는 인간의 비좁은 안목을 탄식한다.

비루한 선비는 상어와 전갈의 눈깔만 봐도 눈이 휘둥그레지고, 고래가 우는 소리도 들어 보지 못했을 것이다. 그런 이들은 "눈에 익으면 용이나 코끼리도 그리 괴상한 사물이 아니고, 처음 보면 새우조차도 놀라운 사물이 된다는 진리"를 알 턱이 없다. 때문에 사물이 다르면 비웃거나 천시하고, "자그마한 마음을 가지고 헤아릴 수 없는 깊이를 엿보고, 하나로 정해진 견해를 가지고 무궁한 변화를 논하려 한다." 물의 관점에서 물고기를 볼 수 있다면, 또 물고기의 관점에서 인간을 볼 수 있다면, 지금 우리가 믿고 있는 것이 그때도 여전히 옳다고 할 수 있을까. 자신의 견해를 떠나 다른 것들의 관점으로 세계를 보면, 세계는 천변만화千變萬化의 황홀경이다.

세계에 동일한 건 있을 수 없다. 어떤 두 개도, 어떤 두 순간도 동일하지 않다. 같은 밤도 마음에 따라 다르고, 같은 꽃도 하루의 시간에 따라 다르다. 잠도 오지 않는 밤, 경금자는 아이 종을 불러 겨울밤이 길다고 한탄한다. 그러자 아이 종은, 친구와 놀면서 지새는 자의 밤, 노름에 잃은 사람이 탄식하는 밤, 젊은 연인들의 밤, 다음 날 장사를 준비하는 장사치들의 밤, 업무에 시달리는 대부들의 밤, 밤새 과거공부하는 선비들의 밤, 내관內觀 수행을 하는 지인至人의 밤을 쭉 나열한다. 당신에게나 밤이 길 뿐이지, 이들의 밤이 당신의 밤과 같겠느냐고 반문하는 아이 종. 과연, 같은 시간을 사는 것 같아 보여도 모두의 경험이 다르기 때문에 '살아지는 시간'은 모두 다르며, 같은 공간에 있다 해도 각자의 신체가 공간 속에서 느끼는 강도와 분출하는 에너지는 상이하다. 그러므로 '하나의 밤', '하나의 행복', '하나의 옳음'에 대해 말하는 것은 불가능하다. 이처럼 매 순간 다르게 존재하는 것들을 하나의 동일한 언어로 표현하는 것은 세계에 대한 불경不敬이라고 생각했던 걸까. 유배의 와중에 창구멍으로 내다본 세모의 저잣거리 풍경을 이옥은 이렇게 묘사한다.

> 소와 송아지를 몰고 오는 사람, 소 두 마리를 몰고 오는 사람, 닭을 안고 오는 사람, 문어를 들고 오는 사람, 멧돼지 네 다리를 묶어 짊어지고 오는 사람, 청어를 묶어 들고 오는 사람, 청어를 엮어 주렁주렁 드리운 채 오는 사람, 북어를 안고 오는 사람, 대구를 가지고 오는 사람, 북어를 안고 대구나 문어를 가지고 오는 사람, 잎담배를 끼고 오는 사람, 미역을 끌고 오는 사람, 섶과 땔나무를 매고 오는 사람, 누룩을 지거나 이고 오는 사람, 쌀자루를 짊어지고 오는 사람, 곶감을 안고 오는 사람, 종이 한 권을 끼고 오는 사람, 접은 종이 한 폭을 들고 오는 사람, 대광주리에 무를 담아 오는 사람, 짚신을 들고 오는 사람, 미투리를 가지고 오는 사람, 큰 노끈을 끌고 오는 사람, 목면포로 만든 휘장을 묶어서 오는 사람, 자기磁器를 안고 오는 사람, 동이와 시루를 짊어지고 오는 사람, 돗자리를 끼고 오는 사람, 나뭇가지에 돼지고기를 꿰어 오는 사람, 강정과 떡을 들고 먹고 있는 어린아이를 업고 오는 사람, 병 주둥이를 묶어 휴대하고 오는 사람, 짚으로 물건을 묶어 끌고 오는 사람, 버드나무 상자를 지고 오는 사람, 광주리를 이고 오는 사람, 바가지에 두부를 담아 오는 사람, 사발에 술과 국을 담아 조심스럽게 오는 사람,

머리에 인 채 등에 지고 오는 여자, 어깨에 무엇을 얹은 채 어린아이를 이고 오는 남자, 머리에 이고 다시 왼쪽에 물건을 낀 사람, 치마에 물건을 담고 옷섶을 잡고 오는 여자, 서로 만나 허리를 굽혀 절하는 사람, 서로 이야기를 나누는 사람, 서로 화를 내며 발끈하는 사람, 손을 잡아끌어 장난치는 남녀, 갔다가 다시 오는 사람, 왔다가 다시 가는 사람, 갔다가 또다시 바삐 돌아오는 사람, 넓은 소매에 자락이 긴 옷을 입은 사람, 소매가 좁고 짧으며 자락이 없는 옷을 입은 사람, 방갓에 상복을 입은 사람, 승포와 승립을 한 중, 패랭이를 쓴 사람 등이 보인다.(『봉성문여』, 「시기」市記)

그림으로나 그릴 수 있을 법한 세계, 영화로 치면 현란한 카메라 워킹으로나 표현할 수 있을 법한 세계다. 이옥의 시선은 어느 하나에 고정됨 없이 사물들 사이를 유영遊泳한다. '연말 저잣거리가 새해맞이를 준비하는 이들로 북새통을 이뤘다'라고 하면 될 것을, 이옥은 굳이 그들의 차림새와 행동거지 하나하나를 일일이 열거한다. 저 사람과 이 사람이 같지 않다면 그 둘을 표현하는 글자도 달라야 한다. 다른 존재에게는 다른 언어를! 이뿐인가. 송광사에 들러 본 오백 나한전에 대한 묘사는 시선이 따라가기조차 벅찰 지경이다.

나한전을 보니 나한은 오백을 헤아리는데, 눈은 물고기 같은 것, 속눈썹이 드리운 것, 봉새처럼 둘러보는 것, 자는 것, 불거진 것, 눈동자가 튀어나온 것, 부릅뜬 것, 흘려보는 것, 곁눈질하며 웃는 것,

닭처럼 성내며 보는 것, 세모난 것이 있고, 눈썹은 칼을 세운 듯 꽂꽂한 것, 나방의 더듬이 같은 것, 굽은 것, 긴 것, 몽당비 같은 것이 있고, 코는 사자처럼 쳐들린 것, 양처럼 생긴 것, 매부리처럼 굽은 것, 주부코인 것, 밋밋한 것, 납작코인 것, 대롱을 잘라 놓은 듯한 것이 있고, 입은 입술이 말려 올라간 것, 앵두 끝처럼 생긴 것, 말주둥이 같은 것, 까마귀 부리 같은 것, 호랑이 입 같은 것, 비뚤어진 것, 물고기처럼 뻐끔대는 것이 있고, 얼굴은 누런 것, 약간 파란 것, 붉은 것, 분처럼 흰 것, 복사꽃 같은 것, 불그레한 것, 밤색인 것, 기미 낀 것, 사마귀 있는 것, 마비된 듯한 것, 어루러기가 돋은 것, 혹이 난 것이 있으며, 물고기 눈에 사자코를 한 것, 양 코에 눈썹이 드리운 것, 사자 코에 부릅뜬 눈에 호랑이 입을 한 것이 있다. 눈이 같으면 코가 다르고, 코가 같으면 입이 다르고, 입이 같으면 얼굴빛이 다르며, 모두 같으면 키와 체구가 다르고, 키와 체구가 같으면 자세가 다르다. 혹은 서고, 혹은 앉고, 혹은 숙이고, 혹은 옆의 것과 가깝고, 혹은 왼쪽을 돌아보고, 혹은 오른쪽을 돌아보고, 혹은 남과 이야기하고, 혹은 글을 보고, 혹은 글을 쓰고, 혹은 귀를 기울이고, 혹은 칼을 지고, 혹은 어깨를 기대고, 혹은 근심하는 듯 머리를 떨어뜨리고, 혹은 생각하는 듯하고, 혹은 기쁜 듯 코를 쳐들고 있으며, 혹은 선비 같고, 혹은 환관 같고, 혹은 아녀자 같고, 혹은 무사 같고, 혹은 병자 같고, 혹은 어린애 같고, 혹은 늙은이 같아서 천 명이 모인 모임, 만 명이 모인 저자처럼 제각각이다.(「남정십편」 중 '사관'寺觀)

송광사 나한전 무려 오백 개의 나한상들 중 어느 둘도 같은 표정이 없다. 보통 사람 같으면 한 번 쓱 훑고 '나한상이 많다'고 일반화할 것을, 이옥은 상 하나하나의 차이를 기가 막히게 끄집어내어 언어화한다. 모든 사물은 우리 눈앞에 항상 처음으로 출현한다는 사실을 이옥의 글쓰기는 보여 준다.

나한상이 오백 개인 게 그나마 다행이라면 다행. 이옥의 글을 읽을 땐, 그가 나한상 하나하나를 '아이컨택'하는 모습을 상상하면서, 우리도 그의 시선을 따라 꼼꼼하게, 하나도 놓치지 않고 읽어 줘야 한다. 그게 이옥의 글을 읽는 예의일 것이다. 이것은 지금 이 순간 '오로지 이것임'으로 존재한다는 사실을 이옥은 놓치지 않는다. 어떤 위계도 없는 세계, 모두가 일인자인 세계 속에서 이옥은 차이나는 것들에게 그것만의 언어를 선물하고 싶어한다. 하지만 진정한 차이는 이것과 저것의 차이가 아니라, 시공간과 더불어 끊임없이 생성되는 차이 그 자체다.

아침 꽃은 어리석어 보이고, 한낮의 꽃은 고뇌하는 듯하고, 저녁

> 꽃은 화창하게 보인다. 비에 젖은 꽃은 파리해 보이고, 바람을 맞이한 꽃은 고개를 숙인 듯하고, 안개에 젖은 꽃은 꿈꾸는 듯하고, 이내(해질 무렵의 푸르스름한 기운) 낀 꽃은 원망하는 듯하고, 이슬을 머금은 꽃은 뻐기는 듯하다. 달빛을 받은 꽃은 요염하고, 돌 위의 꽃은 고고하고, 물가의 꽃은 한가롭고, 길가의 꽃은 어여쁘고, 담장 밖으로 뻗어 나온 꽃은 손쉽게 접근할 수 있고, 수풀 속에 숨은 꽃은 가까이하기가 어렵다.(「화설」花說)

같은 꽃이라도 때에 따라 같지 않고, 장소에 따라 같지 않다. 모든 사물은 우리 눈앞에 항상 '처음으로' 출현한다. 모네의 루앙 대성당이나 수련 시리즈를 떠올리게 하는 대목이다. 우리의 지성은 편의상 시간과 시간, 공간과 공간, 사물과 사물 사이에 경계를 부여하지만, 사실 시간이나 공간은 물론 존재하는 모든 것들은 다양한 질質들의 공존으로서 정의할 수 있다. 예컨대, 봄은 무엇인가? 겨울과 봄, 봄과 여름의 경계는 어디인가? 대답이 불가능한 이유는, 봄의 실체가 따로 있는 게 아니기 때문이다. 봄은 어떤 상태들의 복합체로서, 즉 꽃이 피고, 황사가 오고, 건조하고, 바람이 부드럽고, 햇살이 따사롭고…… 등등의 상태들이 공존하는 다양체로서 규정된다. 그러나 이 특질 또한 절대적으로 규정되는 건 아니다. 어떤 봄날엔 때아닌 눈이 오고, 아직 필 때가 안 된 꽃이 피기도 하고, 한여름처럼 덥기도 하다. 그래도 그게 봄이 아니라고 할 수는 없는 노릇이다. 또 누구는 봄바람에 마음이 설레지만, 누구는 봄날에서 무상함을 느낀다. 봄도 천태만상이요, 그걸 느끼는 자의 정서와 감정도 천차만별이다. 뉘앙스 혹은 차이로서의 존재들. 때문에 '꽃의 본질' 같은 건 없을뿐더러, 꽃이 불러일으키는 정서 또한 딱 꼬집어 규정할 수 없다. 특정한 하나를 본질로 추상하는 순간, 그걸 중심으로 현상들은 위계화된다. 이게 우리가 보편성의 이름으로 차이의 우선성을 은폐하는 방식이다. 하지만 사물의 보편성이나 정체성은 차이들로부터 추상되는 '효과'인 것이지 차이들을 흡수하고 조정하는 본질이 아니다. 나와 물物이 만날 수 있는 건 그 어느 것도 불변하는 본질을 갖지 않기 때문이다. 나도 물도 하나의 현상으로서 시간과 함께 펼쳐지기 때문이다.

아! 저 까마귀를 보면 깃털이 그보다 더 검은 것은 없다. 그러다가 홀연 유금빛으로 무리지고, 다시 석록빛으로 반짝인다. 해가 비치면 자줏빛이 떠오르고, 눈이 어른어른하더니 비췻빛이 된다. 그렇다면 내가 비록 푸른 까마귀라고 해도 괜찮고, 다시 붉은 까마귀라고 말해도 또한 괜찮을 것이다. 저가 본디 정해진 빛이 없는데, 내가 눈으로 먼저 정해 버린다. 어찌 그 눈으로 정하는 것뿐이리오. 보지 않고도 그 마음으로 미리 정해 버린다.

아! 까마귀를 검은빛에 가둔 것도 충분한데, 다시금 까마귀를 가지고서 천하의 온갖 빛깔에다 가두었구나. 까마귀가 과연 검기는 검다. 그러나 누가 다시 이른바 푸르고 붉은 것이 그 색 가운데 깃든 빛인 줄을 알겠는가. 검은 것을 일러 어둡다고 하는 자는 단지 까마귀를 알지 못하는 것일 뿐 아니라 검은 것도 알지 못하는 것이다. 어째서 그런가? 물은 검기[玄] 때문에 능히 비출 수가 있고, 칠[漆]은 검은[黑] 까닭에 능히 거울이 될 수가 있다. 이런 까닭에 빛깔 있는 것치고 빛이 있지 않은 것이 없고, 형상이 있는 것에 태가 없는 것은 없다.(박지원, 「능양시집 서」菱陽詩集序)

연암이 말한 대로, 우리는 '미리 정한' 마음과 눈으로 세상을 본다. 하여, 시시각각 변태變態하는 차이들을 놓친다. 연암은 이처럼 언어의 경계 안에서 오로지 비슷한 것만을 지각하려는 획일적 사고의 어리석음을 꾸짖는다. 내가 '천지만물의 상서象序'라면 만물과 함께 나도 흘러야 할 것이고, 문장이 만물을 담는 것이라면 문장 또한 만물과 함께 끊임없이 쇄신되어야 할 것이다. 문장가의 임무는 상象의 천변만화를 포착해서 그것을 언어로 붙드는 일이다. "상이 변하기에 따라서는 설중의 파초라고도 할 수 있고 경지가 바뀌기에 따라서는 겨자씨 속의 수미산 이라고도 할 수 있는 것이니, 어찌 일정하게 안배해서 고정시키는 것으로 일을 삼겠는가."(이덕무, 『이목구심서』) 문장의 도는 벌레의 촉수와 꽃의 꽃술, 돌과 새깃, 구르는 돌맹이에도 있다. 매난국죽처럼 영원불멸하는 속성을 지닌 것들만이 특권을 누리는 것이 아니라 매 순간 그 빛과 태를 바꾸는 것들, 꿈틀거리는 미물들이야말로 각각 가장 완전한 방식으로 우주의 비의를 드러낸다. 천지자연의 변화에서 항구성과 불멸성을 추상화는 대신, 이옥은 변이하는 천지만물 각각의 성性과 색色과 상象과 성聲에 감응하여 그것을 천지만물 각각의 언어로 돌려준다. 이렇게 되면, 기존의 문체를 떠날 수밖에 없는 건 당연한 이치다. 마네와 모네가 고전주의를 버린 건, 고전주의의 언어로는 '순간의 빛'을 표현할 수 없었기 때문이다. 세잔과 반 고흐가 인상주의를 떠난 건, 인상주의의 언어로는 오로지 '순간'밖에 표현할 수 없었기 때문이다. 관점이 다양해지고 보는 세계가 달라지면 언어도 달라진다.

기존의 고정된 인식틀과 수사학적 배치 속에서는 차이를 논할 수 없다. 보도록 하는 것만을 보고 느끼도록 하는 것만을 느끼기 때문이다. 하지만 목마른 자의 절실함으로 현장에 서게 되면 그 장에서 펼쳐지는 온갖 아우성이 들리고, 차이들이 만들어 내는 천태만상이 보이는 법. 뭍 사이를 주파하며 다양한 열정의 속도와 거리를 경험한 이의 문장은 그만큼의 강도를 내포하게 된다. 이옥은 여행을 가서든 유배를 가서든, 잡초를 뽑든 담배를 심든, 자신이 처한 현장에서 시선을 떼는 법이 없다. 바로 눈앞에서 총천연색의 삼라만상이 펼쳐지는데, 이를 두고 어디서 도를 구할 것인가. 아니, 이옥은 도를 구할 생각이 없다. 그저 목마른 사람처럼, 붓을 들어 쓰고 또 쓴다.

이옥이 기술한 세계는 명사가 아니라 형용사와 동사의 세계다. 명사는 동일성을 갖는 개체지만, 형용사와 동사는 그 동일성을 부수고 개체성을 와해시킴으로써 명사를 동요하게 만든다. 그는 고정된 무엇(명사)에 시선을 고정시키는 대신, 무엇이 되어 가고 있는 혹은 무엇을 하고 있는 중인 세계 속에서 떠돈다. 물[水]은 그것이 부단하게 흐르기 때문에 물이고, 꽃은 시공간과 더불어 매번 다른 아름다움으로 펼쳐지기 때문에 꽃이다. 그리고 나는, 내 자리를 벗어나 사물과 새로운 관계맺기에 진입하기 때문에 나다. 그의 시선은 사물에 도취한 채 부유한다. 소품문에 드러난 이 '정처없는 시선'을 정조는 초噍, 섬纖, 촉促, 조佻, 박薄, 경輕, 교巧, 기奇, 첨尖, 험險, 분憤 등의 부정적 단어로 낙인 찍었던 것. 그러나 기교가 많고 경박하고 자질구레하고 가볍고 들뜨고 방정맞다는 이런 평가야말로 어디에도 안착하지 않는 시선, 정박함 없이 표류하는 사고와 정서의 본질을 적나라하게 보여 주는 것인지도 모른다.

1792년 문체 사건으로 정조에게 '찍힌' 다음 해, 이옥은 김려 형제와 함께 북한산을 다녀온 후 산수유기 한편을 남겼다. "가을 기운이 사람의 폐부에 스며들고 성시城市에서의 나날이 울울하고 즐겁지 않아" 이루어진 산행의 기록을 담은 『중흥유기』重興遊記가 그것. 총 15제 47칙으로 이루어진 『중흥유기』는 각 칙이 50자 내외의 단문으로 이루어진, 소품체의 유기遊記다. 웃음이 난다. 그렇게 혼이 나고도, 반성은커녕 보란 듯이 소품체로 유기를 짓는 이옥의 배짱에. 형식과 내용은 더욱 파격적이다. 유기는 일반적으로 자연에서 느낀 감흥을 도학적 차원에서 표현하는 것이 일반적인데, 『중흥유기』는 산행 준비에 관한 내용과 오가며 사람들과 놀고 즐긴 에피소드가 주를 이룬다. 자연 속에서 이치를 발견하는 유기를 정말 '놀았던 이야기'遊記로 바꿔 버린 거다.

바람은 잔잔하고 이슬은 정결하니 8월은 아름다운 계절이고, 물은 흘러 움직이고 산은 고요하니 북한산은 아름다운 경지境地이며, 개제순미豈弟洵美한 몇몇 친구는 모두 아름다운 선비이다. 이런 아름다운 선비들로서 이런 아름다운 경계에 노니는 것이 어찌 아름다운 일이 아니겠는가. 자동紫峒을 지나니 경치가 아름답고, 세검정에 오르니 아름답고, 승가사의 문루에 오르니 아름답고, 문수사의 문에 오르니 아름답고, 대성문에 임하니 아름답고, 중흥사 동구에 들어가니 아름답고, 용암봉에 오르니 아름답고, 백운대 아래 기슭에 임하니 아름답고, 상운사 동구가 아름답고, 폭포가 빼어나게 아름답고, 대서문 또한 아름답고, 서수구가 아름답고, 칠유암이 매우 아름답고, 백운동문白雲峒門과 청하동문青霞峒門이 아름답고, 산영루가 대단히 아름답고, 손가장이 아름다웠다.

정릉 동구가 아름답고, 동성東城 바깥 모래펄에서 여러 마리 내달리는 말을 보니 아름답고, 삼 일 만에 다시 도성에 들어와 취렴, 방사, 홍진, 거마를 보게 되니 더욱 아름다웠다. 아침도 아름답고 저녁도 아름답고, 날씨가 맑은 것도 아름답고 날씨가 흐린 것도 아름다웠다. 산도 아름답고 물도 아름답고, 단풍도 아름답고 돌도 아름다웠다. 멀리서 조망해도 아름답고 가까이 가서 보아도 아름답고, 불상도 아름답고 승려도 아름다웠다. 아름다운 안주가 없어도 탁주가 또한 아름답고, 아름다운 사람이 없어도 초가樵歌가 또한 아름다웠다.

요컨대 그윽하여 아름다운 곳이 있고 밝아서 아름다운 곳도 있었다. 탁 트여서 아름다운 곳이 있고 높아서 아름다운 곳이 있고, 담담하여 아름다운 곳이 있고 번다하여 아름다운 곳이 있었다. 고요하여 아름다운 곳이 있고, 적막하여 아름다운 곳이 있었다. 어디를 가든 아름답지 않은 곳이 없고, 누구와 함께하든 아름답지 않은 곳이 없었다. 아름다운 것이 이와 같이 많을 수 있단 말인가.

이자는 말한다. 아름답기 때문에 놀러왔다. 아름답지 않다면 오지 않았을 것이다.(「중흥유기 총론」)

『중흥유기』 맨 뒤에 실린 '총론' 전문全文이다. 원문에 '아름다울 가佳' 자가 무려 52차례 등장하니, 이쯤 되면 가히 '탐미주의'의 절정이라 이를 만하다. 도학이나 고문체에 대한 강박은 어디에서도 찾아볼 수 없다. 이옥은 '아름다운 것들'에 대해 말하는 게 아니라 세계 속에서 표현되는 아름다움 자체, 곳곳에서 시시각각 드러나는 아름다움에 대해 말한다. 그래서일까. 모든 것이 아름답다고 하는데도, 이 글은 묘하게 애상적이다. 이래도 아름답고 저래도 아름답다고 하는 것이, 마치 아름다움이란 무상하다는 얘기처럼 들린다. 거기에 산이 있고 물이 있어서가 아니라 오로지 '아름답기 때문에' 놀러왔다고 할 때, 또 한편으로 이 말은 이내 스러져 버릴 아름다움에 대한 엘레지처럼 들린다. 이옥이 표현하고 싶었던 건 뭐였을까? 대상이 아니라 대상의 무상성, 대상이 자아내는 정서의 덧없음, 그리고 삶의 부유성浮游性 같은 게 아니었을까. 소품문체를 쓰면 가만두지 않겠다는 엄포에도 굴하지 않고, 보란 듯이 자아를 잊고 헤매는 이옥에게 경배를!

하늘과 땅 사이에 가득 찬 모든 것이 다 시입니다. 사계절은 변화하고, 온갖 소리는 웅성거리는데 그 몸짓과 빛깔 그리고 소리와 장단은 자유자재합니다. 어리석은 자는 그런 현상을 깨닫지 못하지만 지혜로운 자는 그 현상을 받아들입니다. 따라서 다른 작가의 주둥이에서 나오는 말이나 우러러보고, 케케묵은 종이쪽지에서 근거 없는 찌꺼기나 줍는 글쟁이들이야말로 근본에서 너무도 많이 벗어났다고 하겠습니다.(박제가, 「형암선생시집 서」)

시인은 형해화된 기억이나 도그마가 되어 버린 앎에서 출발하는 대신 하늘과 땅 사이에 가득 찬 소리에 귀기울이고, 소용돌이치는 흐름에 자신을 내맡긴다. 시인이 시를 쓰는 게 아니라, 천지자연에 가득찬 기운이 시인을 통해 언어로 육화된다.

다시, 문체란 무엇인가. 이옥은 왜 자신의 문체를 버릴 수 없었는가. 보라는 대로, 봐야 하는 대로 볼 수 없었기 때문이다. 그는 카메라를 든 사나이처럼 잠시도 머물지 않고 사물과 사람들 사이를 부유한다. 아주 가까이, 때론 아주 멀리. 아주 빨리, 때론 아주 느리게. 인간의 시선을 떠나 세상 모든 것들의 시선으로 세상을 보기. 그의 몸짓이, 그의 부유하는 시선이 그의 언어로 터져 나온다. 문체란 이런 식으로, "세계가 우리에게 나타나는 방식 속에 들어 있는 질적인 차이를 드러내는 것이다."(프루스트) 그러므로, 차라리 세속의 모든 영락榮樂을 포기할지언정 문체만은 포기할 수 없었던 것이다.

『연경』,
만국의 흡연자들에게 보내는 우정의 서書

바야흐로 금연 '강요'하는 시대다. 따지고 보면, 흡연보다 건강에 해로운 건 많고도 많다. 타인에게 직간접적으로 건강에 악영향을 끼치는 것으로 말하자면, 스트레스를 유발하는 일체의 말과 몸짓, 제도도 금지시켜야 맞다. 과도한 치장, 과도한 소비, 폭식, 폭음 등등. 그런데 모든 '죄악'을 담배가 떠맡고 있는 듯한 형국이다. 금연 광고를 보면, 흡연자가 무슨 죄인이라도 되는 듯이 기피되고 증오된다. 나 같은 비흡연자가 보기에도 이건 확실히 좀 부당하다.

쾌락을 부추기고 생산하는 이 소비주의 시대에 특정 쾌락이 금지당한다는 사실은 역설적이지만, 따지고 보면 권력은 늘 쾌락을 관리, 조절하는 방식으로 작동하는 법. 사실 모든 쾌락은 얼마간 자기파괴적이다. 베르그손이 멋지게 정의했다시피, 쾌락이란 신체의 어떤 기질이 기울어지는 운동으로서, 쾌락의 정도는 다른 감각을 거부하고 거기에 빠져 버리는 신체의 무기력과 연관되기 때문이다. 폭식이든 흡연이든 음주든 마약이든 그런 점에서 다를 바가 없다. 그런데 어떤 쾌락은 보호되고 부추겨지는 반면, 오직 흡연의 쾌락만이 백해무익하고 자해적인 것으로 금지된다는 사실은 분명 모순적이다. 하여, 이옥에 기대어 만국의 흡연자들을 조금 옹호하고 싶어졌다. 나는 이옥의 『연경』烟經을, 오늘날 '건강의 적'으로 부당하게 낙인 찍힌 만국의 흡연자들에게 보내는, 과거로부터 날아온 우정의 서書로 읽으려 한다.

『연경』은 글자 뜻 그대로 '담배 경전'이다. 오죽 담배를 좋아했으면, 담배에 감히 '경'經이라는 제목을 달았을까. 사실 이 시기에 중국에서 수입된 서적 중에는 '경'이라는 제목을 단 것들이 꽤 흔했다. 꽃, 물고기, 문방구, 음식 등에 관한 전문서적들에 '경'이라는 이름을 붙여, 사물에 대한 일종의 '백과사전'을 엮어 내는 것이 유행이었던 것. 성인의 말씀을 담은 '절대진리서'에나 붙는 '경'이라는 글자를 시시콜콜한 정보지에 붙인 것도 충분히 불경한 노릇인데, 이옥은 『연경』의 챕터 첫머리마다 주희나 공자의 말을 인용하고 있으니, 그게 설령 그의 진심이었다 해도, 결과적으로는 '경전'에 대한 패러디를 함축하게 된다.

『연경』은 서문 외 총 4권으로 구성되었고, 각 권의 내용은 연초 재배, 담배의 유래와 성질, 담배도구, 담배의 쓰임이다.

> 여기서 옛사람이 만물에 대하여 진실로 기록할 만한 좋은 점이 한 가지라도 있으면, 그 물건이 보잘것없다고 해서 버려 두지 않고, 그 숨겨진 것을 수집·열거하고, 그 속에 포함된 것을 밝게 드러내

> 면서, 모아서 책으로 만들어 후대에 가르침을 주지 않음이 없었음을 알 수 있다. 그것은 온갖 미물이라도 보잘것없고 초라한 것들을 밝게 드러내어 천하 후세의 사람들과 그 쓰임을 공유한 것이다. 그 뜻이 어찌 일시적인 붓장난墨之戲에 불과하겠는가.(『연경』, 「서문」)

일상생활의 먹고 마시는 일이나 이름난 꽃과 과실 등 그 위계를 가리지 않고 기록할 만한 것은 차별없이 모두 기록한다! 이게 이옥의 글쓰기 원칙이다. 혹자는, 할 일이 없으니 쓸데없는 데 빠져 '붓장난'이나 한다고 비난할지 모르지만, 이옥에게는 모든 글쓰기가 절실한 문제였다. 이옥은 이어 담배의 역사를 기술하고, 뒤이어 담배가 전해진 지 200년이 되어 그 재배법과 제조법, 품질과 기교, 운치가 공교로워졌는데도 아직 담배에 관한 책이 없음을 개탄한다. "아마도 자질구레하고 쓸모없는 사물은 문인들이 종사하기에 부족하다고 생각해서인가?" 아, 이건 물론 핑계다. 『연경』의 출발은 이옥의 담배벽이다. "이에 스스로 비웃음을 두려워하지 않고 되는 대로 엮었으니, 성글고 거칠어 진실로 그윽하고 신비로운 면을 들추어내지 못했으나, 그 기록한 뜻으로 말하자면 『주록』酒錄·『화보』花譜의 종류와 비슷하다고 할 수 있을 것이다"라며 자못 득의양양하는 걸 보면, 그의 담배 사랑이 어느 정도였는지를 가늠할 수 있다.

『연경』 1권은 연초 재배법에 대한 설명으로, 연초 재배는 총 17단계로 이루어진다. '담배의 유래와 성질'을 기술한 2권은 담배의 유래에서 별칭, 전설, 효능, 품질, 가격, 담배 피우는 법 등등 19항목

김홍도의 「담배 썰기」 "저자 사람들은 작두를 쓰고 일반 사람들은 칼을 쓴다. 회를 치듯이 써는데 가늘수록 좋아한다. 실오라기나 머리카락 같은 것이 최상품이요, 꼴이나 여물 것 같은 것이 다음이요, 쌀겨나 씨앗 같은 것이 그 다음이요, 채소나 나물 같은 것이 가장 하품이다. 채소처럼 썰어 놓으면 사람들이 반드시 국거리냐고 물을 것이고, 불 냄새를 맡으면 오그라들어 다시 만들려고 해도 그럴 수 없다."(『연경』, 「담뱃잎을 써는 방법」剉烟)

에 걸쳐 '올 댓 담배', 즉 담배에 관한 모든 것을 담고 있다. 이어지는 3권에서는 담배 도구를 12항목으로 나눠 설명하고 있으며, 『연경』의 하이라이트라 할 수 있는 4권에서는 자신의 '흡연철학'을 드러내고 있다. 특징적인 것은 각 권의 모두冒頭에서 공자와 주자를 인용하면서 시작한다는 점이다. 예컨대, 1권은 제자 번지가 공자에게 채마밭 가꾸는 법을 묻는 『논어』의 구절을 인용하면서, "성인의 뜻이 비록 질문의 비루함을 책망하였으나, 대개 채마밭을 가꾸는 것 또한 반드시 채마밭에서 늙은 사람을 골라 질문해야 한다는 의미이다"라는 말로 『논어』의 원맥락을 비튼다. 그런가 하면, 2권에서는 "마시고 먹지 않는 이가 없지만 맛을 아는 이는 적다"人莫不飮食也 鮮能知味라는 『중용』의 구절을 인용함으로서 '도의 참된 맛을 아는 이가 적다'라는 주희의 도학적 해석을 전복시킨다. 앞서 언급했듯이, 성인의 말씀을 곧이곧대로 가져다가 모든 곳에 적용함으로서 말씀의 권위를 가볍게 만들어 버리는 기이한 전략을 적용한 것이다. 의도한 것인지 아닌지는 알 수 없으나, 그 덕분에 읽다 보면 의외의 지점에서 웃음이 터져 나온다.

이옥의 '흡연철학'이 집약된 4권은 담배의 효용(?)과 담배 피우기 좋은 분위기, 담배가 맛있을 때, 흡연의 도와 품격 등이 기술되어 있다. 우선, 그가 밝히는 담배의 효용과 맛부터 들어 보자.

> 一. 밥을 배불리 먹은 뒤 입에 매운 맛과 비릿한 냄새가 남을 때, 담배를 한 대 피우면 위장이 편해지고 비장이 상쾌해진다.

二. 아침 일찍 일어나 양치하기 전에 가래가 끼고 침이 탁할 때, 한 대 피우면 개운한 것이, 씻어 내는 듯하다.

三. 근심과 번민에 쌓이거나 할 일 없고 무료할 때, 천천히 한 대 피우면 술로 씻어 내리는 것 같다.

四. 술을 잔뜩 마셔 간에 열이 나고 숨통이 답답할 때, 시원스럽게 한 대 피우면 답답한 기운이 숨을 따라 빠져나간다.

五. 강추위에 얼음이 얼고 눈이 내려 수염에 구슬이 맺히고 입술이 굳어질 때, 연거푸 몇 대 피우면 뜨거운 물을 마시는 것보다 낫다.

六. 큰비에 물이 불어나고 자리와 옷에 곰팡이가 피었을 때, 늘 몇 대 피우면 기분이 훈훈하고 좋아진다.

七. 시를 지을 때, 생각이 껄끄럽게 막혀 콧수염을 비비 꼬고 붓끝을 씹어 대다가 특별히 한 대 피우면 시상이 담배 연기를 따라 떠오른다.(「담배의 효용」烟用)

책상에 앉아 글을 읽을 때, 중얼중얼 반나절을 보내노라면 목구멍이 타고 침도 마르는데, 먹을 만한 것이 없다. 글읽기를 마치고 화로를 당겨 담배를 비벼 넣고, 천천히 한 대 피우면 달기가 엿과 같다. 대궐 섬돌 아래로 달려가 임금을 모실 때, 엄숙하고도 위엄 있는 가운데 입을 다물고 오래 있노라면 입안이 깔깔하다. 겨우 대궐문을 빠져나와 황급히 담뱃갑을 찾아 재빨리 한 대 피우면, 오장이 모두 향기롭다. 길고 긴 겨울밤 첫닭 우는 소리에 깨어 대화할 상대가 없고 할 일도 없을 때, 잠시 부시를 탁 하고 쳐서 튀는 불꽃을 받아 천천히 이불 아래에서 은근히 한 대 피우면 봄기운이 빈 방에 피어난다. 서울 성안에 날은 뜨겁고 길은 좁은데, 어물전과 도랑과 변소에서 온갖 냄새가 코를 찔러 사람들로 하여금 구역질이 나게 한다. 서둘러 친구 집으로 가 서로 인사를 마치기도 전에 집주인이 담배 한 대를 권하는데, 정신이 번쩍 나는 것이 새로 목욕한 듯하다. 산길의 허름한 주막에서 병든 노파가 밥을 파는데, 밥은 벌레와 모래가 뒤섞여 있으며 젓갈은 비리고 김치는 시었다. 다만 내 몸, 내 목숨 때문에 할 수 없이 토하고 싶은 것을 참고 억지로 삼키노라면 위장이 멈춰 움직이지 않는다. 수저질을 겨우 마치고 곧 담배 한 대를 피우면 마치 생강과 계피를 먹은 듯하다. 이러한 담배 맛은 모두 그러한 상황을 당해 본 자만이 알 것이다.(「담배가 맛있을 때」烟味)

이 설명에 귀기울이다 보면, 담배의 맛을 모르는 게 어쩐지 부끄러운 일 같고, 심지어 요즘의 '금연문화'에 맞서 연대투쟁이라도 하고 싶은 심정이 된다. 이옥의 글맛 때문이기도 하겠지만, 실제로 이 시기 흡연문화는 대단했던 것 같다. 정조는 담배를 너무 좋아해서 '백성들과 이 즐거움을 함께하고 싶다'고 했다 하며, 남녀노소, 귀천을 가리지 않고 담배를 심하게 좋아해서, 시골사람들은 좁은 땅뙈기가 있으면 담배를 심고, 도성 안팎에 담배 팔고 사는 이들이 많았으며, 권세가와 부자들에게는 늘 담배를 선물하는 것이 유행했다고 이옥은 기록한다. 달빛 아래서, 눈 속에서, 빗속에서, 꽃 아래서, 물가

신윤복의 「상춘야흥」(賞春野興, 위)과 「연소답청」(年少踏靑, 아래) 기생과 사대부의 유희를 다룬 신윤복의 그림에서는 종종 담뱃대를 문 기생의 농염한 모습이 보인다. 아리따운 여인의 농염한 흡연 자태를 보라. 이것이 바로 이옥이 말한 '염격'(艶格)이다.

에서, 누각 위에서, 길가는 중에, 배 안에서, 배갯머리에서, 변소에서, 홀로 있을 때, 벗과 있을 때, 책을 볼 때, 바둑을 둘 때, 붓을 잡았을 때, 차를 달일 때, 이 모든 경우가 '담배 피우기 좋은 분위기'란다.

하지만, 이옥은 '흡연의 도'를 아는 자다. 하여 높은 분, 아버지와 할아버지, 스승, 귀한 자, 연장자, 제사 때, 여러 사람이 모인 곳, 급한 일이 있을 때, 곽란을 앓은 후, 혹심한 더위나 가뭄, 태풍, 말 위, 옷이나 이불 위, 화약이나 화창 주변, 매화 앞, 기침과 천식을 앓은 이. 그리고 엄중한 예를 갖춰야 하는 곳, 불조심해야 하는 곳, 연기가 방해되는 곳, 넘어질까 조심해야 하는 곳에서는 흡연을 삼가야 한다고 경계함과 아울러, 다음과 같은 '꼴불견'을 고발한다.

> 아이 녀석이 한 길 되는 담뱃대를 물고 서서 담배를 피우다가 이따금 이 사이로 침을 뱉는다. 가증스러운 일이다. 규방의 치장한 부인이 낭군을 대하고 앉아 태연하게 담배를 피운다. 부끄러운 일이다. 나이 어린 계집종이 부뚜막에 걸터앉아 안개를 뿜어내듯 담배를 피운다. 통탄할 일이다. 시골 남정네가 길이가 다섯 자나 되는 백죽통을 가지고 가루로 된 담뱃잎을 침으로 뭉쳐 넣고는 불을 댕겨 몇 모금 빨아들여 곧 다 피우고는 화로에 침을 뱉고 앉은자리를 재로 뒤덮어 버린다. 민망한 일이다. 다 떨어진 벙거지를 쓴 거지가 지팡이만 한 긴 담뱃대를 들고 길거리에서 사람들을 막아서서 한양의 종성연 한 대를 달란다. 두려운 일이다. 대갓집의 말몰이꾼이 짧지 않은 담뱃대를 가로로 물고 고급 서연을 마음대로 피워 대

> 는데 손님이 그 앞을 지나가도 잠시도 멈추지 않는다. 곤장을 칠만 한 일이다.(「담배 피울 때의 꼴불견」烟惡)

'흡연의 악'으로 고발한 내용이긴 하지만, 거꾸로 이 시대에 흡연이 얼마나 대중적인 쾌락거리였는지를 짐작할 수 있을뿐더러, 묘사한 장면을 상상하다 보면 웃음이 절로 난다. 모름지기 진정한 쾌락에는 '품격'이 있는 법. "천하의 일에는 모두 그에 맞는 격이 있다. 만약 그 격을 잃으면 문득 몰풍취沒風趣하게 된다." 고관대작이 갖는 귀격貴格, 나이 지긋한 노인이 풍기는 복격福格, 제임스 딘을 연상시키는 젊은 서방님의 묘격妙格, 아리따운 여인이 보여 주는 염격艶格, 김매던 농부의 진격眞格이 그것이다. 이중 진격에 대한 묘사를 보자.

> 무논을 김매던 농부가 호미질을 멈추고 수수밭 두둑의 푸른 풀밭에 앉아 보리막걸리를 한 순배 돌리고, 맨 상투머리 위에 비스듬히 꽂아둔 곰방대를 뽑아 담뱃잎을 말아 통담배 모양을 만들어 그것을 담배꼬바리 위에 얹어 놓고, 왼손으로는 담배꼬바리를 들고 오른손으로는 부시를 잡고 불을 사르면, 연기가 봉홧불처럼 피어올라 곧바로 코를 찌른다. 바로 이것이 진격이다.(「흡연의 품격」烟趣)

이옥은 말한다. 흡연에도 각자의 품격이 있고, 각각의 운치가 있다고. 나눠 기술하기는 했지만, 각자의 격을 만들어 가는 게 중요하다는 얘기다. 자, 뭔가에 대해 이 정도 지식과 철학은 있어야 '쾌락의 자격'을 논할 수 있지 않을까? 내가 즐기는 것이 만들어지고 소비되는 과정을 얼마나 알고 있는지, 자신의 쾌락에 적절한 거리 두기가 가능한지, 자신의 쾌락을 당당하게 향유할 준비가 되어 있는지, 적어도 이런 문제들에 대해 나름의 답을 갖춘 자들만이 쾌락의 노예가 아니라 주체적인 '향유자'가 될 수 있는 게 아닐까.

만국의 흡연자들이여, 부디 자신의 쾌락에 당당하시되, 자신의 건강은 자신이 지켜 가며 꿋꿋하게 담배를 태우시라. 그리고 가능하다면, 이옥처럼 나만의 고유한 흡연철학과 흡연의 품격을 창조해 보시길.

4부,
경계에서, 연대하라

생활의 발견
—삶들, 이야기들

서양에서 풍속화가 그려지기 시작한 건 16세기 무렵이다. 심판과 십자가 수난, 수태고지 등의 종교화 일색이던 중세회화 속에는 '일상'이 끼어들 여지가 없었다. 공포스럽고도 지루한 밀레니엄의 광풍이 지나가고, 흑사병이 생사를 가르며 유럽 전역을 휩쓸고 지나간 후에야, '미약한 개인'의 실존이 화가들의 눈에 포착되기 시작한다. 먹고 마시고 웃고 떠드는 '민중문화'의 왁자지껄함이 문학에 표현되기 시작한 것도 이 무렵이다. 바야흐로 '이야기의 시대'가 시작된 것. 이야기란 무엇인가. 그것은 기본적으로 타인들의 삶이다. 이념이나 신념으로 환원될 수 없는, 우연과 사고·사건의 연속. 욕망과 행동, 증오와 갈망으로 얼룩진 그림. 우리는 이야기를 통해 현실의 적나라한 실상을 대면하기도 하고, 현실을 망각하기도 한다. 결코 끝나지 않을 인간들의, 인간들에 관한 대화. 네버엔딩 스토리!

바흐친에 따르면, 시인은 자신의 언어에 대해 홀로 완벽한 주도권을 갖는 데 비해, 소설가는 "모든 말을 자신의 말로 변형시키는 작가의 표정"만을 가질 뿐이며 그의 언어는 상호지향적 대화다. 즉, 근본적으로 타인의 삶에 뛰어들어 그들의 목소리를 길어 내야 하는 '이야기 화자'의 본질상 소설적 언어는 타자들의 다양한 언어를 보다 효과적으로 담아 내며, "사회환경의 가장 미세한 변동과 일탈조차 극도로 섬세하게, 그러면서도 총체적이고 다면적으로 기록한다." 소설가는 "자기 작품 속의 다의적 언어로부터 타인의 의도를 제거하지 않으며, 그 언어의 배후에 펼쳐져 있는 저 크고 작은 사회, 이념적 문화의 지평을 파괴하지 않는다. 오히려 그것을 기꺼이 자기 작품 속에 받아들인다."(바흐친, 『장편소설과 민중언어』) 때문에, 소설 속에는 타인의 언어들이, 음성과 언어의 다양성이 우글거릴 수밖에 없는 것이다.

문체반정에서 지목된 '소설체'의 위험성이라는 것도 이런 지점에서 파악할 수 있지 않을까. 소설 자체가 '자질구레한 이야기'의 총칭이기도 하지만, '자질구레한 이야기'들은 음성과 언어에서 비균질적이다. 잡다하고 너절하고, 걸러지지 않은 웅성거림들. '걸러지지 않음', 이 '비정제성'이 문제다. 걸러지지 않은 이야기들은 도학적 이념에 포착되지 않을 뿐만 아니라, 이념 자체를 빠져나가 무방향적으로 질주하기 때문이다. 그 과정에서 이야기는 필연적으로 언어를 변주하고, 기성의 질서를 의문시하기 때문이다. 속담과 비속어의 '보고'寶庫라고 평가되는 『동상기』東床記를 보자.

바쁜 것은 진실로 참을 수 없거니와 한가한 것도 또한 참을 수 없다. 지금 만약 한 사람을 방 안에 매어 두고 눈으로 보지도 못하게 하고, 귀로 듣지도 못하게 하며, 입으로 말하지도 못하게 하고, 손과 발을 놀리지도 못하게 한다면, 성급한 사람은 한나절도 참지 못하고 끈기 있는 사람이라도 사흘밖에 버틸 수 없을 것이다. 이런 까닭에 '차라리 삼 년 학질은 견딜지언정 하루의 한가함을 보내기는 어렵다'라고 한다. 한가함은 진실로 내가 고통스러워하는 것이니, 다른 사람들도 모두 그러한가, 그렇지 않은가?(『동상기』, 「김신사혼기 제사」金申賜婚記題辭)

1791년(신해년), 문체 사건이 일어나기 한 해 전, 이옥은 자신의 기질을 참지 못하고 글을 한 편 짓는다. 물론 본인 창작은 아니다. "과거공부를 해보려 해도 함께 공부할 창반窓伴이 없으니 혼자 억지로 하기도 어렵고, 고문과 시를 지어 보려 해도 재주가 미치니 못할 뿐만 아니라 흥미도 시들하였다. 책을 보고자 해도 졸음이 금방 밀려오고, 잠을 자려면 어느새 수십 마리 파리떼가 눈썹을 핥고 코를 빨아 꿈을 이룰 수도 없었다. 일어나 나가 보려 해도 비가 오는 데다 땅이 질척거려 발이 빠지니 나갈 수도 없었다. 형편이 어찌할 수 없는지라, 또한 미치고 병나지 않는다고 스스로 보장할 수도 없었다." 그러던 차에 아이 종이 전해 주는 얘기에 홀딱 빠져서, 이를 바탕으로 『동상기』를 지어 삼 일의 한가함을 해소했다는 게 이옥의 변이다. "이 삼 일 동안은 비도 더위도 파리떼도 문제가 되지 않았으니, 내가 얻은 바가 또한 많았다. 행여 관객이 계시다면 사건이 혹 거짓인가 묻지 말 것이며, 이 글이 어떠한 체재인지도 묻지 말 것이며, 또한 모름지기 작자가 누구인지도 묻지 말 것이다. 다만 한가함을 해소하는 데 소용이 된다면 또한 반나절의 도움은 될 것"이라며, 소설 짓는 행위를 가볍게 눙치지만, 구절에서 드러나듯 '이야기에로의 이끌림'은 '성균관 유생 이옥'에게 이미 불가항력이었다. 다음 해 일어날 사건이 이 이야기 속에 이미 예견되고 있었던 셈이다.

이야기의 내용을 한마디로 요약하면, '전국 노총각 노처녀 결혼 프로젝트'라고 할 수 있겠다. 삼순구식하는 형편에 장가를 못간 스물여덟 노총각 김희집과 노처녀 신씨가 그 주인공. 때는 춘삼월, 임금의 성덕으로 전국의 가난한 노총각 노처녀들이 짝을 맺게 되었는데, 관리들의 실수로 그만 이 두 사람이 혼인명단에서 누락되는 불상사가 발생했다. 이 사실을 발견하고는, 부랴부랴 두 사람의 혼인을 따로 성대하게 치르게 된다는 것이 희곡의 주된 내용이다. 이야기는 전해 들은 것일 테지만, 이옥은 이 스토리의 장면 장면을 기가 막히게 묘사해 낸다. 특히, 자신은 이제 처녀귀신으로 늙어 죽겠다고 절망하던 노처녀가 혼인 소식을 듣고 기뻐하는 장면의 묘사는 압권이다.

> 세상에 지극히 어려운 일이 세 가지가 있다. 형세 없는 무반의 첫 벼슬 길이요, 기구器具 없는 선비의 감시초시요, 가난한 처녀의 혼인이라. 이 세 가지 일 중에 가장 어려운 것은 가난한 처녀의 혼인이다. 얼마 전에 한 노처녀가 다행히 혼처를 구해서 사주단자가 오

고 택일단자가 가고, 혼인일자가 점점 다가오는데, 그 처녀는 기쁨을 견딜 수 없었지만 체면이 있기에 참고 참았다. 사람에게 말할 수는 없는데 더 참을 길이 없어, 측간으로 달려가 가만히 개를 불러 말했다. '멍멍아, 내가 내일 모레면 시집을 간단다.' 개가 어찌 알아들을 수 있겠는가. 단지 하품만 한 번 하니, 그 처녀 민망하고 민망하여 또 개를 보고 말하였다. '멍멍아, 내가 너에게 허황된 말을 할 것 같으면, 내가 너의 여식女息이다.' 사람의 심정이 이쯤에 이르니, 어찌 지극한 즐거움이 있어서가 아니겠는가.(『동상기』, 「제2절」)

가슴이 아프면서도 포복절도할 만큼 웃긴 장면이다. 시집가는 노처녀의 환희에 찬 심사를 묘사하는 데 개를 등장시킨 이옥의 기지를 보라. 이건 이옥 자신의 창작임에 틀림없다. 너무 기쁜데 처녀 체면에 어디 말할 데는 없고, 참고 있자니 가슴이 터질 것만 같고, 그래 할 수 없어 개를 붙들고 자신의 심정을 토로하는 노처녀의 솔직발랄함이라니!

이야기를 서술하는 과정에서 이미 이옥은 길을 잃었다. '유생'이라는 주체성을 망각한 채 노처녀에 빙의되었을 뿐 아니라, '규범적 언어'를 잃고 생동하는 타자들의 언어를 갖게 되었다. 계급적으로 다른 지평에 있는 이들의 희로애락을 함께 느낌으로써 이옥은 자신의 '지루함'을 잊는다. 이옥을 매혹시키는 건 경전 속 성인들의 위대한 도가 아니라 비루한 인간들의 일상 속에 깃든 진정성이다. 오직 후자만이 이옥으로 하여금 글을 쓰게 한다.

이옥은 여러 편의 전을 남겼다. 유배길에서도 그의 발길을 붙든 건 구구절절한 사연을 지닌 다양한 인간군상들의 삶이다. 씨름을 잘하는 이, 농사를 잘 짓는 종, 시정의 협잡꾼 같은 인물들에 대한 짤막한 기록에서부터 의사義士와 열녀, 효부에 대한 이야기, 특별한 재주꾼과 기인들의 이야기까지 이옥이 기록한 인물들은 그 스펙트럼이 다양하다. 어떤 경우건, 이옥이 주목하는 건 그들의 삶 자체가 풍기는 독특한 뉘앙스다. 도덕적이거나 위대한 삶은 이옥의 관심사가 아니다. 이옥이 주목하는 것은 누군가로부터 혹은 시대로부터 버림받은 자들, 시대의 아웃사이더들이다. 그렇다고 그들에 대해 특별한 논평을 가하는 것도 아니다. 그저 그런 사람이 있었다, 고만 기록한다. 그럼으로써 이옥은 18세기라는 시공간을 수놓은 수많은 삶의 결들을 세심하게 드러낸다.

어떤 당위에도 종속되지 않는 삶들, 신산하고 우울할지언정 생기를 띤 삶들. 현실적 시공간을 구성하는 것은 지배적 가치들로 의미화할 수 없는 이 날것의 삶들이다. 이처럼 이옥은 글쓰는 행위를 통해 작은 이야기(소설)들에 자신의 삶을 슬며시 포갠다. "누구에게나 모든 것이 있다."(랑시에르) 글쓰는 자는 모든 것을 가진 그 모두와 함께 걷는 자다.

마이너리티 리포트
—길 위의 인생들로부터 배우다

「차조 이야기」(粲語)는 이옥이 집 근처의 땅에 차조를 심은 일과 관련된 몇 개의 에피소드다. 소금기가 많아 지력이 없고 자그마한 척박한 땅에 보리를 심어도 실패하고, 홍화를 심어도 실패하자 종을 재촉하여 차조를 심도록 한다. 소용없을 거라며 만류하는 종의 말을 뒤로 하고, "돌이라면 그만두고 물이라면 그만두겠지만, 설마 흙이 곡식을 마다하고 받아들이지 않는단 말이냐. 네가 고생스러울까 싫어하여 그러는 것이냐. 나는 반드시 농사게 되게 하고야 말겠다"라며 고집을 부리는 이옥. 집에 있는 종들을 전부 동원해서 반나절 동안 땅을 고르고 비료를 준 다음 한 되를 심고 날마다 기다렸지만 결과는 참담했다. 비가 온 후 다 쓸려 가고 남은 것도 싹을 거의 틔우지 못한 것. 그나마 싹이 난 것들도 서리 맞은 듯 축 늘어진 걸 보면서 이옥은 탄식한다.

> 종전에 나는 알지 못했다. 땅에도 역시 버리는 것이 있단 말인가?

사람이 천天에 대한 것으로 말하자면, 아무것도 하지 않는 날이 없고 해와 더불어 일을 시작할지라도 오직 날이 부족할 뿐이다. 그러나 크게 바람이 불고 비가 내리거나 크게 춥고 많은 눈이 내릴 때면, 여정에 있는 사람은 가던 길을 멈추고, 집에 있던 사람들도 문을 닫아거니, 날을 허비할 뿐 아무것도 하질 못한다. 이것이 하늘이 또한 날을 버릴 때가 있는 것이다.

임금이 세상을 다스림에 있어서 어진 자에게 일을 맡기고, 재능 있는 자를 부리는데, 역량을 헤아려 관직을 제수하니, 위로 재상으로부터 아래로 종을 치는 자逮直鑄; 꼽추나, 옥경을 이고 있는 자蒙瓔; 난쟁이나, 장대로 재주를 부리는 자扶盧; 맹인나, 등불을 잡는 자司火; 귀머거리에 이르기까지 하나도 필요 없이 있는 자가 없다. 그러나 또한 세상과 맞지 않아 우울하고 무기력한 듯 살면서 다만 스스로를 언덕과 못에서 밭을 갈고 낚시를 하며 시대에 쓰이고자 하지 않는 자도 있으니, 이는 세상에 또한 버림받은 백성이 있는 것이다. 버림받은 자는 진실로 운명이 박한 것이지만, 오히려 스스로 한가로이 지낼 수 있으니 그 스스로를 버림이 버림받지 않는 것보다 현명하다. 이 땅은 아마도 한가로이 지내려 했던 것인가? 진실로 한가할 수 있다면 버려진다고 한들 또한 무엇을 한탄하겠는가, 아아.

애초에 문제는, 땅이 모든 걸 받아들이는 게 아니라는 사실을 용납하지 못한 이옥에게 있었다. 처음부터 종은 말하지 않았던가. 곡식을 심기 적당한 땅이 다 있는 법이니 포기하라고. 그런데도 이옥은 포기하지 못하고 그 땅에 연못이나 정원을 만들려고 한다. 그러자 종은 그럴 바에야 차라리 자연에 맡겨 잡초가 자라게 하면, 망아지나 송아지를 방목할 수도 있고, 땔감도 구할 수 있을 거라고 조언한다. 이어지는 이옥의 깨달음.

> 나는 이제 너의 말을 따를 것이다. 아! 나는 버려진 것이라 생각했으나 너의 말을 듣고 보니 이는 버려진 것이 아니다. 풀이 자라나면 왜 반드시 곡식으로 기름져야 하며, 무성하면 왜 반드시 사람을 부유하게 하여야 하는가. 땅은 만물을 낳게 하는 것이니, 낳았으면 자라게 할 뿐이다. 악초라 하여 못 자라나게 하지 않고, 좋은 곡식이라 하여 후대하지 않으며, 그 자연의 공효가 다 미치는 것인데, 사람이 스스로 다르게 대하는 것뿐이다. 짠 바다 가운데에서도 녹각, 자영, 윤조, 산호수가 자라며, 염수의 연못에서는 낙타의 꼴이 자라고, 바닷가 모래에서는 해당화와 해방풍이 나니, 어느 곳인들 나서 자라지 않겠는가. 지난번에는 차조의 본성이 맞지 않았던 것이지 땅의 본성이 맞지 않았던 것은 아니다. 또한 어찌 차조에 맞지 않는다 하여 바로 버려 두겠는가, 아아.

그런데 여기가 끝이 아니다. "쓸모없는 땅에 힘을 쏟고 효용없는 일에 정력을 낭비한다"며 한 차례 이웃 영감의 조소를 당했음에도 불구하고, 인간의 미련이란 게 어디 그리 쉽게 사라지던가. 싹이 난 차조를 보고 안타까워 잡초를 모두 제거하고 있는데, 김 매던 이웃 여인이 지나가면서 날린 결정적 멘트 한 마디. "차조를 위해 김을 매시나요? 풀을 위해 김을 매시나요?" 이옥이 차조를 위한답시고 뽑은 건 잡초가 아니라 차조였던 것이다. 이옥은 또다시 자신의 어리석음을 탄식한다. 나는 대체 무엇을 아는가? 내가 믿었던 사물의 본성과 이치란 무엇인가?

호된 시련을 겪고 고향으로 돌아갔음에도 불구하고, 아직 포기하지 못하는 게 있었던가. 이옥은 '차조 사건'을 통해 절감했을 것이다. 아직도 자신에게 이루지 못한 것에 대한 미련이 남아 있음을. 그가 가지고 있던 건 땅에 대한 이념이었지 지혜가 아니었다. 그의 어리석음을 일깨우는 건 종, 이웃집 농부 같은 하층민이다. 그들은 이념이 아니라 자신의 몸에 배인 경험을 통해 판단한다. 이념에 압도되는 자는 실패한 후에도 미련에 휘둘리지만, 경험을 통해 배운 자들은 빠르게 판단하고 미련없이 포기한다. 안 되는 건 안 되는 거다. 그걸 되게 하려고 발버둥쳐 봐야 허사다. 미물과 하층민, 이 마이너들은 이옥의 스승이다. 그들을 통해 이옥은 자신에게 남아 있는 한 가닥 미련을, 원망을 대면한다.

「북관기야곡론」北關妓夜哭論은 함흥 기녀 가련이 한밤에 통곡한 사연에 대한 이옥의 절절한 논평이다. 가련은 미모와 재능, 학식을 겸비한 명기로, 스스로를 여협女俠이라고 자부한 팔방미인이었다. 어느 날 가련이 미소년과 눈이 맞아 유흥을 펼쳤는데, 음주면 음주, 바둑이면 바둑, 악기면 악기, 노래면 노래, 그 어느 하나 통하지 않는 데가 없을 정도로 '딱 맞는' 파트너였는지라 시간이 가는 줄 모를 지경이었다. 가련은 생각한다. "내가 이 세상에서 이 사람 하나를 만난 것으로 족하다. 내가 이 세상을 헛되이 살지 않았구나." 이제 모든 수순을 거쳐 딱 한 과정만 남았다. 바로 잠자리. 하지만 옷을 벗고 잠을 청하려는 순간 소년의 안색이 변하며 탄식이 이어지는 게 아닌가. 다가가 소년을 안고 보니, 세상에 이럴 수가! 천생연분이라고 믿었던 그가 그만, 고자였던 것. 가련의 통곡이 시작된다. "하늘이여, 하늘이여, 이 사람이여!" 가련의 입장에서 보면 슬프지만, 뭐, 이야기 자체는 다소 코믹한 데가 있다. 그런데 이옥은 짤막한 전傳으로 기록해 두어도 괜찮았을 법한 이야기에 길고 긴 논평을 더해 '논'論으로 승화시킨다.

> 논하여 말한다. 가련은 통곡을 잘한 사람이라고 하겠다. 가련의 통곡이 어찌 그가 정욕을 이루지 못함을 상심해서이겠는가. 가련이 통곡한 것은 아마도 천고에 '만남'이 어려운 것際遇之難을 깨닫고 울었던 것이리라. 천지간에 사람으로서 '만남'이 두 가지가 있으니, 하나는 임금과 신하요, 또 하나는 남자와 여자이다. 오직 사람과 사람이 만나서 되는 것이다. 그러므로 그 사이에는 비애와 환락이 있게 마련이니, 이는 인지상정이다. 그렇다면 이미 만남을 얻은 자가 기쁜 것과 얻지 못한 자가 슬픈 것은, 의당 군신·남녀가 하나같이 똑같을 것이다. 비분강개한 노래를 부르면서 칼을 치는 것이 불우한 사나이에게 많고, 거울을 가리고 울음을 터트리는 것이 박명한 여자에게 많이 보이는 것은 또한 남편과 군주가 그들의 일신

이 의지하고 우러러 보는 바이기 때문이다. 정성으로 매달리고 마음을 보내는 것이 여자가 남자보다 간절하지 않을 수 없고, 신하가 군주보다 간절하지 않을 수 없다. 사람의 정이 또한 그렇지 아니한가. 이런 까닭에 남녀를 막론하고 재질을 품고 예능을 갖춘 채, 그것을 갈고 닦아 스스로를 아끼는 자가 그러한 상대를 구하려는 것이다. 구름이 용을 따르고 바람이 호랑이를 따른다고 했으니, 다만 임금이 신하를 택할 뿐 아니라 신하 또한 임금을 택하는 것이다. 만남을 구하기는 마치 심산에 가서 금맥을 캐듯 하고, 만남을 얻기는 푸른 바다에 들어가 명월주를 발견한 듯이 하는 것이다. 이미 군자를 만났다면 어찌 기쁘지 않다고 말하겠는가.

모든 것을 함께할 수 있는 자는 세상에 둘이 있을 수 없다. 오직 하나뿐인 그대, 가련은 바로 그런 사람을 만났다. 그것도 십 년 만에. 이건 거의 기적이다. "이러한 때를 만난다는 것은 커다란 물고기가 큰 못을 만난 것 같고, 큰 새가 순풍을 만난 것과 같고, 어진 신하가 성군을 만난 것과 같다. 백 년은 감히 바랄 수 없더라도 하루 저녁이라도 오히려 다행인 것이다. 이 밤이 어떤 밤이기에 이러한 해후가 있단 말인가. 그대여, 그대여, 이 해후를 어찌할까! 스스로 깨닫지 못하는 사이에 정신이 맑아지고 뜻은 가마득해지며 생각이 뿌듯하고 몸이 편안해지니, 비록 그대를 위하여 이 밤에 죽게 된다 해도 진실로 달게 여길 것이다." 허나 이렇게 어렵사리 만났으되, 결국은 만나지 못한 것이다. 이제 이옥의 목소리는 가련의 목소리와 뒤섞인다.

누가 알았겠는가? 사람들이 능하지 못한 것에 능한 자가 오히려 남들이 능한 것에 능하지 못하고, 사람들이 가지지 못한 것을 가진 자가 사람들이 가진 것을 가지지 못했을 줄을. 필경 만났으되 만나지 못한 한탄이 있게 되었으니 아, 끝장이로다! 이 세상에 '이 사람'을 참으로 만날 수 없는 것이로구나. 무릇 사람이 만나지 못함을 슬퍼함에 있어, 마땅히 만나지 못할 곳에서 만나지 못한 것이라면 슬퍼할 것이 없고, 만날 만한 곳에서 만나지 못한 것이라야 그것을 슬퍼할 만하다. …… 가련이 갑자기 일어나 목을 놓아 울었던 것은 실로 그가 만나기 어려운 사람을 만났으되 만나지 못했음을 통곡한 것이다. 어찌 비통하지 않겠는가? 어찌 애절하지 아니 하겠는가?

그러므로 말한다. 가련이 통곡한 것은 그 정욕을 이루지 못했기 때문에 운 것이 아니요, 천고에 만남이 어려운 것을 통곡한 것이다. 그 어찌 통곡을 잘한 자가 아니겠는가? 옛사람이 말하기를 '사람에게 세 번 통곡의 눈물이 없을 수가 없는데, 한 번의 눈물은 천고에 가인을 만나지 못함을 통곡한다'고 하였다. 이에 나도 말한다. "가련의 한바탕 눈물은 천고의 가인·재자才子를 만나지 못함을 통곡한 것이다."

이옥은 가련이라는 여인의 절절한 정에다 자신의 정을 포개 놓는다. 세상에 태어나 자신을 알아주는 사람을 만나지 못한 사내의 울분이나, 자신과 꼭 맞는 낭군을 만나지 못한 여인의 통곡은 '정'의 차원에서 보면 다를 바가 없다. 앞의 것은 고원하고, 뒤의 것은 천박하다고 말할 근거가 없는 거다. 임금과 신하의 정보다 차라리 남녀의 통속적인 정이 훨씬 진실할 수 있다. 거기엔 최소한 체면이나 위선이 끼어들 자리가 없기 때문이다. 하기에 "이학에 몰입하고 풍월을 읊조리는 사람"으로서는 도저히 미칠 수 있는 바가 아닌 것이다.

이옥의 공감을 불러일으키는 존재는 이처럼 주로 하찮은 존재들이다. 앞서 살펴보았듯이 호랑이나 용보다는 벌레와 곤충, 매난국죽 같은 '군자형 식물'보다는 한떨기 야생초나 잡초, 그리고 영웅호걸보다는 버림받은 자들이나 사랑에 실패한 여인, 혹은 노총각과 노처녀. 이들의 욕망은 비구상적이다. 뚜렷한 척도가 없다는 얘기다. 연암이 저잣거리에서 나름의 가치 기준을 가지고 살아가는 인물들에게서 '도 너머의 도'를 배우고 우정을 나눴다면, 이옥은 자신의 욕망과 원칙에 충실한 여인들에게서 '도 이전의 진정眞情'을 발견하고 그들에게 자신을 이입한다.

『논어』의 첫머리에 등장하는 학문의 세 테제는 배우고 익힘, 벗이 찾아옴, 남들이 알아주지 않아도 화내지 않음이다. 이 중 양명학파를 사로잡은 것은 두번째 테제였다. 이들에게 벗은 스승이요, 스승은 곧 벗이었다. 이들의 학문은, 어떤 의미에서 거대한 우정의 담론이다. 조선에서 우정론의 대가를 꼽으라면 단연 연암이다. 『방경각외전』放璚閣外傳 서문에서 연암은 말한다. "오륜 끝에 벗이 놓인 것은 보다 덜 중시해서가 아니라 마치 오행 중의 흙이 네 철에 다 왕성한 것과 같다네. 친親과 의義와 별別과 서序에 신信 아니면 어찌하리.

상도가 정상적이지 못하면 벗이 이를 시정하나니, 그러기에 맨 뒤에 있어 이들을 후방에서 통제하네"라고. 이와 달리, 이옥에게는 사랑에 관한 이야기는 넘치는데 정작 벗에 대한 이야기는 별로 없다. 그렇다고 다산처럼 형제 자식을 언급한 글도 없고, 심노숭처럼 아내에 대한 글을 남긴 적도 없다. 다만, 그는 위아래 없는 지평에서 세상의 마이너들과 접속한다.

다산은 「소상연파조수지가기」苕上煙波釣叟之家記에서 "천 냥을 주고 좋은 배 한 척을 사서 즐길 만한 온갖 악기를 배 안에 갖추어 두고서는, 바라는 대로 한껏 즐기다가 비록 이로 인해 망한다 할지라도 후회하지 않겠다"고 한 원굉도를 미친 사람, 방탕한 사람이라고 한껏 비난했다. 그럼 다산 자신은 뭘 원하는가? "한 냥을 주고 작은 배 한 척을 사서 고기잡이 그물 네댓 개와 낚싯대 한두 개를 갖추어 두고, 솥이나 그릇 같은 생활에 필요한 기구들을 마련하고, 배 위에 방 하나를 만들어 온돌을 놓고 싶다. 그리고 집은 두 아들에게 맡기고, 늙은 아내와 어린 아들, 하인 한 명만 데리고 배를 집으로 삼아 물결 위를 떠다니고 싶다"는 게 다산의 소망이다. 이 또한 소박하고 멋지고, 무엇보다 다산스럽다. 하지만 아마도 연암이라면 그 배에 벗들과 함께 있고자 했을 것이다. 이옥이라면? 이옥이라면 아마도, 소설책을 잔뜩 실었을지도 모르는 일. 소설에 나올 법한 인간군상들을 한 배에 다 띄울 수야 없는 노릇이니.

이옥이 그리는 인물들은 한마디로 '시정잡배들'이다. 농사나 칼, 위조화폐, 바둑 등 각종 분야의 달인들, 아무 소득 없이 자신의 신념을 지키는 자들, 사기꾼, 도둑, 남사당패, 매문賣文 지식인, 거렁뱅이 음식평론가 등등 기이하기도 하고 인간 말종 같아 보이기도 하는 이들을 이옥은 아무런 차별 없이 생기 넘치게 그려 낸다. 이들을 통해 때론 현실을 비판하기도 하고, 사대부의 위선을 비꼬기도 하며, 숨은 재주꾼이나 이인異人을 발굴하기도 한다.

예컨대, 장봉사는 남의 잔치집을 다니며 얻어먹은 후 남은 음식을 소매에 넣어 다니는, 한마디로 거지다. 소매가 늘 음식물로 잔뜩 더럽혀져 있음은 당연지사. 그를 천하게 여긴 이가 그 까닭을 물으니, 음식의 모양새와 맛을 통해 인심을 평가할 수 있다는 것. "온 세상의 음식이 담박하던 것이 날로 달콤해지고, 거칠던 것이 날로 차지게 되고, 풍성하던 것이 날로 얍삽해지고, 아담하던 것이 날로 사치에 넘쳐서, 예전에는 반만 먹어도 배부르던 것이 요즘에는 그릇을 씻은 듯 먹어치워도 오히려 입맛이 남는다. …… 천지가 재물을 생성하는 것은 한도가 있는데 사람들이 재물을 소비하는 것은 끝이 없으니, 하늘에서 쌀이 떨어지고 땅에서 술이 솟아난다 하더라도 백성이 굶주리지 않을 도리가 없다"(「장봉사전」蔣奉事傳)는 게 그의 논리다. 비록 행색은 추한 거렁뱅이의 말이지만 새겨들을 바가 있는 말임엔 틀림없다.

그런가 하면, 어느 기인 부목한이란 자의 이야기에서는, '월나라에 신선이 있고 촉나라에 부초가 있다'는 말은 믿으면서도 '신선이나 부처가 우리나라의 산에 있다'고 하면 믿지 않는 사람들의 소견을 꼬집으며, "밭에서 일하는 여인이 반드시 백의관음이 아닌 것도 아니요, 호숫가를 지나가는 나그네가 임금이 아니라고 어찌 단정할 수 있겠느냐"(「부목한전」浮穆漢傳)고 반문한다.

이옥은 유배 중에 듣고 본 마이너리티의 삶을 통해 '남성 지식인'이라는 정체성을 지워 나간다. 그가 영웅호걸들을 다룬 패사보다는 사람들이 크게 웃을 수 있는 언문소설이 낫다고 생각한 것도 이 때문이다. 다산은 "천하 만물 중에 지켜야 할 것은 오로지 나뿐이다"(「수오재기」守吾齋記)라고 했지만, 이옥은 그 '나'를 지우며 천지만물의 정서와 삶을 관통한다. 물론, 이옥은 여전히 지식인이었다. 이건 그의 운명이다. 하지만 남성 지식인이라는 주체성으로부터의 탈주 또한 그의 운명이었다.

헨리 밀러는 글쓰기의 비밀을 찾기 위해 모든 문체를 흉내내다가 결국 '막다른 골목'에 도달했노라고 고백한다. 그리고 거기서, "나 자신이 아무것도 아니라는 것, 아무것도 아닌 것보다도 더 못한 것, 즉 하나의 마이너스임"을 깨달았노라고. 하지만 바로 그때부터 정말로 쓰기 시작했다고, 자신이 가장 사랑하는 작가까지 "모든 것을 물 속에 다 쳐 넣고" 시작했다고, 그는 자신의 글쓰기가 시작된 순간에 대해 말한다.(헨리 밀러, 「창작유감」, 『예술창조의 과정』)

또한 카프카로 하여금 글쓰기를 가능하게 한 것은 글을 쓸 수 없다는 불가능성, 어떤 언어로도 글을 쓸 수 없었던, 프라하의 유태인이 처해 있는 '막다른 골목'이었다. 이처럼 '소수적 글쓰기'는 무엇이든 쓸 수 있는 자유가 아니라 아무것도 쓸 수 없는 불가능성에서 시작한다. 아무것도 할 수 없다는 바로 그 사실이 그들로 하여금 다른 글쓰기를, 다른 표현을 모색하게 만드는 것이다. 그러므로 소수적 글쓰기는 '우리에게 더 많은 자유를!'이라고 외치지 않는다. 대신 그들은 각자의 고독과 불가능성 속에서 소리없이 출구를 찾는다. 자유의 새로운 공간을 발명한다.

무언가를 할 수 없게 만드는 이 불가능성이야말로 우리로 하여금 도주하게 하며, 다른 무기를 찾게 만드는 조건이다. 하지만 도주하고 창조하기 위해선 먼저, "우리의 정체성, 얼굴을 잃어야 한다. 사라져야 하고 미지의 것이 되어야 한다."(들뢰즈) 새로운 글쓰기는 이처럼 주체의 사라짐과 맞닿아 있다. 점에 머무르지 말 것, 정체성을 지울 것, 모든 생성 중인 삶에 자신을 던질 것. 그렇게 이옥은 다른 것을 보고, 다른 것을 느끼고, 다른 것을 썼다. 그럼으로써 조선 후기 글쓰기의 지평에 새로운 뉘앙스를 부여했다.

마음의 헤테로토피아
—정과 욕을 허하라!

그대 어디를 그리워하나 / 그리운 저 북쪽 바닷가 / 연못에 붉게 핀 연꽃 천만 송이 / 연희 생각에 더욱 사랑스럽구나 / 마음도 같고 생각도 같고 사랑 또한 같았으니 / 한 줄기에 나란히 난 연꽃을 어찌 부러워했으랴 / 평생을 살면 즐거운 이가 원망스런 이가 되고 / 좋은 인연이 나쁜 인연이 되는 건가? / 하늘 끝과 땅 끝이 산하에 막혀서 죽도록 부질없이 이별가만 불러 대네 / 전생의 죄과로 이생에서 이렇게 고생하는지 / 연희야! 연희야! 너를 어찌하랴 (김려, 『사유악부』)

유배지에서 만난 기생 연희를 목이 터져라 부르짖는 이 사내. 여기엔 사대부의 체통이고 뭐고 없다. 그런가 하면 심노숭沈魯崇은 아내의 죽음 이후 『침상집』枕上集을 지어 절절한 슬픔을 토로한다.

그대 있을 적엔 매년 쑥으로 음식 만들어 / 집에는 기쁨과 웃음 가득, 시누 동서 한자리에 모였지 / 치마 걷어 올려 허리에 끈으로 졸라매고 / 손에는 호미를 쥐었네 …… 지난 해 나는 관서지역으로 나가 / 삼 개월간 그곳 강산 구경하며 천 리 멀리서 노닐었지 / 돌아와 보니 그대는 병들었고 쑥 또한 다 시들어 / 그대 울면서 하는 말, 여행이 왜 이리 길어졌는지요? / 그때의 물건은 흐르는 물과 같아 사람을 기다리지 않으니 / 우리네 인생은 그 사이에 하루살이 같은 것 / 제가 죽고 난 이듬해에도 쑥은 다시 나올지니 / 그 쑥 보면서 저를 생각해 주시겠죠? / 오늘 우연히 제수씨가 차려 준 상 위에 / 부드러운 쑥이 놓여 있기에 문득 목이 메이네 / 그때 나를 위해 쑥 캐 주던 이 / 그 얼굴 위로 흙이 도톰히 덮이고 거기서 쑥이 돋아났다네(심노숭, 「동원」東園)

한때 뭇 유부녀들의 심금을 울린 히트작 「접시꽃 당신」을 가뿐히 능가하는, 망자에게 바치는 최고의 '러브레터'다. 이들에게 칠정七情은 문장의 출발점이요 종착지다. 기쁘면 기쁜 대로, 슬프면 슬픈 대로, 이들은 자연스럽게 발하는 정을 숨기려 하거나 부끄러워하지 않는다. 오히려 숨김없이, '오버'다 싶을 정도로 남김없이 드러낸다. 추상적 본성이 아니라 순간순간 발하는 정情에 대한 천착.

시끄럽게 울어 대는 개구리 또한 자신의 사연에 따라 정을 발하는 것이다. 장터를 가득 메운 사람들의 소리는 "멀리서 들어 보면 와글와글 국이 끓는 듯하다. 그러나 찬찬히 나아가 하나하나 들어 보면 일찍이 그 창자 속에서 우러나온 소리 아닌 것이 없다. 슬픔에 싸인 자의 애탄하는 소리, 술주정꾼의 광기 어린 소리, 노래하는 자가 즐거워하는 소리, 성내며 고함지르는 자들이 다투는 소리이다. 정이 담겨 있는 곳에 즉시 그 소리가 생겨나는 것이다." 개구리 소리 역시 마찬가지다. 그들도 저마다의 사연이 있어 그에 따라 속에서 소리를 내는 것이다. "저 와글와글 개굴개굴하는 것이 성내고 시끄럽게 떠드는 소리나 갓난아이 울음소리와 같고, 거위 소리, 오리 소리와 같고, 젓대 소리, 쟁 소리와도 같다. 바람이 일찍 서늘함에 시끄럽게 울고 장마가 처음 갬에 귀를 시끄럽게 함은, 비록 명목이 없는 듯하나 또한 다 명목이 있음이라. 내 말을 믿지 못하겠거든 그대는 그 마음을 비우고 들어 보라."(「후와명부」後蛙鳴賦)

우는 모든 것들은 하늘이 그것들을 빌려 표현하는 정의 소리다. 봄에는 꾀꼬리로, 여름에는 매미로, 하늘은 만물을 빌려 운다. 이옥은 말한다. 세계는 하늘의 정이 발한 꽃들로, 하늘의 정이 내는 소리로 가득 차 있노라고. 정, 사대부들이 차마 말하지 못한 것, 스스로 금기시한 것을 이옥은 스스럼없이 존재의 제1원리로 제시한다. 모든 게 정이다!

『중용』에 이르기를, 성性은 천명이다. 논리적으로 성은 외부에 감발感發하기 이전의 상태, 미발未發이다. 그런데 이것이 감발하게 되면 희로애락애오욕이라는 칠정이 생겨나게 된다. 이 구도에서, 리를 본연지성, 기를 기질지성으로 이분화하고, 본연지성이 발한 것을 사단四端으로, 기질지성이 발한 것을 칠정으로 대응시킨 것이 퇴계의 사단칠정론이다. 즉, 사단(측은지심, 수오지심, 사양지심, 시비지심)이 인간의 순연한 본성을 드러내는 단서라면, 칠정은 학습 이전의 자연스러운 감정을 말한다. 성과 정의 관계를 어떻게 볼 것인가 하는 문제는 몇 마디로 정리하기 어려운, 문제다. 사단은 본연지성의 발發로, 칠정은 기질지성의 발로 분리해서 보는 입장이 있는가 하면, 사단과 칠정을 통합적인 차원에서 사유하려는 입장이 있다. 어쨌든, 사단칠정 논의의 기본적 문제의식은 이렇다. 인간의 본성은 선하다. 그러나 현실적으로 '기질'이 뒤섞인 인간은 잡된 정욕에 끄달린다. 그렇다면 어떻게 인간의 사욕을 걷어내고 순연한 본성을 회복할 것인가.

정 자체는 선하지도 악하지도 않다고 하지만, 그것은 언제든 '악'으로 돌변할 가능성을 내포한 '내 안의 괴물'로 취급된다. 통제불가능한 것, 사물事物에 응하여 발하는 것, 개인적이고 예측불허한 것이기 때문이다. 때문에 그것은 근원적으로 성/리에 대해 열등한 것일 수밖에 없다. 윤리(당위)와 욕망(현실)을 대립적으로 놓고 출발하는 한, 리기理氣, 성정性情을 둘러싼 논의는 기존의 담론에서 크게 벗어나기 어렵다. 동서고금을 막론하고, 사회의 윤리를 담론화해야 하는 지식인이 부딪히는 첫번째 난제는 인간의 '욕망'이다.

앞서 인용한 김려와 심노숭, 그리고 우리의 이옥은 인간의 정을, 그 너절한 욕망들을 숨기지 않는다. 술 마시면 취하고 토하듯, 인간의 정은 외부세계에 감응하는 순간순간 세포를 뚫고 터져나온다. 정은 인간의 외부성을 입증하는, 아니 인간 자신이 이미 '외부'라는 사실을 입증하는 증거다. 존재는 체험이다. 만나고, 부딪히고, 다치고,

깨지고, 섞임으로써 무엇인가로 되어 가는 중에 있는 것, 그것이 존재다. 이옥과 김려, 심노숭 같은 이들은 이 생생한 체험을 떠난 '존재의 본질'을 의심한다. 이들에게 정은 다스려야 할 무엇이 아니라, 나의 신체와 지금 이 자리의 배치를 드러내는 실존의 양태로, 공감과 소통의 루트로 사유된다.

> 내가 아내의 상을 당해 근심이 있게 된 후로부터 지은 시문이 대부분 베갯머리에서 나왔기에 이렇게 이름하였다. …… 그 삶과 죽음의 사이에서 정은 아녀자 같고, 오래도록 만나지 못하는 사이에 자취는 나그네 같아, 때로 슬픔이 지나쳐 상傷함에 이르기도 하고, 후회가 극에 달해 원망이 일기도 하니, 이러한 것들이 다 이 안에 담겼다. 이는 홀아비의 정이니, 홀아비일지라도 홀아비의 정을 아는 자가 아니면 함께 이 안의 글들을 읽을 수 없을 것이다.(심노숭, 「침상집 서」)

심노숭은 아내를 잃은 슬픔을 주체하지 못하고 자신의 사소한 칠정을 '만국의 홀아비들'과 공감하기 위해 글을 쓴다. 글의 유용함이란 그것으로 족하다.

신윤복의 풍속화가 표현하는 것도 '정의 세계'로 요약된다. 남녀의 사랑, 이별, 질투, 정욕, 기다림, 열망. 이를 제외하면 인간이란 대체 무엇이냐고 그는 반문하는 듯하다. 최대한 애틋하게, 최대한 농염하게, 신윤복은 남녀 간의 정을 곡진하게 시각화한다. 21세기의

신윤복의 「춘색만원」(春色滿園, 위)과 「월하정인」(月下情人) 그림 속 남녀의 농밀한 시선과 몸짓을 보라. 노골적이지는 않지만, 눈빛과 발의 방향, 두 사람 간의 닿을 듯 말 듯한 거리가 터질 듯한 긴장감을 자아낸다. 가득 물을 머금은 나무도, 은은한 달빛도, 모퉁이도 모두 정(情)의 표현이다.

우리들조차 그가 어쩌면 '여성일지도 모른다'라고 가정하는 건, 여전히 '정'이 여성의 영역, 즉 보편성을 갖지 않는 '예외적' 영역이라고 생각하기 때문이다.

정은 기본적으로 기질의 치우침이고, 신체적 변용을 동반한다. '정신주의자'들은 어떤 식으로든 이 어지럼증, 흔들림을 길들이고자 한다. 하지만 그럴수록 정은 내면에서 날뛴다. 어쩌면 그래서 더욱 '수양'이라는 문제가 중요해지는 건지도 모르겠다. 그러나 니체의 말처럼, 그것들이 위험하고 예측불허한 만큼, 그것들에 굴레를 씌우거나 내쫓기보다는 그것들을 유도해 내는 지혜가 필요하다. 감정을 억누르는 정도가 강할수록 종종 더 폭압적인 양상을 띠는 것은 우연이 아니다.

「진달래꽃」의 한 구절, "나 보기가 역겨워 가실 때에는 죽어도 아니 눈물 흘리오리다"를 읽으며 '애이불비'哀而不悲; 가슴 아프지만 슬퍼하지 않는다를 암기했던 우리 역시 정의 발산을 끊임없이 경계한다. 울지 마라. 참아라. 남성의 경우 그 억압의 정도는 더욱 심하다. 정의 억압, 그것은 결국 펄떡거리는 이 신체에 대한 억압이다. 기쁘면 몸이 가볍고, 슬프면 몸이 무겁다. 고통스러움을 표현할 수 있는 건 '죽을 만큼 아픈' 내 몸이다. "천 리를 떨어지고, 여러 해를 지나 즐거운 마음으로 거문고, 피리가 가득한 자리에 있을 때, 일 처리를 하느라 문건이 책상 위에 수북할 때, 술을 마셔 내 몸을 잊을 때, 바둑, 장기로 뜻을 부칠 때, 이 모든 경우는 다 눈물과 관계없지만 무언가에 저촉됨이 있으면 느낌[感]이 있게 된다. 느낌은 눈물과 도모하는 것은 아니지만 눈물은 느낌을 따라 나오니 신神이 응하게 되는 것"(심노숭, 「눈물의 기원」淚原), 이 또한 정이 신체의 문제임을 말하는 것이다.

신체적 징후를 수반하지 않는 기쁨이나 슬픔, 원망은 없다. 그럼에도 불구하고 정신은 신체의 징후를 억누르거나 억압하려 한다. 그 결과, 완고한 금욕주의자가 되거나 돌출적 폭력행사자가 되거나. 탁트인 요동벌판을 마주한 연암이 "크게 울어 볼 만하다"고 외치고는, 사람의 감정이 지극함을 겪지 못해 교묘하게 칠정을 안배하고 "그러면서도 참된 칠정에서 우러나오는 지극하고도 진실한 소리는 참고 억누르다 보니, 저 천지 사이에 서리고 엉기어 감히 펼치지 못하는" 것이라고 논했던 것도 그와 같은 맥락이 아닐까. 다시 말하지만, 정은 억압되는 대신 '잘 유도되어야' 한다.

「야칠」夜七에서 아이 종은 칠정으로 잠못드는 인간들의 '서로 다른 밤'을 나열한 뒤, 자신에게는 불면의 밤이 없다고 말한다. 왜? 아는 것이 없고, 생각하는 것이 없고, 도모하는 것이 없고, 밥이 되면 먹고, 날이 어두워지면 자기 때문이다. 평소에 의무와 지식에 억눌리지 않는 자들에게는 정의 억압이 있을 리 없다. 여항의 노랫소리가 '진정'을 발하는 것도 마찬가지 이유다.

> 어떤 이는 감정을 너무 드러낸 것을 가지고 병통이라 하지만 도대체 정은 경을 따라 변하고, 글자는 정을 좇아 생겨나는 것을 모르고 하는 말이다. 다만 충분히 표현하지 못할까 두려워할 뿐이니 무슨 지나치게 드러냄이 있단 말인가. 또 「이소」 1경은 분노와 원망

을 지극히 드러낸 것이다. 당인들이 기회를 틈타 즐거워하고, 뭇 여자들이 노래를 부르고 쪼아대매 임금이 속마음을 헤아리지 아니하고 참언을 믿어 화를 내자, 침을 뱉고 욕을 하는 마음을 환하게 드러내 보였으니, 어디에 '원망하되 마음이 상하지 않았다'怨而不傷는 것이 있단 말인가. 궁박하고 근심스러울 때는 통곡하며 눈물을 줄줄 쏟는 법이고, 거꾸로 넘어지고 뒤집히는 처지가 되면 소리를 가리지 않는 것이다. 원망하면서도 어찌 마음이 상하지 않을 수 있단 말인가.(원굉도, 「서 소수시」)

애이불비愛而不悲, 원이불상怨而不傷은 거짓이다. 차라리 슬플 때 슬퍼하고 원망할 때 원망해라. 그게 천지만물의 자연스러운 정이고, 그걸 표현해야 참된 문장이다. 핵심은, 글을 쓸 때 무조건 감정을 발산하라는 게 아니라 자신의 마음 저 밑바닥 자리까지 들여다보라는 것이다. 습속과 견문, 지식에 사로잡혀 자신의 욕망을 직시하지 못하는 글쓰기에 대한 혐오. 이 혐오가 새로운 독서를, 새로운 문체를 낳는다.

세상에서 진정 좋은 문장을 쓴 사람들이 처음부터 모두 글을 잘 쓴다는 생각을 한 것은 아닐 것이다. 그 가슴속에 무어라 할 수 없는 이상한 것이 있고, 그 목에 토하고 싶지만 토해 낼 수 없는 어떤 것이 있고, 또 그 입에 말하고 싶지만 말할 수 없는 것이 있어, 그것이 아주 오래 쌓이게 되면 도저히 막을 수 없는 지경이 된다. 그러다가 어느 날 문득 아침 풍경을 보고 감정이 일어나고 눈길이 가는 곳에 탄식이 나오면, 다른 사람의 술잔을 빼앗으며 내면에 쌓인 울분을 풀어내게 된다. 마음속의 불평을 하소연하게 되고 세상에서의 자기 운명이 기구함을 느끼게 된다. 그러면, 옥구슬 같은 문장을 토설하여 은하수처럼 빛나는 천상의 문체를 지어 놓고 자부하면서도, 발광하고 울부짖으며 눈물을 흘리고 통곡을 그칠 수 없게 된다.(이탁오, 「잡설」雜說)

이탁오의 문장론 역시 '욕망의 가식 없는 표현'을 출발로 삼는다. 글쓰기는 우선 진솔해야 한다. 지고한 철학이 진부하고 모방적인 글쓰기를 통해 표현되는 경우는 없다. 글쓰기 자체가 사고가 펼쳐지는 과정인 동시에, 이 세계의 진동 속에서 쉼 없이 흔들리는 신체의 자기표현이기 때문이다. 우리는 우리 자신이 누구인지 알지 못한다. 알려고도 하지 않는다. 자신을 알고 싶으면 자신의 글쓰기를 보면 된다. 거기에 우리의 욕망, 우리의 저항, 우리의 고집, 우리의 머뭇거림, 우리의 기쁨과 슬픔, 분노와 환희, 그 모든 것이 중첩되어 있기 때문이다. 정은 구체적이고 개별적이다. 천 개의 사랑이 있고, 천 개의 이별이 있으며, 천 개의 기쁨과 슬픔이 있다. 이옥에게 중요한 건 정을 초월하는 '본연지성'이 아니라 우리의 심중을 파고드는 절절한 정 그 자체다.

리학理學의 세계는 진리망에 걸리지 않는 자질구레한 것들, 불안하게 흔들리는 정서와 변용들에 의해 구멍 뚫리고, 도학적 차원으로 환원될 수 없는 진솔한 욕망들에 의해 그 가식이 폭로된다. 그걸 보고 듣고 느낀 자들은 필경 다른 글을 토해 낼 수밖에 없는 것. 내 마음의 헤테로토피아Heterotopia, 거기가 글쓰기가 시작되는 자리다. 소품문의 글쓰기에서 발견되는 징후는 단순한 문체변화가 아니라 세계를 다른 식으로 변형하는 낯선 힘의 징후, 존재를 다르게 사유하는 불온한 욕망의 징후였던 것이다.

여자는 남자의 미래다
—여성-되기와 글쓰기

차라리 장사꾼의 아내 될지언정
난봉꾼 아내는 되지 마소.
밤마다 어딜 가는지
아침에 돌아와 또 술타령.

당신을 사나이라 하여
여자 이 한 몸 맡겼는데
비록 날 어여삐 여기진 못할망정
어쩌자고 번번이 날 구박한단 말인가.

석새베 새 버선
시쳐 만든 것 볼 넓어 문득 싫구나.
상자 속에 둔 버선본
어찌 맞춰 보지 않았던고.

내 머리 빗질하는 틈 타
나의 옥비녀 훔쳐갔네.
두어도 내겐 쓸모없는 물건이나
누굴 줄는지 모르겠네.

국과 밥그릇 사납게 집어다가
내 면전에 대고 던지네.
당신 변한 입맛 때문이지
내 솜씨 어찌 전과 다르리.

『이언』에 실린 「비조」悱調의 시들이다. 비란 원망함이 심한 것을 뜻한다. "대개 세상 인정이 아雅에서 한번 정상正常을 잃으면 염艶에 이르고, 염은 반드시 탕宕으로 흐르기 마련이다. 세상에 탕한 자가 있으면 또한 반드시 원망하는 자가 있을 것이고, 진실로 원망하는 마음이 있으면 반드시 정도가 지나쳐 심해질 것이다." 이것이 이옥이 밝힌 "「비조」를 짓는 이유"다.

이 시의 내용은 이렇다. 난봉꾼의 아내보다는 반년간 집을 비우는 장사꾼의 아내가, 장사꾼 아내보다는 오래 떨어져 있어야 하는 역관의 아내가, 역관의 아내보다는 백일을 떨어져 지내는 군인의 아내가, 군인의 아내보다는 일찍 출근하고 늦게 퇴근하는 이서吏胥의 아내가 낫다는 것. 그럼 이서의 아내가 최고인가 하면, 천만에! '차라리 가난한 집 여종이 되는 게 제일 좋다'는 게 이 시의 결론이다. 아무튼, 이 시의 여주인공은 난봉꾼의 아내인데, 그 상황묘사가 가히 질펀한 아침드라마를 연상시킬 정도다. '아'가 규범적인 것이라면, '염'과 '탕'은 규범에서 벗어난 것 혹은 규범을 희롱하는 것이고, '비'悱는 염탕한 것이 가져온 폭력적 결과다. 물론, 이 폭력은 남성적인 것이다. 폭력에 억압당하는 자들이 있는 한 '아'를 추구하라는 명령은 공허하다. 아를 추구하기 위해서조차 우리는 '비'의 목소리에 귀 기울여야 한다. 「비조」뿐 아니라 『이언』에 실린 시들을 읽노라면, 이 사람 남자가 맞나 싶을 정도로 여성의 심리 묘사가 탁월하다. 단아한 여인을 묘사할 때, 농염한 여인을 묘사할 때, 이옥은 남성의 입장에서 여인을 묘사하는 게 아니라 흡사 자신이 그 여인인 듯 '빙의'된다. 그런데 왜 하필 여성인가?

아닌 게 아니라, 이옥의 글에는 유독 여성적 느낌의 글, 혹은 여성에 이입한 글이 많다. 「도화유수관문답」에서 이옥은 그 이유를 이렇게 밝힌다. 『시경』을 보면 부녀에 관한 노래들 투성이다. 예컨대, '관관저구'關關雎鳩는 규방의 그리움이요, '요요초충'喓喓草蟲은 규방의 원망이요, '작작도화'灼灼桃花는 염정이다. 이 모든 것이 부녀들의 일이며, 모든 감정과 생각이 부녀들의 것이다. "시라는 것은 장차 사람의 정감[情]을 이야기하려는 것인데, 사람의 정감 중에 말할 만한 것이 부녀들의 그것만큼 절박함이 없다." 그러니 여성을 말하지 않을 수 있겠는가? 음, 정감의 절박하기로야 여성을 따를 수가 없다는 얘기다. 이게 다가 아니다. 또 하나, 이옥은 여성의 '편벽된 성질'을 주목한다.

> 그 환희, 그 우수, 그 원망, 그 학랑謔浪; 없는 말로 희롱하고 익살 부림이 진실로 모두 정 그대로 흘러나와 마치 혀 끝에 바늘을 간직하고 눈썹 사이를 도끼로 희롱하는 것과 같음이 있으니, 사람 중에 시경詩境에 부합하는 것은 여자보다 더 묘한 것이 없다. 부인은 우물尤物; 요물이다. 그 태도, 그 언어, 그 복식, 그 거처가 또한 모두 끝 가는 데까지 가게 되어, 마치 조는 가운데도 꾀꼬리 소리를 듣고, 취한 뒤에 복사꽃을 감상하는 것과 같음이 있다. 사람 중에 시료詩料에 갖추어진 것은 부인처럼 풍부한 것이 없다.(『이언』, 「이난」)

여기까지 읽고 나면, 그의 여성적 글쓰기가 그의 '여성성'에서 비롯된 것이 아니라 여성/남성에 대한 그의 태도에서 비롯된 것임을 알 수 있다. 이옥이 여성을 규정하는 키워드는 '과잉'과 '치우침'이다. 그들은 '중도'에도, '중심'에도 무심하다. 슬플 땐 슬퍼하고, 기쁠 땐 기뻐하고, 원망할 땐 원망한다. 그것도, 극단적으로, 있는 힘을 다해 그렇게 한다. 이건 이념과 대의라는 구심력을 기준으로 운동하는 남성들이 결코 미칠 수 없는 세계다.

이옥의 글에서 여성들은 언제나 자신의 욕망에 당당하다. 「심생전」의 처녀가 그렇고, '그 사람'을 만나지 못해 통곡한 북관의 기녀가 그러하며, 『동상기』의 노처녀가 그러하다. 이옥의 여성들은 만나고 사랑하고 헤어지는 과정에서 자신의 욕망을 남김없이 드러내고, 좌절하고, 통곡한다. 인간의 저 밑바닥에 꿈틀거리는 욕망, 실오라기 하나 걸치지 않은 나체와도 같은 욕망, 도덕률이나 명분이 작동할 틈이 없이 존재를 뿌리째 뒤흔드는 욕망. 정은 그 욕망과 더불어 작동한다. 여성의 정은 거대한 이념이 작동하지 않는 영역, 그러하기에 '참된 것'이 오롯이 발해지는 영역이다. 이런 점에서 글쓰기는 정(사랑)이다. 만물을 사랑하지 않고서는, 그것도 편벽되게 사랑하지 않고서는 아무것도 쓸 수 없다는 것을 이옥은 여성을 통해 말한다. 글쓰기와 사랑, 이 두 가지가 이옥에게는 '진정'이 피어나는 영토였던 것.

그의 '여성적 글쓰기'를 이런 관점에서 생각해 볼 수 있다. 이옥은 남성의 위치에서 여성을 모방하거나 동정하는 대신, 여성의 흐름과 곧장 접속하고, 여성의 정서를 훔치고, 그럼으로써 자신의 정체성을 잊은 채 '여성-되기'에 돌입한다. 오해하지 말자. 여성-되기란 여성과의 동일시나, 단순한 감정이입이 아니다. 그것은 프로그래밍된 남성적 영토로부터의 도주를 뜻한다.

「소요유」에서 붕과 참새의 차이는 무엇인가. 그것은 변용역량의 차이이다. 자신의 영토를 떠난 붕과 자신의 영토를 절대시하는 참새. 모든 것은 자신 안에 '차이'를 생산함으로써만, 즉 자신의 영토에서 한 걸음 나아가고 자신이 작동시키는 코드의 연결성을 하나씩 끊어 냄으로써만 다른 것과의 접속에 돌입한다. '남성', '노론', '사대부', '적자'嫡子 등은 일련의 코드들로 어떤 영토를 형성한다. 붕을 비웃는 참새처럼, 자신의 영토를 전부라 여기는 자는 어떤 변신도 꾀하지 않는다. 하나의 관점을 고수함으로써 세계와 다르게 될 가능성을 스스로 원천봉쇄하는 셈이다. '되기'란 기존의 척도화된 동일성을 해체하고, 자신의 영토를 떠나는 모험이다. 즉, 인간의 실재적인 변용이다. 그런 점에서 되기는 고정점을 갖지 않으며, 따라서 되기는 언제나 '소수자-되기'다. '여성-되기'는 이 소수자-되기의 출발점이다. 여성이란 기본적으로 '다수적 남성'의 영토 바깥에 있는 존재들이기 때문이다.

들뢰즈를 따라 논하자면, 소수와 다수는 권력의 지표다. 즉, 소수와 다수는 척도에 대한 태도에 따라 결정된다. 다수는 끊임없이 하나의 척도를 기준으로 욕망하고 행위하는 반면, 소수는 단일한 척도를 거부하고 다양한 척도를 생산하면서 욕망한다. 때문에 소수자라 하더라도 다수적일 수 있고, 역으로 다수자가 소수성을 생산할 수도 있는 것이다. 끊임없이 메인스트림으로의 편입을 꿈꾸는 자는 수적으로 소수일지 몰라도 주류적 욕망을 버리지 못한다는 점에서 '다수성'을 실현하는 반면, 아웃사이더와의 연대를 통해 다수적 척도로부터 탈주하는 자는 오직 그런 한에서 소수성을 창안하는 소수자다. 이옥은 일찌감치 주류로의 진입을 포기한 자다. 도도히 주류를 벗어났던 연암에 비하면 각은 좀 안 잡히지만, 비록 국가권력에 의해 소외된 자의 '어쩔 수 없는' 선택이라는 측면도 있지만, 일단 일이 그렇게 된 후에는 유배의 길 위에서도 유배 이후에도, 이옥은 주류에 대한 미련을 갖지 않았다. 언제나 변용가능한 지점에 위치한 채 그는 만물을 지각하고 만물의 정을 감感했다. 이를 우리는 '여성-되기'라는 말로 압축할 수 있다. 단순히 여성을 소재로 하거나, '여성성'을 도입했다는 차원을 넘어(이런 식으로 여성을 가져오는 건 오히려 남성의 영토에서나 가능한 일이다), 이옥은 '남성-지식인'이라는 영토를 벗어난다. 서족이라는 영토에서 벗어나 주류로 진입하기를 꿈꾸는 대신, 가뿐하게 여성의 영토로 횡단을 감행한 것.

이옥의 글에 등장하는 기생은 협객보다 의협심이 강하고, 악착같은 생의로 충만한가 하면 그 기개가 가히 남성을 능가한다. 「호랑이를 잡은 여인」捕虎妻傳에게서는 지혜와 강인함을 배우고, 「의협심 있는 창기」俠娼紀聞에게서는 남성을 능가하는 의리를 배운다. 열녀들에 대한 이옥의 태도에도 무조건적인 예찬과는 다른 지점이 발견된다. 예컨대, 합천의 효부가 자신의 넓적다리를 베어 시어머니를 봉양했다는 얘기는, 당시에 만연한 '자해효도'의 한 예다. 그런데 이 열부가 열부라고 하기 뭣한 것이, 남편과 나란히 묻어 달라는 유언을 시부모가 들어주지 않는다고 시아버지의 꿈에 나타나 원망하는 말을 남겼다는 거다. 그 이후 시아버지와 그 자식들이 사망했으니, 복수혈전에 성공한 이 열녀는 열녀인가 아닌가. 다소 기이한 호러 서스펜스다. 그런가 하면 「열녀이씨전」烈女李氏傳의 주인공은 남편이 죽은 후 유복자까지 낳고서 자연사한 여인인데, 이에 대한 이옥의 논평은 이렇다.

> 아, 예로부터 열녀가 어찌 한정이 있었겠는가마는, 모두 창졸간에 행한 것이다. 칼이나 비녀로 스스로를 찌르기도 하고, 목을 매기도 하고, 이레를 굶기도 하고, 물에 몸을 던지기도 하고, 몰래 짐약鴆藥을 먹기도 하였다. 이씨는 유독 그렇게 하지 않으면서 그렇게 되

었으니, 어찌 진실로 탁월한 열녀가 아니겠는가. 남편을 따른 것은 의이고, 약속을 지킨 것은 신信이며, 죽은 것은 성誠이다.

열녀의 죽음 자체를 예찬한 것이 아니라 그들의 신념을 높이 산 것이다. 「생열녀전」生烈女傳 역시 '자해열부'의 일화로, 주인공 신씨는 남편이 죽을 병에 걸리자 자기 허벅지 살을 구워 올려서 병을 낫게 했을 뿐 아니라 개망나니 같은 시아버지를 극진히 봉양했다. 이옥은 이를 논평하기를, 살아서 열녀가 되는 일이 죽어서 열녀가 되는 것보다 훨씬 어려운데 그렇게 어려운 효도를 했다는 점을 높이 샀다. 강명관에 따르면, 양란을 거친 후 17세기에 부계 중심의 '가문'이 형성되면서 여성에게 정절 이데올로기가 한층 강요되었을 뿐 아니라 열녀의 수가 급증했다고 한다. 게다가 조선 후기에는 일반 평민으로까지 이 이데올로기가 확산되어 열녀 심사서류가 산더미처럼 쌓일 지경이었다고 한다. 이처럼 열녀 문제가 사회 문제로 대두되기 시작하면서 사대부들의 비판이 이어졌다.

연암은 「열녀 함양박씨전」烈女咸陽朴氏傳에서 함양 박씨를 칭송했다. 열녀 담론 자체를 부정하는 데까지는 나아가지 못했던 것. 하지만, 촌구석의 어린 아낙이나 여염의 젊은 과부들이 아무런 핍박이 없음에도 불구하고 남편을 따라 죽는 풍속을 진심으로 가슴 아파했다. 다산은, 세상에 죽기보다 더 어려운 것이 없지만 '의에 합당한 경우'가 아닌데도 목숨을 끊는 자는 '열녀가 아니라 소견이 좁은 여자'라고 일갈한다. 그렇다면 '의에 합당한 경우'란 뭔가. 다산이 드는 예는, 남편이 맹수나 도적에 당해 죽었을 때 호위하다 따라 죽은 경우, 도적이나 치한에게 강제로 욕보이려 할 때 저항하다 죽은 경우, 과부가 재가에 항거하다가 죽음으로 맞서는 경우, 남편의 억울한 죽음을 밝히려다 형벌을 당해 죽는 경우가 그에 해당한다. 남편이 천수를 누리고 죽었는데 따라 죽는다면? 그건 그냥 '자살'이다. 매사에 매뉴얼을 중시하는 다산답다. 그에게 문제는 의로운 죽음과 그렇지 않은 죽음을 심판하는 것이다. 시각 차이는 있지만, 가부장적 권력이 막강한 상황에서 그들이 '열녀 이데올로기'를 문제 삼았다는 사실 자체는 문제적임에 틀림없다.

이들에 비하면 이옥의 접근법은 다소 신선한 데가 있다. 이옥은 열녀 이데올로기 자체를 문제 삼기보다는 여인들의 행동 자체에 탄복하는 듯하다. 「수칙전」守則傳이 그 적절한 예일 듯싶다. 「수칙전」은 성 밖에 사는 두 궁녀의 사연이다. 한 여인은 바느질로 생계를 유지하고, 한 여인은 방에 틀어박혀 두문불출이다. 사연인즉, 그녀는 사도세자의 '승은을 입은' 궁녀고, 사도세자가 죽은 이후 궁을 나온 이래 삼십 년간 방에만 틀어박혀 지냈다는 것. 정조가 이 사연을 전해 듣고 궁녀에게 수칙을 봉하고 정려문을 건립했다고 한다. 내용이야 별다를 게 없는데, 이에 대한 이옥의 논평이 흥미롭다.

> 천지의 지정지열한 기운은 물物에 모이기도 하고, 사람에 모이기도 한다. 물에 모일 경우 해, 달, 서리가 되고, 졸졸 흐르는 여울이 되고, 높게 솟은 돌이 되고, 소나무와 잣나무 그리고 대의 푸르름

이 되고, 연꽃, 매화, 국화가 된다. 사람에 모일 경우 남자는 충신이 되고, 여자는 절부가 되어 강유와 순박이 그 바탕을 따르게 되는 것이니, 비록 서로 같지는 않으나 그것이 천지의 정렬한 기운을 모은 것임에는 동일하다. …… 기가 사람에게 있어서 굳센 것은 남자가 되고 부드러운 것은 여자가 되는데, 큰일을 처리하고 큰 절조를 지키는 데에는 의당 남자가 여자보다 나을 것이다. 그런데 옛책을 두루 살펴보면, 부인으로서 능히 늙어 죽을 때까지 사특하지 않은 이는 많고, 남자로서 힘겹게 평생토록 절조를 지키는 이가 세상에 드무니 이것은 어째서인가. 어쩌면 부인의 치우친 성품이 한번 맺으면 스스로 풀리지 않으니 그 이치가 그런 것인가.

살아서 정절을 지키는 것이 죽는 것보다 더 어렵다! 이옥은, 궁녀가 그 어려움을 감내할 수 있었던 건 그 마음에서 우러나온 것이기 때문이라고 본다. 여성들은 '지정지열한 기운'을 지니고 있다. 이들의 의리는 남자보다 덜 사특하고, 남자보다 더 강고하다. 열녀를 예찬하기 위해 열녀를 말하는 게 아니라, 열녀를 말함으로써 이옥은 남성권력의 탐욕스러움과 사특함을 거꾸로 간파한다. 그런 점에서 이옥의 열녀이야기는 열녀 담론이라기보다는 여성 담론이다. 그가 『이언』에서 말한 여성의 편벽됨이란 결국 '덜 사특함', '진정성'으로 변모하는 여성의 고유한 특이성이다. 「구부총」九夫冢은 열 개의 봉분에 대한 기록으로, 열 개의 봉분은 아홉 번 시집가서 아홉 번 과부가 된 한 여자와 아홉 남편의 봉분이다. 이에 대한 이옥의 코멘트

신윤복의 「이부탐춘」(嫠婦耽春) 이옥의 여성들은 만나고 사랑하고 헤어지는 과정에서 자신의 욕망을 남김없이 드러내고, 좌절하고, 통곡한다. 소복을 입은 과부라고 예외일 수는 없다. 그녀의 욕망은 그녀의 억압적 현실에서도 흘러넘친다. 정은 욕망과 더불어 작동한다. 여성의 정은 거대한 이념이 작동하지 않는 영역, 그러하기에 '참된 것'이 오롯이 발해지는 영역이다.

는 "무덤에서 다시 살아난다면 누구와 함께 살아갈 것인지"라는 의문이 전부다. 모두가 일부종사해야 하는 건 아니다. 엘리자베스 테일러 빰치는, 이런 '대찬' 여자들도 있을 수 있다. 이옥은 이 '일탈성', 규범을 조롱하는 이런 소소한 일탈적 일화들을 놓치지 않는다. 때문에 여성성에 대한 그의 묘사는 코드화된 여성에 대한 묘사가 아니라 과잉적이고 비규범적이고 탈코드화하는 힘들에 대한 묘사가 된다. 이옥에게 여자는, 남자의 미래다.

비단 이옥만이 아니라 소품문체를 즐겨 쓴 이들의 문체가 남성성의 영역으로부터 벗어나 있다는 건, 어찌 보면 당연한 귀결이다.

영아의 오락하여 희롱하는 것은 천진 그대로의 것이요, 처녀의 부끄러워하여 감추는 것은 순수한 진정 그대로이니 이것이 어찌 억지로 힘써서 하는 것이겠는가. …… 천연으로 자득하였을 때는 활짝 웃고 훨훨 춤추며 목청을 돋우어 구슬프게 노래도 하며, 때로는 갑자기 엉엉 울기도 하고 홀연히 고함치기도 하며, 까닭 없이 슬픔을 짓기도 하여 하루에도 천백 가지 모양으로 변화하여 왜 그렇게 하는 것인지 알지 못한다. …… 아, 영아여 처녀여, 누가 시켜서 그러한 것인가. 그 오락하여 재롱하는 것이 과연 인위이겠는가. 그 부끄러워하여 감추는 것이 과연 가면이겠는가. 이 원고를 쓴 사람이 문장을 저작하고도 보이려고 하지 않으니 또한 이것과 비슷하다.(이덕무, 「영처고 자서」)

『영처고』, 어린아이와 처녀의 문고. 어엿한 사대부가 자신의 문집에 붙이는 이름치고는, 다소 부끄럽다. 하긴, 정말 부끄럽다는 뜻으로 지은 이름이라니, 어쩌겠는가. 처녀의 부끄러움은 순백의 진정이고, 아이의 변덕스러움도 순백의 진정이다. "오락의 지극한 것은 영아만 한 것이 없으니, 그러므로 그들의 재롱하는 것은 애연藹然한 천진이고, 부끄러워하여 지극히 하는 것은 처녀만 한 것이 없으니, 그러므로 그들이 감추는 것은 순수한 진정이다. 문장을 즐기는 사람으로서 오락하여 재롱하기를 지극히 하고, 부끄러워하여 감추기를 지극히 하는 것도 또한 나만 한 이가 없을 것"이니 아무도 나를 비난하지 말라. 나는 처녀처럼, 아이처럼 글을 쓰겠다! 이보다 더 노골적인 탈주 선언이 어디 있단 말인가.

이탁오 역시 '동심'童心을 말한 바 있다. 그에 따르면, 동심은 곧 진심眞心이다. 그것은 인간이 태어나면서 갖게 되는 최초의 마음으로, 동심이란 추상적 본성이 아니라 도리와 견문에 물들지 않은 마음, 말하자면 기존의 앎의 질서 '외부'를 뜻한다. 아이들은 도리나 명분에 얽매이지 않기 때문에 변덕스럽다. 하나의 잣대로 경험을 재단하는 게 아니라 매 경험마다 새로운 척도를 발명하고, 새롭게 질문을 구성해서 판단한다. 어디로 튈지 모르는 민첩성과 유연함, 그게 아이들의 본성이다. 매번 다른 방식으로 기꺼이 세계에 매혹될 수 있는 능력, 외부와 접속할 수 있는 능력, 법칙보다는 변수에 끌리는 능력, 상황에 올인할 수 있는 능력, 그게 아이의 능력이다. 분별심 없이, 법 없이 사는 무법유희無法遊戱의 지존!

동심과 여심, 그들이 시시각각으로 발하는 정이야말로 가장 진정한 것이며, 이것이 바로 글쓰기의 영도零度다. 글쓰기의 출발점으로서의 '진정'眞情, 참됨은 '소수적 언어'를 창출하는 문제와 연관된다. 이탁오와 공안파 문인들은 '참됨'을 견문이나 식견으로부터의 자유로 사유한다. 원굉도가 후대에 전해지는 시문은 여염집 부인이나 어린아이들의 노래뿐일 거라고 했을 때, 그 근거는 "견문도 식견도 없는 진인眞人이 지은 것이라 진성眞聲이 많다"는 것이었다. 기존의 시문에 대한 어떤 견해도 없기 때문에 오히려 희로애락과 기호, 정욕을 남김 없이 펼쳐낼 수 있다는 것. 이런 의미에서 '진'은 우리가 흔히 표상하듯 어떤 관념적 순수라든가 백지 상태라기보다는 욕망과 정에 대한 무검열 상태, 혹은 미규정적 상태라고 정의할 수 있을 것 같다. 그렇다면 진을 표현하는 언어 역시 고문/금문의 구분을 떠나 현재의 생성을 변주할 수 있는 역량의 차원에서 평가되어야 하지 않을까. 고문과 금문이 아니라 과거를 모방하는 답습적 글쓰기와 현재로부터 길어 올린 참신한 글쓰기가 있을 뿐이듯, 소품체/소설체와 고문체가 있는 것이 아니라 표준을 작동시키는 규범적 문체와 감응의 역동성을 표현하는 모호한 문체가 있는 것이 아닐까.

이옥의 '여성-되기'는 필연적으로 언어의 변주 역량을 현실화하는 역량과 연결된다. 그는 다르게 씀으로써 도주하고 있었고, 도주하면서 다른 언어를 찾고 있었다. 그가 도저히 '그런 식으로, 그런 것들을' 쓸 수밖에 없었던 건, 그가 더 이상 이전 세대처럼 살 수 없었기 때문이다. 결국, 글쓰기란 되기들이고, 문체는 그런 되기의 결과들, 즉 삶에 내포된 통찰vision이다.

징후와 세기
—동시대적 공감과 반시대적 글쓰기

> 때로 나는 세계지도가 펼쳐 있는 것, 그리고 아버지가 두 팔로 덮고 있는 것을 상상합니다. 그리고 나는 아버지가 덮고 있지 않은 부분 또는 아버지의 팔이 뻗치지 못한 부분만이 내 삶에서 문제가 됨을 느낍니다.(카프카의 편지)

이옥에게 문제된 것 역시, 그 부분, '아버지(권력)의 팔이 뻗치지 못한 부분'이 아니었을까. 글쓰는 이들에게 문제되는 것은 바로 그 부분이 아닐까. 아직 영토화되지 않은 부분, 그림자에 의해 가려지지 않은 부분. 정조는 자신이 덮을 수 없었던 부분들, 성리학적 이념으로 차단되지 않고 삐쭉 옆으로 삐져나온 그 부분들을 참을 수 없었다. 종결사도 없고 구두도 애매하고, 기괴한 글자를 우후죽순처럼 열거한 이옥의 글을 보면서, 정조는 수직으로 쭉쭉 뻗은 금강산이 아니라 열대 아마존 같은 원시림을 상상했을지도 모른다. 실제로, 나 같은 문외한도 이옥의 글을 원문으로 보면 단번에 글이 만만치 않다는 걸 눈치챌 수 있을 정도다. 그러니, 안 그래도 왕에게 찍힌 이옥의 글에 던져졌을 '잘 나가는' 동료들의 비웃음은 짐작하고도 남음이 있다.

생각해 보면, '문체반정'이 짜고 친 고스톱 모양으로 일사천리로 진행되었다는 것도 이상하다. 따지고 보면 피해자도 없고, 피해자가 있을 수도 없는 사건이었다. 애초에 글의 '문체'가 문제되었을 따름 아닌가. 불경한 글을 지어 올린 것도 아니고, 사학邪學을 찬양하거나 체제전복을 주장하는 글을 쓴 것도 아니고, 다만 '문체'가 문제였다. 뜻이 안 통하는 건 아니지만, 대화체가 난무하고 기이한 글자가 많고 '정격'에 따르지 않는 문체. 파격적이긴 연암의 글 역시 마찬가지다. 「큰 누님 박씨 묘지명」伯姊贈貞夫人朴氏墓誌銘이나 「정석치 제문」 또한 일반적인 형식을 과감히 깼고, 『열하일기』에 실린 글들은 말할 것도 없다. 물론 품격의 다름을 논할 수는 있다. 그러나 '글은 모름지기 진실해야 한다'는 연암의 글쓰기론으로 평가하건대, 이옥은 최소한 자기충실성을 저버리지 않았다. 지금까지 본 글들이 그 증거다.

명말부터 이미 성리학적 질서에 대한 의문이 꾸준히 제기되고 있었고, '주희의 해석틀'에서 벗어나려는 시도도 일찌감치 있어 왔다. 도학적 고담준론은 이탁오를 위시한 양명좌파 지식인들로부터 쏟아지는 맹렬한 비난을 감수해야 했고, 17세기 이후 욕망과 개체, 기를 둘러싸고 새로운 담론이 전개되었다. 청대 고증학의 탄생과 『사고전서』 편찬 작업은 이런 담론지형의 변화가 야기한 결과였다.

물론 청대에도 검열 시스템은 작동했고, 『사고전서』 편찬도 그 일환의 하나라고 볼 수 있다. 하지만 청대 지식인들은 기존의 개념을 둘러싸고 야무진 재해석을 시도했다. 내 의문은, 왜 조선의 지식인들은 나름의 지적 돌파구를 마련하지 못했을까 하는 것이다. 17세기 이래 사상은 정체되었고, 그나마 새로운 사유의 편린은 몇몇 지식인들의 글쓰기 속에서 발견되었을 뿐이다. 그나마도, 정조의 강고한 문체정책에 가로막혀 좌절되었고, 그 과정에서 이옥은 '유일한 피해자'로 기록되었다. 혹 정조가 글쓰기에 대해 좀더 유연한 시각을 가졌더라면, 더욱 새로운 글쓰기와 이질적 지식의 출현이 질적으로 가속화될 수 있었을까, 없었을까.

니체가 『반시대적 고찰』에서 밝힌 '고찰의 반시대성'은 "시대가 자랑스러워하는 역사적 교양을 내가 여기서 시대의 폐해로, 질병과 결함으로 이해하려 하기 때문이며, 또 심지어 나는 우리 모두가 소모적인 역사적 열병에 고통을 받고 있으며, 적어도 우리가 고통을 당한다는 사실을 인식해야 한다고 믿기 때문"에 비롯된 것이다. 시대를 이렇게 이해하는 인간은 역사적 단절의 감각, 비유하자면 '거대한 비역사적 운무'를 통과해야 한다. 역설적이게도, '역사적인 것'을 구성하기 위해 우리에게는 '비역사적인 것'이 필요하고, 긍정하기 위해 부정이 필요한 것이다.

따라서 반시대성이란 단지 시대에 반함을 뜻하는 게 아니라, 자기 시대로부터 질병의 징후를 읽어 내는 민감성, 고통받는 인간에 대한 공감을 의미한다. 여기서 반시대성은 동시대성과 통한다. "동

시대인이란 반시대적인 자이다."(롤랑 바르트)

동시대인은 자신의 시대를 거스르는 자, 즉 자기 시대의 요구에 순응하지 않는 자다. 고통은 고통으로부터 벗어나기 위해 애쓰는 자가 느끼는 신체적·정서적 감각이라는 어느 철학자의 말을 적용해 보자면, 동시대성은 자신의 시대로부터 벗어나기 위해 애쓰는 자의 현실감각이라고 할 수 있다. 루쉰이 말하지 않았던가. 현세를 완전히 초월한 시인은 있을 수가 없다고.

> 제 생각으로는 비록 옛날 사람이라도 시문이 전혀 정치를 초월한 이른바 '전원시인', '산림시인'은 없었다고 생각됩니다. 현세를 완전히 초월한 사람도 없었습니다. 만약 초월해 버린다면 시나 글을 지을 리가 없습니다. 시나 글도 또한 인간의 행위로서, 시가 있는 이상 아직 세상 일을 잊지 못한다는 증거입니다. 이를테면 묵자는 겸애주의이며, 양자는 위아주의입니다. 그래서 묵자는 책을 저술하는 것이 당연하지만 양자는 저술해서는 안 됩니다. 그렇지 않으면 '위아'의 주장에 어긋납니다. 만약 책을 써서 남에게 보인다는 위아가 아니라 위인으로 변해 버리기 때문입니다. 이것으로도 알 수 있듯이 도잠은 현실 세상을 초월할 수 없었습니다. 아니 초월은 커녕 정치에 관심을 가지고 있었습니다. 또한 죽음을 잊을 수도 없었습니다. 그의 시나 글에는 항상 죽음에 관한 것이 다뤄져 있습니다.(루쉰, 「위진의 기풍 및 문장과 약 및 술의 관계」)

세상을 초월하려 애쓰면서 세상을 위해 저술하는 것. 동시대적 공감과 반시대적 글쓰기. '나를 위한 글쓰기'란 없다. 그것은 글쓰기 자체의 본질에 반하는 행위다. 기록한다는 것, 그것은 누군가가 읽어 주기를 바라는 열망이고, 그것은 곧 '함께 살고자'하는 욕망, 이 현실에 머무르고자 하는 욕망이기 때문이다. 하지만 현실 '안에서' 현실을 잊어버리는 자 역시 글을 쓸 수 없다. 그런 자에게는 어떤 '거리의 파토스'도, 차이화의 활동도 있을 수 없기 때문이다. 동일성을 붙들고 있는 한 '본다'는 건 불가능하다. 그것은 보는 게 아니라 관념을 확인하는 행위일 뿐이다. 본다는 건 거리를 만들어 내는 능력과 더불어 시작되는 활동이다. 기존의 자리에서 한발짝 떨어져서 혹은 한발짝 가까이에서, 더 멀리 혹은 더 가까이. 그럴 때 '봄'이라는 활동이 시작된다. 같은 원리에서, 자신의 시대와 완벽히 일치하는 자들은 자신의 시대를 볼 수 없다. 자신의 시대를 보려면 시대를 거슬러야 한다. 동시대성과 반시대성을 논하는 짧은 강의에서, 아감벤은 동시대인을 이렇게 정의한다. "동시대인이란 자신의 시대에 시선을 고정함으로써 빛이 아니라 어둠을 지각하는 자다. 모든 시대는 그 동시대성을 체험하는 자에게는 어둡다. 따라서 동시대인이란 이 어둠을 볼 줄 아는 자, 펜을 현재의 암흑에 담그며 써내려 갈 수 있는 자다."(아감벤, 「동시대인이란 무엇인가」, 『장치란 무엇인가』)

아감벤이 어떤 '어둠'을 생각하며 썼는지는 알 수 없지만, 이 어둠을 우리가 흔히 말하는 '시대의 어둠'이라기보다는 빛 속의 어둠, 가시성 속의 비가시적인 것 정도로 이해할 수 있겠다. 우리와 가장 멀리 떨어진 성운을 볼 수 없기에 우리는 그걸 '어둠'이라고 생각하지만, 사실 그 성운은 빛의 속도보다 빠르게 멀어지기 때문에 우리에게 빛이 도달하지 않은 것뿐이다.

> 우리가 하늘의 어둠이라고 지각하는 것은 바로 이 빛이다. …… 현재의 어둠 속에서 우리에게 도달하려 애쓰지만 그럴 수 없는 이 빛을 지각하는 것, 이것이 바로 동시대인이 된다는 것의 의미이다. 그렇기 때문에 동시대인은 드물다. 또한 그렇기 때문에 동시대인이 된다는 것은 무엇보다 용기의 문제다. 왜냐하면 동시대인이 된다는 것은 시대의 어둠에 시선을 고정할 수 있다는 것뿐 아니라 이 어둠 속에서 우리를 향하지만 우리에게서 무한히 멀어지는 빛을 지각할 수 있다는 것을 뜻하기 때문이다.(아감벤, 「동시대인이란 무엇인가」)

이옥의 글쓰기는 무엇인가. 그는 무엇을, 왜 썼는가. 그의 문체('어떻게')에는 이 '무엇'과 '왜'라는 질문이 함축되어 있음을 상기할 필요가 있다. 이옥은 자신을 쓰고 싶어했던 자다. 그러나 그 자신 안에서 시대의 징후를 감지했던 자다. 그는 더 이상 예전의 사대부들처럼 '문'을 통해 '도'를 이어받을 생각이 없다. 그의 글쓰기에는 도를 위한 자리가 없다. 겹겹의 생이 자아내는 이야기들, 상이한 뉘앙스로 펼쳐지는 감정들, 만물이 빚어내는 차이의 향연들, 그 모든 것들을 감지하고 반응하며 길을 잃는 '자아들'이 이옥의 글쓰기를 채

운다. 그는 정조가 말하는 대로 쓰지 않았던 게 아니라 그렇게 쓸 수 없었던 자다.

앞서도 말했지만, 그가 다른 어떤 것도 '쓸 수 없었다'는 사실, '도'에 반대하는 게 아니라 무관심했다는 사실이 중요하다. 그에게 기존의 위계질서는 무의미했다. 도는 공허했고, 이치는 먹먹했다. 차가운 시신처럼 누워 있는 세도와 이치, 도학에 관한 담론들보다는 꿈틀거리는 벌레의 생생함, 흐르는 물의 역동성, 때마다 빛을 달리하는 꽃잎, 하루도 같지 않은 쾌락을 선사해 주는 담배가 그를 사로잡았다. 이 세계는 신체와 맞닿아, 신체를 자극하고, 거기서 다양한 정을 발생시킨다. 이옥은 전자의 차가운 세계를 내면화하는 대신 살아서 펄떡이는 후자의 세계를 긍정한다. 기뻐하고, 아파하고, 죽고, 울고, 웃고, 버림받고, 사랑하고, 원하고, 원망하는 이들의 삶에 대한 동시대적 공감. 그리고 바로 여기에 이옥의 반시대성이 있다. 그가 결연하게 정조의 이념에 맞섰다면, 오히려 그의 글쓰기는 실패했을 것이다. 대신 이옥은 비가시적 세계, 보이지 않는 어둠으로 시선을 옮긴다. "언어의 체계에서 쉽게 빠져나올 수 있다는 것을 보여 주기 위해서는, 일어나거나 걷거나 괴로워하거나 배고프거나 새벽을 즐기는 것으로 충분하다"(미셸 세르)는 사실을 그는 기쁘게 깨닫는다. 걸어다니며 보니 사물마다 형상이 있고, 사람마다 사연이 있고, 그 각각에는 또 그 각각의 소리와 빛깔이 있음을 깨닫는다.

저항의 다른 이미지. 이옥은 시대의 "깨어 있는 한 사람"은 분명 아니었다. 그의 글이 대단한 사유의 깊이를 보여 준다거나 묵직한 감동을 전해 주는 것도 아니다. 다만, 그는 자신이 살아온 만큼을 썼고, 쓴 만큼을 살아 냈으며, 넘어질지언정 원망하지 않았고, 원망스러우면 원망스러운 대로 또 썼다. 쓰고 쓰고 또 썼다. 그렇게 소리없이 시대의 결을 거슬렀다. 그 정도면, 우리가 읽어야 할 충분한 이유가 되지 않겠는가.

에필로그,

이옥의 글쓰기,
세상과 공명하다

글쓰기와 반역

> 어떤 한 사람, 한 집단, 소수 집단이나 민족 모두가 '더 이상 복종하지 않겠다'고 말하면서 그가 부정의하다고 판단하는 권력의 면전에서 자신의 생명을 무릅쓰는 운동. 이 운동은 내가 보기에는 제거 불가능한 것이다. 왜냐하면 어떤 권력도 이를 절대적으로 불가능하게 만들 수 없기 때문이다.(푸코, 「반역하는 것은 무익한가」)

이옥을 두고 '생명을 무릅쓰는' 반역운동을 했다고까지는 말할 수 없다. 하지만 끝내 문체를 버리지 않았고, 그 결과 사대부가 갈 수 있는 길을 포기했으니, 그 역시 모든 걸 무릅쓰고 반역한 셈이다. 푸코가 말했듯이, 규범성에 대한 저항은 어떤 면에서 자연적이고 필연적인 것이다. 규범이 있는 곳에는 반드시 일탈이 있다. 글쓰기가 정보의 전달을 목적으로 한다면, 그건 필히 규범적일 수밖에 없다. 그러나 그럴 때조차, 글쓰기는 규범을 일탈하는 힘을 내장한다. 글을 쓰는 과정 자체가 '전달하려는 의도'뿐 아니라 그보다 많은 우연과 무의식적 편린들을 동반하기 때문이다. 누군가가 그러지 않았는가. 내가 말하는 것을 눈으로 보기 전에는 내가 무엇을 생각하는지 알 수 없다고. 이건, 글을 써 놓고 얼마쯤 시간이 지나고 나면 쉽게 알 수 있다. (좋든 나쁘든) 이 글을 정말 내가 쓴 건가, 싶은 낯섦. 글은 글을 쓰는 나 자신마저 가볍게 반역하는 것이다. 그럴진대, 글쓰기는, 그것이 아무런 '반역적 내용'을 담고 있지 않을 때조차 종종 규범성을 부수는가 하면, 구심적 사고의 궤도에서 번번이 이탈하기도 한다.

이옥은 18세기 글쓰기의 지형도에서 미세한 진동이었다. 하지만 이런 미세한 진동이야말로 '대지진'을 알리는 예후일 수도 있다. 정조의 예리한 시선이 간파한 건 바로 이 점이 아니었을까. 여기서는 작은 강도로 포착될 뿐이지만, 땅속 깊은 곳 진앙지에서는 무슨 일이 벌어지는지 알 수 없다. '문체반정'을 통해 보여 준 정조의 다소 히스테릭한 태도는 이런 위험성에 대한 무의식적 반응이었는지도 모르겠다. 하지만 정조로서도 도리가 없었다.

이옥의 글쓰기는 불가피한 부정이었다. 자신도 어쩔 수 없었던, 살아 숨쉬고 느끼고 생각하는 자신의 실존에 대한 감각을 송두리째 부정하기 이전에는 따를 수 없었던 규범에 대한 부정. 카프카가 말한, "끊임없이 변하고, 새로워지고, 죽어 가면서 소생하는, 인간적인 전사戰士의 유기체가 토해 내는 가장 자연스런 발언인 부정". 규범 뒤에 자신을 숨기고 권력 앞에서 빙그레 웃는 대신, 이옥은 온몸으로 자신의 진면목을 토해 냈다. 그것이 이옥의 글쓰기요, 그의 글쓰기가 보여 준 부정의 힘이다.

글쓰기와 우정

> 고독하게 혼자 살면서도 때로는 어디엔가 관계를 갖고 싶어하는 자, 하루 시간의 변화나 날씨의 변화, 직업 관계의 변화 또는 그와 같은 것들을 참작해서 그저 매달릴 수 있는 어떤 팔이라도 보고 싶어하는 자는 골목길로 난 창문 없이는 도저히 오래 견디어 내지 못할 것이다. 그는 전혀 아무것도 구하지 않고 단지 피곤에 지쳐 군중과 하늘 사이, 위아래로 눈길을 돌리고, 창문 난간으로 다가가 아무런 의욕도 없이 머리를 약간 뒤로 젖히고 있으면, 어느덧 아래로 지나가는 말이 뒤에 거느리고 오는 마차와 소음이 마침내 그를 인간적인 유대감으로 끌어들인다.(카프카, 「골목길로 난 창」)

이옥의 삶을 상상할 때마다 가장 먼저 떠오르는 건 그의 고독이다. 그가 그렇게도 절절하게 버림받은 여인들과 공감할 수 있었던 것도 사무친 고독 때문이었으리라고 짐작해 본다. 사실, 글쓰기는 기본적으로 고독한 작업이다. 누구도 글을 쓰는 순간은 처절하게 혼자다. 백지와 펜, 그게 전부다. 하지만, 글은 또한 관계맺음에 대한 갈망이다. 글을 쓰는 자는 방 안에서 글을 쓰지만, '골목으로 난 창'이 없이는 단 한 줄도 쓸 수 없다. 창밖으로 지나가는 모든 존재들에 의해, 그들과 더불어, 그들을 향해, 작자는 글을 쓴다.

충군의 명을 받고 오가는 유배길에서도, 과거를 접고 낙향한 후에도, 이옥은 끊임없이 창밖을 주시한다. 거리를 오가는 사람들, 그들의 웃음과 울음소리, 대기의 상태, 미물들의 호흡. 그 모든 것이 이옥으로 하여금 글을 쓰게 한다. 고독 속에서 이옥은 새로운 우정을 나누고, 우정 속에서 이옥은 고독하게 글을 쓴다. 그의 글이 담고 있는 것은 다소 은밀한 우정이다. 권세와 명예를 업은 이들과의 떠들썩한 우정이나 군자君子들의 고상한 우정이 아니라, 벌레와 꽃과 잡초와 담배와 아이들과 아낙들과의 그윽한 우정. 이옥의 글을 읽는 경험은 이런 우정이 꽃피는 골목길로의 초대다.

글쓰기와 자유

> 내게 아름답게 보이는 것, 내가 쓰고 싶은 것, 그것은 이런 거라오. 무엇에 관해 말하는 것이 아닌 책, 외적으로 어디에고 연관되지 않은 책, 지구가 무엇으로 지탱되지 않으면서도 대기에 떠 있는 것처럼 문체의 내적 힘만으로 스스로 지탱되는 책, 거의 주제를 가지지 않는 책 또는 적어도 주제가 거의 눈에 띄지 않는 책, 이런 책 말이오. …… 형식에 더 이상 정당한 원리 같은 것은 없으며, 각각의 형식이 바로 그 원리를 만들어 내는 하나의 의지로서 자유로운 것이오. …… 문체만이 오로지 사물을 보는 절대적인 방식이니까.(플로베르, 「루이즈 콜레에게 보내는 편지」)

세간에 따르면, 한 폭의 그림을 그리는 일은 먼지 가득한 전장에서 벌이는 전투다. 자신 앞에 놓인 사과 한 알의 무게를 표현하기 위해, 화가는 먼저 빈 캔버스를 가득 채운 사과의 '상투형'들과 싸워야 한다. 기존에 그려진 누구누구의 사과 그림들을 모두 망각해야 하고, 자신의 눈에 배인 시각적 관습들과, 손 끝에 배인 관습적 붓질들과 싸워야 한다. 사과 하나를 그리는 일은 화가의 전부를 건 전투다!

글을 쓰는 이 앞에 놓인 것은 종이 한 장과 붓 한 자루. 여기서도 마찬가지로 전투가 벌어진다. 백지와 붓 뒤로는 무수한 병사들이 사열해 있다. 백지가 담고 있는 무수히 많은 글들, 붓을 뚫고 쏟아져 나올 수많은 말의 외침들. 백지는 비어 있는 듯하지만 기존의 글들로 빽빽하고, 붓은 부드러운 듯하지만 작자의 생각들로 뻣뻣하게 굳어 있다. 글은 그 사이에서 시작된다. 권위와 기억과 습관에 맞서 싸우며 자신이 본 것에 끝까지 집중하고 나서야 글 한 편이 완성된다. 문체란 이런 식으로 치러지는 매번의 전투를 통해 발명되고 단련되는 통찰vision이다.

플로베르는 '책 그 자체로 존재하는 책'을 쓰고 싶어했다. 작가의 의도나 주제가 아니라 오롯이 문체의 힘만으로 지탱되는 책. 문체야말로 작가와 세계가 만나는 방식, 즉 작가가 세계를 보고 느끼고 판단하고, 그 세계 속에서 존재하는 방식을 오롯이 보여 주는 정수精髓다. 한마디로, 문체는 통찰이요, 통찰은 작가의 성격ethos이며, 성격은 운명이다!

이옥은 문체를 버리지 않은 것이 아니라 버릴 수 없었다. 문체를 버리라는 건 자신의 세계를, 자기 존재를 버리라는 것과 마찬가지였기 때문이다. 일신의 영욕이 중요한 이는 그 영욕을 위해 모든 걸 버릴 수 있지만, 글쓰기가 전부인 이에게 문체를 버리라는 건 사형선고와 다름없다. 이옥은 문체를 포기하지 않았다. 그것만이 자신이 세상 속에서 존재하는 방식이고, 바로 거기가 자유의 새로운 공간이었기 때문이다.

글쓰기와 운명

> 옛날을 앙모하는 자는 옛날로 돌아가라! 세상을 벗어나려는 자는 얼른 세상을 벗어나라! 하늘로 오르려는 자는 얼른 하늘로 올라가라! 영혼이 육체를 떠나려는 자는 서둘러 떠나라! 현재의 지상에는 반드시 현재에 집착하고 지상에 집착하는 사람들이 살아야 한다.(루쉰, 「잡감」雜感, 『화개집』)

루쉰은 자신의 「잡감」을 논하는 자리에서, '자질구레한' 걸 쓰는 이유에 대해 "금년에는 기어코 이런 자질구레한 일들만 만났고, 또 내게는 기어코 자질구레한 일에 집착하는 버릇이 있기 때문"(루쉰, 「화개집 제기」)이라고 밝힌다. 어떤 사건들에 대한 경험이 더 이상 크고 위대하고 순수한 문학적 글쓰기를 할 수 없는 지경으로 그를 내몰았던 것. 자질구레한 것의 필연성이랄까, 루쉰의 '자질구레한 것' 쓰기는 자신에게 육박肉縛하는 현실의 경험들에서 출발한다. 도저히 피할 수 없는 것, 생생하게 실감하는 이 육체의 현존 앞에서 도저히 달아날 수 없게 만드는 경험들. 이때 글쓰기는 운명이 되는 것일까.

이옥 역시 '자질구레한 것'들에 '집착'했다. 물론, 루쉰의 경험과 이옥의 경험은 상이했고, 그들의 실감도, 그들의 운명도 상이했다. 하지만 둘 모두 '현재, 지상'에서 자신이 '집착'하는 그것들을 썼다. 후대의 평가와는 별도로, 또 글쓰기의 강도나 진폭과는 별도로, 이런 태도 면에서 루쉰과 이옥의 글쓰기에는 차이가 없다. 존재의 모든 자기 표현은 세계에 대한 관점의 표현인 동시에, 세계와의 마주침과 그로 인한 자기 변이의 표현이다. 따라서 글쓰기가 보여 주는 것은 글쓰는 자의 내면이 아니라 글쓰는 자를 구성하는 세계, 혹은 글쓰는 자와 세계가 만나는 방식이다.

자신에게 육박하는 경험들로부터 시작하는 모든 글쓰기는, 그 안에 '현재 지상'에서 벌어지는 사건들을 담고 있다. 여기서 그 사건이 자질구레한가, 이상적인가는 문제되지 않는다. 아니, 인간이 현실에서 경험하는 사건들 중 어떤 것도 그 자체로 이상적이고 숭고한 것은 없다. 싸우고, 헐뜯고, 원하고, 원망하고, 사랑하고, 먹고, 만나고, 헤어지고……. 그게 전부다. 이념도 그 안에서 작동하고, 희망과 절망도 거기에서 만들어진다. '자질구레한 것들'이 글쓰기의 유일한 원천이 될 수는 없지만, 그 '자질구레한 것들'을 버리고서는 현실에 한 발짝도 접근할 수 없는 거다. 루쉰이 말한 대로, '잡문'은 생활을 다룬다. 그것은 정관묵상이나 정인군자의 공명정대가 아니라, 보통 사람들의 세상살이, 즉 그들의 슬픔과 고통과 분노, 상처, 병을 다룬다. 여기에는 어쩔 수 없이, 학자, 문사, 군자 같은 기득권자에 대한 거부가 녹아 있게 마련. 규범적 글쓰기가 '자질구레한 것'에 대해 생리적 거부감을 표출하는 것도 이 때문이다.

소설체와 소품문체는 숭고하고 엄정한 의리의 세계를 다루지 않는다. 의리가 작동하지 않는 경험의 세계를, 종종 의리에 반하는 불온한 존재들을 그려 보인다. 그것이 어떤 의도적 '저항감'에서 비롯된 것이 아니라 단순한 '유희'였다 해도, 그 유희에는 발본적拔本的 측면이 내재되어 있다. 무릇 모든 유희가 어느 정도 그러하지만, 그 유희는 규범에 대한 무관심을 동반하기 때문이다. 규범적 언어들로 포착되지 않는 삶들이 거기 있다. 현재, 지상에. 여기서 꿈틀거리는 이 뜨끈뜨끈한 몸과 마음자리를 벗어나, 대체 어디에서 무엇을 쓸 수 있단 말인가. 집착이라 해도 좋고, 무능력이라 해도 좋다. 벗어날 수 없다면, 포기할 수 없다면, 운명이다.

글쓰기와 괴물

시는, 언어의 한 현상 형태로, 그 본질상 대화적이기 때문에 일종의 '유리병 편지' 같습니다. ─분명 희망이 늘 크지는 않은─믿음, 그 유리병이 언젠가, 그 어딘가에, 어쩌면 마음의 땅에 가닿으리라는 희망을 품고 유리병에 담아 띄우는 편지요. 한 편 한 편의 시들도 이런 식으로 도중에 있습니다. 무언가를 마주해 있는 겁니다. 무얼 마주해 있느냐고요? 열려 있는 것, 점령할 수 있는 것을 향해서, 어쩌면 말을 건넬 수 있는 '당신'을 향해서, 말을 건넬 수 있는 현실 하나를 향해서요.(파울 첼란, 브레멘 문학상 수상 연설)

글쓰기가 미래의 독자를 향해 말 건네는 한, 그것은 어느 정도 '괴물'의 형상을 지닐 수밖에 없음을 감수해야 한다. 여기서 '미래의 독자'란 시간상으로 후대의 독자라기보다는, 그 전체 형상이 현실화되기 이전의 독자, 다시 말해 글쓰기와 예측불가능한 방식으로 접속할 '무규정적' 독자를 뜻한다. 파울 첼란Paul Celan은 아우슈비츠의 시간들로부터, 그 침묵 속에서 온몸으로 더듬거리며 시를 쓴다. 그것이 누군가, 또 하나의 어둠 속에서 몸짓을 만들어내고 있을 '미래의 독자'에게 가닿기를 바라면서. 그런 독자에게 어느 날 불현듯 도착한 '유리병 편지'는 일종의 괴물이다. 이름도 없고, 얼굴도 없는 익명의 저자가 보낸 중얼거림.

어쩌면 모든 글쓰기는 이 편지를 받는 데서 시작하고, 또 다른 독자에게 이 편지를 띄우는 식으로 계속되는 게 아닐까. 예기치 않은 순간에 불시착한 글들. 고전이란, 그런 의미에서 '유리병 편지'인지도 모르겠다. 우리와 다른 시대에서, 다른 어둠 속에서, 다른 빛 속에서 쓰인 글들. 그래서 언제나 낯설고, 이해할 수 없고, 그럼에도 불구하고 매혹적인 괴물들인지도.

이옥의 글은 우리에게 불시착한 유리병 편지요, 기이한 형상의 괴물이다. 다소 낯설다. 이토록 자질구레한 것들에 집착하는 그의 글쓰기가. 자신의 인생을 송두리째 이런 글쓰기에 바친 그의 열정이. 표면적으로는 어떤 불온성도 발견할 수 없는 그의 글에 대한 시대의 가혹한 증오가. 그럼에도 불구하고 이 낯섦이 기이하게 매혹적인 것은, 그의 '유리병 편지'가 우리에게 던지는 질문 때문이리라. 너의 글쓰기는 어떠한가. 너의 글쓰기는 어떻게 세계와 만나는가. 너는 세계에 너 자신을 던져 보았는가. 그 버라이어티하게 너울거리는 세계 속으로 너의 '이목구심'耳目口心을 던졌는가. 그 속에서 길을 잃고, 좌절하고, 기뻐해 보았는가. 너는 세상의 영욕과 가치들로부터 자유로운가. 다시 한번, 너의 글쓰기는 진실한가.

글쓰기와 행복

> 이건 불능의 느낌이다. 쓸모없다는 느낌. 여기 리치몬드에 나는 앉아 있다. 들판 한가운데 서 있는 등불처럼 내 빛은 어둠 속으로 올라간다. 글을 쓰니까 우울함이 사라진다. 그렇다면 왜 나는 더 자주 쓰지 않는가. 아마 우리의 허영심이 방해하기 때문이지. …… 내 생각에 인생 그 자체가 우리 세대에게는 너무나 비극적인 것 같다. 신문 게시판에는 항상 누군가의 고통스런 울부짖음이 있다. 오늘 오후는 멕스위니와 아일랜드의 폭력, 아니면 파업에 관한 것이겠지. 불행은 도처에 있다. 바로 문 밖에. 아니면 어리석음이. 그것은 더 나쁜 것이지. 그래도 나는 쐐기풀 같은 나의 고통을 뽑지 않

을 것이다.

「제이콥의 방」을 다시 쓰면 내 신경이 되살아날 거야. 이블린은 마쳤다. 그러나 나는 지금 내가 쓰고 있는 것이 마음에 들지 않는다. 그런데도 난 얼마나 행복한지. 그것이 심연 위에 걸친 한 조각의 가느다란 보도라는 내 감정만 없다면.(버지니아 울프, 『그래도 나는 쐐기풀 같은 고통을 뽑지 않을 것이다』)

단 한 줄도 쓸 수 없을 것 같은 먹먹함과 그래도 쓰고 싶다는 욕망. 글을 쓰는 자는 이 사이를 끊임없이 오간다. 내가 글을 쓰는 건지 글이 나를 쓰는 건지, 아무튼 도무지 쓸 수 없을 것 같다는 먹먹함에서 일단 탈출하고 나면 글쓰기가 가져다 주는 이상한 기쁨이 있다. 인간에겐 의식주에 대한 욕망만 있는 게 아니다. 글쓰기의 어려움에도 불구하고 '무언가를 쓰고 싶다'는 욕망도 우리 안에 내재해 있다. 때로는 이 욕망이 의식주와 사랑에 대한 욕망을 압도하기도 한다.

버지니아 울프에게 글쓰기는 일종의 출구였다. 빅토리아 왕조 시대의 가족관념으로부터, '여성성'에 대한 시대의 강요로부터, 자신의 우울증으로부터 벗어나는 유일한 출구, 그것이 글쓰기였다. 때문에 글이 안 써질 때조차, 글이 마음에 들지 않을 때조차, 버지니아 울프는 글쓰기를 통해 '이상한 기쁨'을 체험한다. 세상 어디에도 없는 기쁨. 글쓰기는 자신을 떠날 때 비로소 시작되는 것이며, 어떤 목적이라든가 의도로부터 자유로울 수 있어야, 체계나 기성의 질서에 대한 강박으로부터 벗어날 수 있어야 지속할 수 있다는 것이 울프의 생각이었다. 따라서 글쓰기는 그 자체로 해방의 체험이다. 어차피 불행이란 도처에 있는 것. 불행을 피해 달아나느니, 그 불행과 정면으로 마주하며 글을 쓰겠노라!

이옥은 태평성대와 왕도정치를 꿈꾸는 이상주의자가 아니다. 그건 너무나 벅찬 짐이다. 짐을 짊어질 수 없다면 내려놓으면 그만이다. 이옥은 한껏 가벼워지기로 결심한다. 자신이 가지 않은 길에 대한 미련을 버리기로 한다. 그의 글쓰기가 보여 주는 한없는 가벼움을 나는 이런 관점에서 바라본다. 슬프고 우울한 정조를 표현할 때조차 그의 글쓰기가 살랑거리는 듯한 것은, 그가 오로지 글쓰기를 통해서만 해방감을 느낄 수 있었기 때문이 아닐까. 미친 반 고흐는 미치지 않기 위해 그림을 그린다. 우울한 버지니아 울프는 우울함을 치유하기 위해 글을 쓴다. 그리고 이옥. 버림받은 이옥은 사물들과 공감하고 사물들 속에서 자신을 잊기 위해 글을 쓴다. 한 줌의 세속적 욕망과 결별하기 위해 글을 쓴다. 쐐기풀 같은 고통. 그러나 그 고통마저 끌어안게 만드는 글쓰기의 이상한 기쁨.

마음을 다한 글쓰기들은 이런 식으로 공명한다. 개체는 세계와 뒤섞이는 만큼 개체성을 형성하고, 세계는 그 개체와의 관계를 통해 하나의 현실로서 구성된다. 글쓰기란 개체와 세계가 상호침투하는 '막', 미세한 구멍들로 이루어져 들숨과 날숨이 오가는 이 피부와 같은 것이 아닐까. 글쓰기 안에 하나의 세계가, 주체도 대상도 아닌, 겹겹의 삶[衆-生]이 얽혀 만들어 낸 세계가 넘실거린다. 모든 글쓰기는 함께 울림[共鳴]이다. 독자는 이 공명 속에 뛰어들어 또 다른 울림을, 선율의 뉘앙스를 만들어 낸다.

이제, 이옥을 읽을 시간이다.

| 참고도서 |

강명관, 『조선시대 문학 예술의 생성공간』, 소명출판, 1999

강명관, 『조선의 뒷골목 풍경』, 푸른역사, 2003

김용심, 『문체반정, 나는 이렇게 본다』, 보리, 2012

들뢰즈·가타리, 『철학이란 무엇인가』, 이정임 옮김, 현대미학사, 1995

루쉰, 『화개집 / 화개집 속편』, 홍석표 옮김, 선학사, 2005

모리스 블랑쇼, 『도래할 책』, 심세광 옮김, 그린비, 2011

미셸 세르, 『헤르메스』, 이규현 옮김, 민음사, 1999

미셸 옹프레, 『계몽주의 시대의 급진철학자들』, 남수인 옮김, 인간사랑, 2010

미우라 구니오 엮음, 『주자어류선집』, 이승연 옮김, 예문서원, 2012

미하일 바흐친, 『장편소설과 민중언어』, 전승희 외 옮김, 창작과비평사, 1998

박지원, 『연암집』 상 · 중 · 하, 신호열 · 김명호 옮김, 돌베개, 2007

백승종, 『정조와 불량선비 강이천』, 푸른역사, 2011

버지니아 울프, 『그래도 나는 쐐기풀 같은 고통을 뽑지 않을 것이다』, 정덕애 옮김, 솔, 1996

버지니아 울프, 『보통의 독자』, 박인용, 함께읽는 책, 2011

버지니아 울프, 『이상한 엘리자베스 시대 사람들』, 박인용 옮김, 함께읽는책, 2011

벤저민 엘먼, 『성리학에서 고증학으로』, 양휘웅 옮김, 예문서원, 2004

브루스터 기셀린 외, 『예술창조의 과정』, 이상섭 옮김, 연세대학교출판부, 1964

사사키 아타루, 『잘라라, 기도하는 그 손을』, 송태욱 옮김, 자음과모음, 2012

심노숭, 『눈물이란 무엇인가』, 김영진 옮김, 태학사, 2006

움베르토 에코 · 장클로드 카리에르, 『책의 우주』, 임호경 옮김, 열린책들, 2011

이옥, 『연경, 담배의 모든 것』, 안대회 옮김, 휴머니스트, 2008
이옥, 『역주 이옥전집』, 실시학사 고전문학연구회 역주, 소명출판, 2001
이옥, 『완역 이옥전집』, 실시학사 고전문학연구회 편역, 휴머니스트, 2009
이종호, 『조선의 문인이 걸어온 길』, 한길사, 2004
이지, 『분서』 1·2, 김혜경 옮김, 한길사, 2004
이지, 『속 분서』, 김혜경 옮김, 한길사, 2007
임형택, 『실사구시의 한국학』, 창비, 2000
장자, 『장자』, 오강남 편역, 현암사, 1999
전동부, 『당송고문운동』, 이주해 옮김, 학고방, 2009
정민, 『18세기 조선 지식인의 발견』, 휴머니스트, 2007
정약용, 『유배지에서 보낸 편지』, 박석무 옮김, 창비, 2001
정조, 『정조어찰첩』, 성균관대학교 동아시아학술원, 성균관대학교출판부, 2009
조너선 스펜서, 『룽산으로의 귀환』, 이준갑 옮김, 이산, 2010
조르조 아감벤, 『세속화 예찬』, 김상운 옮김, 난장, 2010
조르조 아감벤, 『장치란 무엇인가』, 양창렬 옮김, 난장, 2010
조르주 디디-위베르만, 『반딧불의 잔존』, 김홍기 옮김, 길, 2012
조희룡, 『조희룡 전집』 3, 이성호 옮김, 한길아트, 1999
진래, 『주희의 철학』, 이종란 옮김, 예문서원, 2002
질베르 시몽동, 『기술적 대상들의 존재양식에 대하여』, 김재희 옮김, 그린비, 2011
켄트 가이, 『사고전서』, 양휘웅 옮김, 생각의나무, 2009
피터 볼, 『중국 지식인들과 정체성』, 심의용 옮김, 북스토리, 2008
한국사상연구회, 『조선유학의 개념들』, 예문서원, 2002
한유, 『한유문집』 1·2, 이주해 옮김, 문학과지성사, 2009
허먼 멜빌, 『바틀비 이야기』, 이정문 옮김, 문화사랑, 1999
헨리 밀러, 『섹서스』, 장왕록 옮김, 정음사, 1972
휴 래플스, 『인섹토피디아』, 우진하 옮김, 21세기북스, 2011

| 찾아보기 |